真夏方程式

真夏の方程式

東野圭吾——著

王蘊潔——譯

【本文將提到部分關鍵劇情，請斟酌閱讀】

推薦序——

天使在地獄中垂翼守護的孩子——讀《真夏方程式》

作家／盧郁佳

爸媽愛孩子，有一種愛叫給他魚吃，有一種愛叫教他釣魚。在某種環境下，爸媽窮到只能給他魚吃，自己也不會釣，在這環境就沒看過有人釣魚。突然有陌生人現身教孩子釣魚，實為曠古未有、千年一遇的革命。

東野圭吾「偵探伽利略」系列《真夏方程式》寫沒落觀光區「玻璃浦」旅館住客陳屍岩礁命案，其實是分析這個環境——案情太離奇，唯獨在這環境、這些人之間，才能發生。

傳統武士為氣節可以捨命，但失業淪為浪人便為眾人所輕賤。無數小說謳歌他們潦倒卻仍行俠仗義，自我犧牲保護平民婦孺。東野圭吾繼承浪人英雄的傳統，常寫冷酷功利社會中，東京的舊區、荒涼的鄉鎮、倒閉的雜貨店、暮年窮酸男人的俠義，像爸媽對小孩般無條件的愛與奉獻。本書寫出了這種犧牲之愛的光明面：一個好人見義勇為，多年盡擲於一次義舉；一個好人犯了錯沒人知道，但他不放過自己，出錢出力彌補錯誤。

也寫出這種愛的黑暗面：甲的美食，對乙是毒藥。自以為是的付出，對方既不需要，還變成毀滅性的威脅。

書中有兩人，各代表光明、黑暗。作者設計兩人外表對比懸殊，點出光明英雄無私犧牲自己保護別人，黑暗魔王自私犧牲別人保護自己。無私與自私，都在抹消人我的界線。

▌

主角小學五年級的東京少年恭平，爸媽忙於精品事業連開四家店，出差就叫兒子搭新幹線去玻璃浦，住姑姑家窮到快倒閉的旅館。姊弟關係看似普通，其實弟弟這麼有錢，為何姊姊早年會去做通常為錢所迫才做的工作？可能弟弟白手起家、或因妻而貴。但姊姊年幼喪母，弟弟才是後母親生，可能暗示這家人犧牲姊姊輟學養家，成就了弟弟向上流動。

小她九歲的弟弟，理所當然享受姊姊犧牲，富貴了還是有事就把兒子扔給爸媽帶，爸媽死了就扔給姊姊；姊姊卻不會想跟弟弟借錢翻修旅館救亡圖存。姊弟心態懸殊，點出姊姊暗藏的性格。

顧客公認姑姑貼心勤奮討人喜歡，只有恭平暗嫌她和她女兒各自見了他都稱讚他長高，講的話居然一模一樣，難道以為小孩聽到這話都會高興嗎。點出母女倆講的是場面話，活在長期偽裝下，不動聲色孤立自己。

母親婚前喜歡的男人不了解她，男同學暗中觀察女兒但也不了解她。母親沒被她爸媽疼愛過，不知何謂被愛，戒慎恐懼灌輸女兒：如果你不符合別人的期待，別人就不會愛你，那就是世界末日。母女都是看著爸媽臉色，在陰影下長大，背負重擔的孩子。屬於未來、還沒壞掉的孩子，就是恭平。可能重蹈前人覆轍，也可能遇上轉機。因為出現「偵探伽利略」物理學教授湯川學這個異常因子，干擾了環境的正常運作。

▍

小說一開場，客滿火車上鄰座的胖爺爺為人機掰，老奶奶替他倒茶，他就嫌倒太多。陌生小學生恭平接手機，胖爺爺就以「博愛座旁禁用手機」得理不饒人，趕恭平換座位去別處，乘客湯川學挺身而出，用物理學碾壓胖爺爺。但後來得知恭平每年暑假作業都是開學前媽媽邊罵邊替他寫完，湯川學說：「你媽媽不是在幫忙，而是在阻礙你學習能力的進步。」

前述光明英雄的犧牲之愛，形同爸媽替小孩寫人生的作業，導致小孩成年後仍恐懼面對自己的人生。前人歷經的地獄，就是恭平未來的命運。恭平年幼不懂事象背後的心機，湯川學用旅館晚餐舉例「紙鍋放在火上為什麼燒不起來」，生活物理課看似歡樂，卻暗示恭平，在恭平身上發生了什麼事。布局悚慄令人讚歎。

最恐怖的設計在於，全書是沒有小孩的世界。

我們小時候在新環境，會特別注意同齡小孩在幹什麼，考慮去打交道，學到小孩如何適應環境。但恭平看不見小孩。也許地方少子化，但連火車上對面乘客湯川學讀的雜誌封面寫什麼、雜誌中填字遊戲提示什麼，恭平都盡收眼底。恭平把重心放在討好大人，遇事卻找不到半個大人幫他。一個沒有小孩的世界，大人都像小孩般幼稚自私，只顧自己，顯出環境其實異常。

兒童脆弱，所以戀童癖罪犯才挑他們下毒手。人那麼多，胖爺爺為什麼挑恭平找碴？因為胖爺爺看得出沒人罩恭平，孺子可欺。湯川學拳頭比他大，胖爺爺就跪舔。胖爺爺這種人心情一不好，就把自己的自卑，當成別人害他不開心，找藉口懲罰無辜太太、身邊的小孩。他是書中黑暗魔王登場前的華麗預演。

湯川學對恭平寄以言教：「如果你認為很多事不知道也是沒辦法的事，遲早會犯大錯。」提醒讀者，書中環團對開發利益、損害都抱持不可知論，把救失業等公共利益視為謊言、卻不核實；對有利自己的損害面則無限上綱，把調查的責任丟給對方，當然無法對話。湯川學反覆身教：對於未知，通過推理假設，去調查核實。到不了現場，就設計實驗去偵察。不要相信大人，不要相信犧牲之愛，要相信自主研究能找到真相。

全書的悲劇，令我強烈感受到，這世界原本沒有湯川學。十六年前，另一場命案發生就發生了，知情人士假裝保護弱者而諱莫如深，沒人膽敢追究元凶，受害者吞忍一輩子，活在謊言的壓迫下，沒人會來救。十六年後，玻璃浦命案也是如此，假如湯川學沒有來過。

湯川學把教恭平的責任丟給學校或安親班老師、爸媽、政府了嗎？沒有，他捲起袖子自己教恭平。是修正過的犧牲之愛。

東野圭吾表面上寫了一部推理縝密驚奇的探案；如湯川學意在言外，什麼都不說，但潛藏對恭平未來一生浩瀚無限的善意關懷。那是對讀者的愛。

1

柄崎恭平從新幹線轉乘一般鐵路線的在來線時，立刻知道要去哪裡搭車。他走上階梯來到月台，電車已經進站，車門也已經打開，車內傳來了熱鬧的聲音。

從離他最近的車門上車後，他忍不住皺了眉頭。爸爸和媽媽還說，中元節假期已經結束，電車應該不會太擠，但現在幾乎都沒有空位。車廂內都是面對面的四人座位，但幾乎都坐了三個人以上，恭平沿著通道繼續往前走，想要尋找只坐了一、兩個人的座位。

大部分乘客都是全家出遊，也有很多和他年紀相仿，也就是小學五年級左右的小孩子。每個人都興致勃勃，興奮地大聲說話。

恭平覺得他們像傻瓜一樣，搞不懂去海水浴場為什麼可以這麼高興。只不過是去海邊而已，游泳池比海邊好玩多了，而且海邊也沒有漂漂河，更沒有大型滑水道。

他發現車廂最後方的座位沒有人。雖然對面的座位上有人，但他還是很慶幸一個人能夠獨占雙人座位。

恭平走了過去，把身上的背包放在空位上。對面坐了一個身材高大的男人，戴了一副無框眼鏡，正在看雜誌。雜誌的封面上畫了看不懂的圖案，上面寫了一些他從來沒有聽過的文字。即使恭平坐下之後，男人也面無表情地繼續看雜誌。他在襯衫外穿了一件西裝外套，看起來不像觀光客。

隔了通道的座位上，一頭白髮的胖爺爺和圓臉的奶奶面對面坐著。他們看起來像夫妻，奶奶把寶特瓶裡的茶倒在塑膠杯子裡，遞給了爺爺。爺爺板著臉接了過來，一口氣喝完後被嗆到了，抱怨奶奶說：「倒太多了。」兩個人都穿著便服，看起來不像是出門旅行，也許正準備回家。

不一會兒，電車就出發了。恭平把背包放在一旁，從裡面拿出了裝了午餐的塑膠袋。用鋁箔紙包的飯糰還有點餘溫，保鮮盒裡裝了炸雞塊和煎蛋捲，都是他愛吃的食物。

他喝著寶特瓶裝的水，大口咬著飯糰。窗外已是一片大海。今天是沒什麼雲的大晴天，遠處的海面閃著粼粼波光，近處是陣陣白色浪花。

「我們要去大阪工作，就這幾天而已。你與其傻傻地等在飯店，還不如去海邊玩更開心。」三天前，母親由里這麼對他說。在此之前，他完全沒有想到自己要一個人去遙遠的親戚家。

「沒問題嗎？玻璃浦很遠啊。」父親敬一喝著威士忌，一臉懷疑地問。

「沒問題啦，恭平已經五年級了，聽說小林家的早波自己一個人去了澳洲。」由里邊敲著電腦鍵盤說道。她每天晚上都會在客廳計算店裡的營業額。

「那是她父母把她送去機場，到澳洲之後，親戚會去那裡的機場接人，只是一個人搭飛機，那當然可以高枕無憂。」

「都一樣啊，恭平也只是搭新幹線轉電車而已，姑姑家又離車站不遠，只要有地圖就沒問題了，對不對？」由里最後一句話是在問恭平。

「嗯。」恭平簡短地回答，他一直看著手上的遊戲機。因為他很清楚，無論他怎麼回答，父母去大阪工作期間，都必須去玻璃浦這個他根本不喜歡的鄉下地方。同樣的事已經發生過好幾次。以前外婆還活著的時候，只要父母有事，就會把他送去八王子的外婆家，但外婆在去年去世之後，就把他送去敬一的姊姊和姊夫家。

恭平的父母開了一家精品店，平時工作很忙，還經常去各地宣傳自己開發的商品。恭平有時候會跟著一起去，但如果遇到要上學的日子就不行了，所以現在他已經能夠獨自在家過一晚了。

這次父母去大阪似乎要為開新店做準備，至少要去一個星期。

「也對，恭平已經五年級了，應該沒問題。恭平，真羨慕你啊，可以在海邊盡情玩一個星期。那裡的食物也很好吃，我會拜託姑姑，請她用新鮮的魚餵飽你。」不知道敬一是否喝了威士忌之後，舌頭變得輪轉了，他用輕鬆的語氣說道。雖然他們夫妻形式上討論了這件事，但最後還是得出要把兒子送去親戚家的結論。每次都一樣。

特急電車一路順暢地沿著海岸行駛。恭平吃完飯糰，正在玩遊戲機時，放在背包口袋裡的手機響了。恭平讓遊戲機進入休眠狀態後，把手伸進背包口袋裡摸索起來。他的手機是兒童用的特殊手機。

電話是由里打來的。雖然他覺得很煩，但還是接起了電話。

「喂？」

「啊，恭平，你現在人在哪裡？」

竟然問這種蠢問題。當初不是妳安排了行程，而且買好了車票嗎？

「在電車上。」他小聲回答。他知道搭電車的禮儀。

「喔，這樣啊。所以你順利搭上車了。」

「嗯。」恭平在回答時心想，別把我當傻瓜。

「你到姑姑家之後，要記得打招呼，也要把伴手禮拿給姑姑。」

「我知道，我要掛囉。」

「還有功課，每天都要寫，即使只寫一點也沒關係，否則都留到最後就會寫不完了。」

「我不是說我知道了嗎？」恭平簡短地說完，就掛上了電話。根本只是重複在出門前說過的話，為什麼媽媽都這麼囉嗦？

他收好手機，準備繼續玩遊戲時，聽到不知道從哪裡傳來一個低沉的聲音「喂」了一聲，他沒想到是在叫他，所以沒有理會，結果聽到那個聲音說：「喂，小朋友。」這次聽起來有點不耐煩。

正在玩遊戲機的恭平抬起頭，轉頭看向旁邊。那個白髮爺爺一臉兇相瞪著他，用沙啞的聲音說：「不可以用手機。」

恭平大吃一驚，現在竟然還有人為這種事抱怨。果然是鄉下地方。

「是別人打電話給我啊。」恭平嘟起了嘴。

爺爺用滿是皺紋的手指著他的背包說：

「趕快關機。這裡不能用手機。」

說完之後，他又指著車廂牆。那裡貼著寫了「博愛座附近請將手機關機」的牌子。

「啊……」

「現在你知道了吧，這裡就是不可以用手機。」爺爺一臉得意地說。

恭平從背包裡拿出手機，但並沒有關機，而是拿給那個爺爺看。

「這是兒童手機。」

爺爺訝異地皺起兩道白眉，他應該聽不懂是什麼意思。

「即使我關機，過一會兒也會自動打開。如果不知道密碼就關不掉，所以我也沒辦法。」

爺爺想了一下後，揚了揚下巴說：

「既然這樣，那你就坐去其他地方，不可以坐這裡，這裡是博愛座。」

「老公，沒關係啦。」坐在對面的奶奶說完，對恭平笑了笑說：「對不起啊。」

「不，不行，這是社會的規矩。」爺爺越說越大聲，其他乘客紛紛看了過來。

恭平嘆了一口氣。哼，這個老頭真囉嗦。他拿起背包和裝了垃圾的塑膠袋，正準備站起來。

這時，一隻手從前面伸過來，按住他的肩膀，制止他站起來，然後從他的手上搶走了手機。

恭平驚訝地看著眼前的男人。男人面無表情，把手伸進了恭平手上的塑膠袋，從裡面拿出了剛才包飯糰的鋁箔紙。

恭平來不及開口，男人就把鋁箔紙攤開，把手機包了起來。

「這樣就行了。」男人把手機遞到恭平面前，「你不必換座位了。」

恭平默默接過手機，覺得男人好像在變魔術。這樣真的行嗎？

「這是怎麼回事？這樣做有什麼意義？」那個爺爺仍然不肯善罷甘休，繼續找麻煩。

「鋁箔紙可以隔絕電波。」男人繼續低頭看著雜誌，「電車上要求關機，是顧慮到附近可能有裝心臟起搏器的乘客，現在即使手機沒有關機，也已經隔絕了電波，所以已經達到了目的。」

恭平目瞪口呆地看了看爺爺，又看了看那個男人。爺爺不知所措地看著那個男人，發現恭平在看他，尷尬地嘀咕了什麼，然後閉上了眼睛。那個奶奶可能因為風波平息，鬆了一口氣，所以露出了笑容。

不一會兒，許多乘客開始坐立難安。有人站起來，把網架上的行李拿下來。車內廣播通知即將抵達的站名。那一站有一個海水浴場。

電車很快就停了下來，有一半的乘客下了車。因為剛才發生了那件事，恭平打算換座位。沒想到坐在對面的男人搶先一步站了起來，拿著原本放在網架上的皮包，移到了隔了三排的座位上。

恭平覺得被搶先了，不知道自己該不該起身換座位。轉頭一看，剛才的爺爺睡得發出了鼾聲。

這條路線沿線有好幾個海水浴場，電車每停靠一站，車內乘客的人數就越來越少，但離恭平前往的玻璃浦還有一段路。

旁邊那個爺爺的鼾聲越來越大。和他在一起的奶奶似乎已經習慣了，一臉平靜地看著窗外。恭平無法專心玩遊戲，於是決定換座位。他拎著背包和塑膠袋站了起來。

車廂內有很多空位，他想遠離那個爺爺，沿著通道往前走，看到剛才坐在對面的那個男人的背影。他蹺著二郎腿，正在看雜誌。恭平不經意地從他後方探頭一看，發現那一頁是填字遊戲。許多空格都已經填滿了，但那個男人似乎有一題解不出來。

「湯普倫斯。」恭平小聲嘀咕。

男人愣了一下，轉過頭問：「什麼？」

恭平指著填字遊戲的空格說：

「直排的第五題，誰會識骨的問題，答案應該是湯普倫斯。」

男人低頭看著填字遊戲，點了點頭說：

「的確剛好，這是人名嗎？我從來沒聽過。」

「湯普倫斯．貝倫（Temperance Brennan）是《尋骨線索（BONES）》的主角，可以根據屍體的骨頭，推理出很多事。那是一齣國外的電視影集。」

男人皺起眉頭，不知道為什麼，看著雜誌的封面嘀咕說：

「原來是虛構人物，為什麼虛構人物的名字會出現在科學雜誌的猜謎題中？太不公平了。」

恭平在男人對面的座位坐了下來。男人沒有說什麼，繼續挑戰填字遊戲。剛才拿在手上的原子筆又動了起來，想必突破了一道難題。

男人的手伸向放在身旁寶特瓶茶，但他拿起來的瞬間，似乎想起已經喝完了，又把寶特瓶放了回去。

恭平把還剩下半瓶水的寶特瓶遞到男人面前說：「這個給你喝。」

男人驚訝地瞪大了眼睛，然後輕輕搖了搖頭說：「不用了。」

恭平有點失望，準備把寶特瓶放回背包。這時聽到男人說了聲「謝謝」。恭平驚訝地抬起頭，和男人四目交接。這是第一次和男人對上眼，男人慌忙把頭轉到一旁。

玻璃浦的車站快到了。恭平從短褲口袋裡拿出一張地圖，那不是手畫的，而是印刷的地圖，上面標記了名叫「綠岩莊」的旅館位置。這是昨天旅館用傳真寄來的。

恭平兩年前曾經去過那裡，那次和父母一起去，但並不是搭電車，而是開車前往，所以今天要第一次從車站走去旅館。

他攤開地圖確認地點時，男人問他：「你一個人去住那裡嗎？」他可能很難想像小學生一個人去住旅館。

「那是我親戚家。」恭平回答說：「我的姑姑和姑丈開這家旅館。」

男人恍然大悟地點了點頭後問：「那家旅館怎麼樣？」

「什麼怎麼樣？」

「我是問是不是一家好旅館。像是設備很新、很乾淨，或是景觀很好，餐點很好吃，有沒有什麼值得推薦的特色。」

恭平歪著腦袋想了想說：

「我只去過一次，所以記不太清楚了，但房子很老舊，離海邊也有一段距離，所以景觀不怎麼樣。至於餐點，我覺得很普通。」

「這樣啊，可不可以借我看一下？」

恭平把地圖交給他，男人用原子筆在雜誌空白的部分抄下了地址和電話號碼，然後寫下了綠岩莊的名字，把寫字的地方撕了下來。

「這要怎麼唸？是唸 Ryoku-gan-sou 嗎？」

「要唸 Roku-gan-sou。旅館門口有一塊大岩石的招牌。」

「這樣啊，謝謝你。」男人把地圖還給了他。

恭平折起地圖，放進了口袋。電車剛好駛出隧道，他覺得大海的顏色似乎更鮮豔了。

2

川畑成實穿好球鞋時，牆上的舊掛鐘指向一點半。時間剛好，她心想。騎腳踏車十五分鐘就可以抵達會場。只要提前十五分鐘到，就可以和其他人進行最後的確認。

「媽媽，我出門囉。」她對著櫃檯後方叫了一聲，長布簾的後方是廚房。

節子掀起布簾走了出來。她用手巾包著頭，可能正在準備晚餐。

「妳大概會去多久？」節子問。雖然她今年五十四歲，但臉上沒什麼皺紋。只要化個妝，看起來會比實際年齡小十歲左右，只不過她向來不太打扮，夏天的時候也只擦點防曬的粉底。

「我也不知道，但我猜應該兩個小時左右吧。」成實回答，「今天只有一個客人預約吧？客人有說幾點會到嗎？」

「沒有明確說，但我猜想應該是晚餐時間。」

「是喔，那沒問題，那時候我應該可以回家了。」

「今天恭平也要來家裡。」

「啊，對喔，我記得他是一個人來？」

「對，電車應該快到了。」

「好，我剛好會路過車站，就順便去看一下。如果他迷路了，我會帶他回來。」

「那就麻煩一下。如果他在這裡走失了，我就沒辦法對弟弟交代了。」

雖然節子覺得這裡地方很小，不可能迷路，但還是這麼說。

「好。」成實點了點頭後出門了。今天也是晴朗的好天氣，烈日當頭。雕刻著綠岩莊名字的黑曜石在門口旁發出刺眼的光芒。

成實把側背包斜背後，騎上腳踏車，一路踩著去車站。這一帶的路起起伏伏，「綠岩莊」剛好位在高地，所以去車站時，沿途都是下坡路。

她不出五分鐘就到了車站。電車剛好到站，乘客都從車站的階梯走了下來，但也只有十幾個人而已。

她看到一個身穿紅色Ｔ恤和卡其短褲的少年，身上背著背包。

成實對他臉上拒人千里的表情感到很熟悉，但並沒有立刻叫他。因為她和恭平兩年沒有見面，恭平的個子比她想像中更高了，而且他正在和身旁的男人親切地交談。因為成實聽說恭平是一個人來這裡，而且她以前也見過恭平的爸爸敬一好幾次。

那名少年果然是恭平。他也發現了成實，向和他在一起的男人說了什麼，然後跑了過來。

「午安。」

「午安，恭平，你長高了。」

「有嗎？」

「我記得你已經五年級了？」

「嗯，成實，妳特地來接我嗎？」恭平抬起頭，瞇眼看著她。

聽到年紀比自己小將近二十歲的表弟直接叫自己的名字，成實感覺有點奇怪，但八成是他的父親這樣叫，所以他也跟著這樣叫了。

「我來看看你有沒有順利到達。我要去其他地方，但時間還早，如果你不知道路，我可以帶你去。」

少年同時搖著手和腦袋說：

「不用了，我有地圖，而且之前也來過。沿著這條路一直往上走就到了吧？」他指著眼前的坡道問。

「沒錯，家門口有一塊大石頭，那是記號。」

「嗯，我知道。」

「恭平，你認識那個人嗎？你們剛才在說話。」成實看向遠方。剛才和恭平在一起的男人正在用手機講電話。

「在電車上遇到的，但我不認識他。」

「是喔，你和不認識的人說話？」

成實覺得這樣似乎不太好，雖然那個男人看起來並不像壞人。

「一個奇怪的爺爺找我麻煩，他幫我搞定了。」

「這樣啊。」

成實很好奇那個爺爺怎麼找麻煩，但既然這樣，那就放心了。

「那我先走了。」

「嗯，路上小心。等我回家後，我們再慢慢聊。」

恭平點了點頭，走上了坡道。成實目送他走上坡道後，踩著腳踏車的踏板。她看到剛才和恭平說話的男人站在計程車招呼站，忍不住有點同情他。這裡的計程車都配合電車抵達的時間來車站，而且最多只有兩、三輛而已。既然目前車站前沒有計程車，就代表都已經載客離開了，至少要等三十分鐘後才會有其他計程車出現。

成實在沿著海岸線修建的路上輕快地騎著腳踏車，海風吹亂了她的頭髮，但她毫不在意。她已經有十年左右沒留長頭髮了，因為經常心血來潮去海裡游泳，然後甚至沒有回家沖澡，就直接去居酒屋喝啤酒。想到這裡，就覺得不該嘲笑節子從來不化妝。

中途道路彎曲，離開了海邊。這段上坡路段有購物中心和銀行，稍微有點熱鬧。經過那裡之後，就看到一棟灰色的建築物，那裡是本市的公民館。今天在公民館的禮堂內有一場重要的會議。

她把腳踏車停在指定的地點後，打量著停車場，發現有一輛遊覽車。走過去一看，車頭上貼了一塊牌子，上面寫著「DESMEC 人員」，這幾個英文字發「德斯梅克」的音，正式名稱是海底金屬礦物資源機構。

遊覽車上沒有人。相關人員應該已經抵達會場，準備召開會議了。既然這樣，自己也不能大意。成實走向入口。

市公所的職員在入口確認入場者的身分。成實出示了參加證後走了進去，來到了大廳。

大廳內已經聚集了不少參加者，她正在四處張望，聽到有人叫她。

「成實。」

澤村元也大步向她走來。澤村在春天之前都在東京，最近才回來這裡。他家開了一家電器行，目前他除了幫忙家裡的生意，也是自由撰稿人。他的臉和襯衫下露出的手臂都曬得很黑。

「妳怎麼這麼晚才來？妳在幹什麼？」

「對不起，其他人呢？」

「都已經到了，妳跟我來。」

成實跟著澤村來到一間休息室。不知道澤村用什麼方法張羅到這間休息室。休息室內已經有十幾張熟面孔，有一半和成實的年紀相仿，還有些四、五十歲的人。每個人的職業都不相同，但都是玻璃浦的居民。雖然有幾個人之前就認識，但大部分都是透過這次的運動才認識。

澤村深呼吸後，環顧了所有人。

「我們今天就先聽對方的說詞。剛才發給各位的資料上，是我們自行調查的內容。我相信對方的說詞一定會出現和資料內容不相符合的地方，這就是這次溝通的重點，但明天才是正式的討論。我們聽完對方所有的說明之後，今天晚上再舉行作戰會議。請問各位有沒有什麼問題？」

「這上面完全沒有提到錢的事，」一名在中學教社會的男子說，「沒有提到這次的開發可以帶來多少經濟效益，我相信對方會強調這一點。」

澤村對社會老師露出了笑容說：

「所謂的經濟效益就像是在紙上畫餅，不同的人會畫出不同的餅，而且每個人也有不同的解讀。對方一定會說得天花亂墜，但我們不能照單全收。」

「而且，」成實也插了嘴，「我認為最重要的並不是錢，而是要如何守護這片美麗的海洋，因為環境一旦遭到破壞，即使花費幾億圓，也無法再恢復原狀。」

「也是啦。」社會老師聽到成實用強烈的語氣說的話，聳了聳肩膀。

這時，響起了敲門聲。門打開了，公所的年輕男職員探頭進來說：

「時間差不多了，可不可以請你們進入會場？」

「好，那我們走吧。」澤村很有精神地說，其他人紛紛站了起來。

禮堂內的椅子排成階梯狀，如果坐得擠一點，應該可以容納四、五百個人。原本是為了舉辦演講而建造了這個禮堂，但據成實的記憶所及，這裡從來沒有舉辦過名人的演講。

成實和其他人坐在前排的座位，把資料放在桌上，做好了做筆記的準備。澤村在她旁邊確認錄音機的狀況。

寬敞的禮堂漸漸坐滿了人，市長和町長也來了。聽說除了本地居民以外，也有鄰近鄉鎮的居民來參加。每個人都很有興趣，但幾乎所有人都搞不清楚狀況——這次的溝通主題就屬於這種情況。

成實打量著禮堂內的參加者，和一名男子四目相對。那個人可能超過六十歲，一頭花白的頭髮理了五分頭，穿了一件白色開襟襯衫。男人面帶笑容，向成實點了點頭。成實也向他點了點頭，但並不知道他是誰。

舞台上放了一張細長形的會議桌，會議桌後方有一排鐵管椅。桌上貼著寫了頭銜和姓名的紙。大部分都是德斯梅克的人，但似乎也有海洋學家和物理學家。正前方設置了一個螢幕。

前方的門打開了，幾個身穿西裝的男人魚貫進入，所有人臉上的表情都很嚴肅。他們在市公所職員的帶領下，默默坐在舞台上準備好的座位上。

司儀台設置在離他們不遠的位置。一名三十歲左右，戴著眼鏡的男子拿著麥克風。

「時間已經到了，那我們現在就開始。雖然有一名專家遲到了，但馬上就會趕到——」

司儀說到這裡時，門用力打開了。一個男人衝了進來，手上拿著脫下的西裝外套。

成實大吃一驚。是在車站看到的人——和恭平說話的男人。他的太陽穴閃著汗水。他果然沒有搭到計程車，所以應該從車站一路走來這裡。雖然騎腳踏車只要幾分鐘就到了，但走路就需要相當的時間。

男人的座位上寫著「帝都大學物理系副教授 湯川學」。

「好，目前所有人都到齊了，那我們就開始吧。」司儀再次說了起來，「有關海底金屬礦物資源開發的說明會現在開始，我是海底金屬礦物資源機構公關課的桑野，今天由我擔任司儀，請多指教。現在由技術課的人員說明大致的情況。」

技術課長站起來的同時，室內的燈光就暗了下來。螢幕上出現了「關於海底礦物資源開發」的誇張標題。

成實坐直了身體，決心要聽清楚對方說的每一個字。守護海洋是自己的使命，絕對不能為了開發資源破壞大自然的寶藏。

今年夏天，經濟產業省資源能源調查會發表的一份報告，讓玻璃浦和鄰近的鄉鎮都很不平靜。報告內容指出，離玻璃浦數十公里南方的海域，極有可能獲選成為海底熱水礦床開發商業化的試驗地。

海底熱水礦床是指海底噴出的熱水中含有的金屬成分沉澱後形成的岩石塊，除了含有銅、鉛、鋅、金和銀以外，還含有鍺和鎵等稀有金屬。如果能夠在符合經濟效益的情況下開採這些全世界都緊缺的稀有金屬，日本將立刻成為資源大國。政府當然致力於這個領域的技術開發工作，德斯梅克也成為該領域的先鋒。

這次的礦床之所以會受到矚目，是因為礦床出現在八百公尺左右屬於比較淺層的海底。礦床越淺，開採當然就比較容易，也有助於降低成本。離陸地只有數十公里，也是適合商業化的距離。

這個計畫發表後，玻璃浦和鄰近鄉鎮都一片譁然。大部分人並不是為自己的海洋遭到破壞感到憤怒，而是期待這裡誕生新興產業。

3

這條坡道有這麼長嗎？——恭平停下腳步，不耐煩地打量周圍。上次來這裡時，曾經過這裡好幾次去海水浴場，只不過當時是坐爸爸開的車子，今天是第一次走路。

他覺得周圍的景色和兩年前差不多。坡道下方是一棟很大的建築物，以前可能是旅館，屋頂和牆壁都變成了灰色，巨大招牌的油漆也已經剝落。他想起上次開車經過這條路時，爸爸敬一說這裡是「廢墟」。

「這種房子就叫廢墟，漢字有點難寫。廢墟就是已經荒廢沒人住的房子，我猜想以前應該是很氣派的旅館。」

「為什麼沒有人住？」恭平問。

「因為現在沒辦法賺錢了，客人都不上門。」

「為什麼客人不上門？」

「嗯，」爸爸低吟了一聲後回答說：「因為還有其他更好的地方。」

「什麼是更好的地方？」

「就是更快樂的地方，像是迪士尼樂園，或是夏威夷。」

「是喔。」

恭平沒有去過夏威夷，但很喜歡迪士尼樂園。即使和同學說自己要去玻璃浦，也沒有人知道，更沒有人羨慕。

恭平回想起當時和爸爸的對話，再度沿著坡道走了起來。他忍不住產生疑問，為什麼會在這裡建造這麼大的旅館？難道以前有很多人來這裡嗎？

走了一會兒，熟悉的建築物出現在前方。和剛才的廢墟相比，只有廢墟四分之一的大小，只不過在老舊這一點上絲毫不遜色。旅館的經營者是恭平的姑丈川畑重治，他是第二代老闆，從十五年前繼承旅館至今，從來沒有重新裝潢過。敬一經常說：「反正根本沒什麼客人上門，這種破旅館還是早點收掉比較好。」

恭平打開了玄關的拉門走進旅館，裡面開了冷氣，很舒服。他對著裡面叫了一聲「午安」。櫃檯後方的布簾動了一下，姑姑川畑節子滿面笑容地走了出來。

「啊喲，是恭平啊，午安，你長高了。」她說的第一句話和成實完全一樣。難道她們都覺得小孩子聽到別人說「長高了」，就會感到高興嗎？

恭平深深鞠了一躬說：「姑姑，從今天起打擾了。」

節子露出苦笑說：

「你在說什麼啊，不用這麼客套，來、來，趕快進來。」

恭平脫下鞋子，換上拖鞋。這家旅館有一個巴掌大的大廳，放著藤製的長椅。

「外面很熱吧？我為你倒冷飲，你要喝果汁還是麥茶？也有可樂。」

「那我要喝可樂。」

「可樂嗎？好。」節子用手指比了一個勝利的手勢，走去櫃檯後方。

恭平放下背包，坐在藤椅上，不經意地打量著室內。有一幅看起來是畫附近大海的油畫裝在畫框內，旁邊貼了介紹周邊觀光景點的地圖，上面還附了插畫，但已經完全褪了色，幾乎看不清楚了。掛在牆上的舊時鐘指向下午兩點。

「喔喔。」這時，傳來一個沙啞的聲音。抬頭一看，重治從裡面的走廊走出來。「歡迎你來啊。」

重治和兩年前一樣，胖得像個不倒翁，只是頭髮更少了，完全可以稱為禿頭了。唯一的不同，就是他現在拄著拐杖。恭平想起之前曾經聽爸爸說，姑丈因為體重太重，膝蓋無法負荷了。

恭平站了起來，向姑丈打招呼說：「午安。」

「不用站起來，姑丈也要坐下來。嘿喲！」重治在恭平的對面坐下來後嘿嘿笑了起來，看起來就像七福財裡的財神爺。「你的爸爸、媽媽最近還好嗎？」

「嗯，」恭平點了點頭，「他們兩個人都超級忙。」

「是嗎？生意興隆是好事。」

節子用托盤端著茶壺和杯子走了出來。她似乎聽到了重治說話的聲音，托盤上有三個杯子，其中一杯已經倒了可樂。

「怎麼只有一杯？我也想喝可樂。」重治說。

「你不能喝，要控制糖分。」節子把茶壺裡的麥茶倒進杯子。

恭平喝著可樂。他口很渴，所以覺得很好喝。

節子是敬一的姊姊，他們是同父異母的姊弟。節子的母親在她年幼時車禍身亡，之後父親又再婚，生下了敬一，所以節子和敬一之間相差了九歲。

「我剛才在車站遇到成實，她說還有其他事。」

「有事？有什麼事？」重治似乎不知道，問節子。

「就是那個海底什麼的，要從海底挖什麼金子和銀子的事。」

「喔，原來是那個啊，」重治似乎不感興趣，「真的有這麼好的事嗎？八成又是吹牛皮吧？」

「不知道，」節子歪著頭，「成實很擔心一旦真的開發，會污染海洋環境。」

「污染海洋嗎……那可不行。」重治露出嚴肅的表情喝著麥茶。

「啊，對了。」恭平打開背包，從裡面拿出一個紙包，「我差點忘了，這是伴手禮，媽媽說要我拿給姑姑。」

「啊喲啊喲啊喲，真是不好意思，你媽媽真是太客氣了。」節子微微皺著眉頭，面帶笑容接過了伴手禮，然後立刻打開了包裝。「哇，是佃煮牛肉，這家店很有名，等一下要打電話向由里道謝。」

恭平喝完了可樂，節子立刻問他：「要不要再喝一杯？」

「嗯。」恭平只是點了點頭，節子就拿著空杯子走開了。如果在自己家裡，爸爸和媽媽就會說「如果要喝就自己去倒」。

留在這裡過暑假好像也不壞。恭平暗想道。

4

開發課長站了起來，開始說明今後的計畫。首先要調查地形，確認礦石的量、比重和金屬的成色，同時要提升開採、揚礦等資源開發技術，同時也要確立冶煉技術，希望能夠在十年後研究商業化可行性的程度——大致就是這樣的內容。

成實在聽這些說明時，內心暗自鬆了一口氣。因為他們都沒有提到可望成為支持本地經濟的新興產業這種動聽的話。果然是因為還有許多未知的部分，他們也很小心謹慎。

海底資源這幾個字的確充滿了夢想，也難怪那些希望進一步活化本地經濟的人聽了之後，覺得好像突然看到了救世主。玻璃浦這個地方一年比一年沒落，最大收益來源的觀光產業也持續低迷。

但因為這個原因就可以輕易接受未知的技術嗎？這令她感到不安。玻璃浦靠海為生，但必須充滿生命力的美麗大海，如果為了促進地方經濟，而犧牲了作為產業基礎的大海，那不就是本末倒置了嗎？

然而，一個人的能力有限，她希望把自己的想法傳達出去，於是就開始寫部落格。成實以前就開設了個人網站，介紹玻璃浦的大海。

當時，同樣也是在玻璃浦長大的澤村元也寫了電子郵件給她。他是自由撰稿人，積極投入環境保護的相關工作。他聯絡了一些自然主義者的朋友，已經著手準備展開反對運動。他在電子郵件中問成實，要不要加入他們。

成實覺得這個邀約來得正是時候，她立刻回了電子郵件，說自己想要加入保護海洋的活動。

之後的日子，他們持續交換資訊並努力鑽研。澤村退掉了東京的租屋處，回到了老家，專心投入這個問題。他運用自己的人脈關係，召集了願意協助反對運動的人。成實他們認為開發會破壞生態系的主張，對漁業相關人士造成了衝擊，所以在反對派的集會上，經常可以看到他們的身影。

隨著反對聲浪越來越大，政府終於採取了行動。經濟產業省向相關機構發出了指示，要求他們針對生活在礦床海域的居民舉辦說明會。

於是就召開了像今天這樣的說明會。成實認為機會難得，必須充分表達自己對海洋的想法。

德斯梅克的技術人員還在說明，他們也準備了保護環境相關的說明，但成實聽了之後，難以接受他們所說的內容。

德斯梅克的人員說明了兩個小時後，開始現場問答。

成實身旁的澤村立刻舉起了手，他接過麥克風說了起來。

「如各位所知，海底熱水礦床有一個噴出熱水的洞。各式各樣的深海生物都生活在那個洞周圍。雖然貴公司剛才提到，將會預測開採會對這些深海生物產生怎樣的影響，同時研擬對策，但這種事根本不需要預測，那些深海生物都會被消滅。有些深海生物需要好幾年的時間，才能夠長到十幾公分，但只要一眨眼的時間就可以消滅。請問貴公司打算如何保護這些深海動物？即使只是現階段的想法也無妨。」

太厲害了，成實忍不住感到佩服。澤村說出了成實內心的想法。

德斯梅克的開發課長站起來回答。

「正如你所說，的確會對一部分生物造成負面影響，這也是無可避免的問題，我們想要透過基因學的研究，探討環境保護方案。我們會調查在那裡生息的生物基因，確認其他海域是否也有相同的生物。如果只有那個海域存在，就需要對該物種採取某些保護措施。至於實際的方法，將根據生物的物種隨機應變。」

澤村又拿起了麥克風。

「也就是說，如果其他海域也有相同的生物生息，你們認為遭到消滅也沒問題。」

開發課長皺著眉頭回答說：「是啊，就是這樣。」

「但是，你們有辦法調查在那裡生息的所有生物的基因嗎？深海生物是很神秘的，想要徹底把握哪裡有哪些深海生物，根本是不可能的任務，不是嗎？」

「不，關於這個問題我們會設法解決。」開發課長回答。

「這不太妥當。」這時，突然傳來一個聲音。舞台上的人全都驚訝地看著說話的人。

說話的是姓湯川的物理學家。

「我認為這樣的發言不太妥當。」湯川又說了一次，「就連專家也很難說徹底瞭解深海生物，所以，做不到的事就該老實坦承做不到。」

開發課長一臉為難地沉默不語，司儀似乎認為該說些什麼，走向麥克風，但湯川搶先開了口。

「想要利用地下資源，開採是唯一的方法。一旦開採，就會危害到生物。無論在海底還是陸地都一樣。人類一直都在做這種事，接下來就是選擇的問題。」湯川說完這句話，放下了麥克風，無視所有人的視線都集中在自己身上，閉上了眼睛。

成實和澤村等人一起走出禮堂時，已經過了四點半。

「大致都和原本想的差不多，幸好冠冕堂皇的場面話比想像中更少，所以不至於聽得心浮氣躁。」澤村走在走廊上時說。

「我也覺得似乎聽到了不少真心話，他們也還在摸索的狀態，而且似乎也考慮到了環境保護的問題。」

「不，千萬不能大意，一旦開始做生意，開發速度就會突飛猛進，到時候環境的問題就會放一邊了。之前一直都是這樣，核能發電就是最好的例子，千萬不能受騙上當。」

成實點了點頭，覺得澤村言之有理。原本覺得參加了說明會，就似乎完成了一件大事，但這場仗才剛開始打。

「話說回來，沒想到推動派中也有各式各樣的人，剛才你發問時，不是有位大學老師插嘴說，做不到的事就該老實坦承做不到嗎？讓我覺得原來還有這樣的人。」

「那個學者啊，」澤村撇著嘴角說，「我看他是豁出去了。」

「但我覺得他不隱瞞實情的態度很有良心啊。公務員和政治人物很少有人會說這種話。」

「那也沒錯啦。」澤村點了點頭，但似乎很不甘願。他可能不想稱讚對手。

走出公民館後，他們決定先解散。

「那就晚一點再見囉。」澤村向其他夥伴說道。今天晚上在晚餐之後，他們還要聚在一起討論，為明天做準備。

成實騎上腳踏車，向大家輕輕揮手後，踩著腳踏板。

經過車站前後，她跳下腳踏車。接下來都是上坡路段，推腳踏車上去比較輕鬆。

當她終於看到「綠岩莊」的房子時，從身後駛來的計程車超越了她。她目送著計程車，發現計程車在「綠岩莊」前停了下來。應該是預約了今天晚上投宿的唯一客人。

最近一天只有一個客人預約的情況並不罕見。今年夏天，來投宿的客人也並沒有增加，生意反而一年比一年差。不是只有「綠岩莊」這樣，玻璃浦的觀光產業都一蹶不振。這幾年來，有好幾家飯店和旅館都倒閉了，「綠岩莊」歇業恐怕也只是時間的問題，成實已經作好了這樣的心理準備。除了繁忙的季節以外，現在根本沒有餘裕僱用人手，自從重治的腿受傷之後，只能由她和節子兩個人包辦旅館的大小事。正因為旅館沒什麼客人，她們母女兩人才有辦法應付。

計程車讓客人下車後又駛下坡道。成實曾經見過那個司機幾次，計程車和她擦身而過時，司機向她微微點頭。因為是小地方，所以才會有這種事。

走進「綠岩莊」的玄關，發現一名男客人正在櫃檯填寫住宿登記。正在接待他的節子向成實點了點頭。

男客填寫完畢後轉過頭。成實看到他的臉，忍不住有點驚訝。因為他就是在說明會上遇到的那個穿開襟襯衫的男人，他再度露出柔和的表情向成實點了點頭，好像知道她會回來這裡。

「那我帶你去房間。」節子拿著鑰匙，走出了櫃檯。男客默默跟著節子走了進去。他手上拎了一個小旅行袋。

目送他們離開後，成實走進櫃檯，確認了住宿登記表。男客名叫塚原正次，她完全不認識這個名字。

她覺得也許不必在意。剛才在公民館時只是剛好對上了眼，所以對方露出微笑可能只是表示友好。

只不過——成實看了住宿登記表，忍不住納悶地偏著頭。他的住址在埼玉縣。為什麼埼玉縣的人會來參加那場說明會？

「成實，妳回來了。」

她聽到聲音抬起頭，旁邊的門打開了，恭平站在那裡。

「咦？你剛才在地下室？」

「嗯，姑丈帶我去。」

恭平說完後，就聽到了拐杖喀、喀的聲音。那道門後的階梯通往位在地下的鍋爐室。

不一會兒，重治肥胖的身體就出現了，他走路的樣子讓人看了於心不忍。如果消防署的人知道由這樣行動不便的人操作鍋爐，恐怕會破口大罵。

「成實，妳回來了。說明會怎麼樣？」重治問。

「嗯，吸收了很多資訊。明天還要舉行討論會，不好意思，我一直跑出去。」

「沒關係，妳想去參加就去參加。」

「成實，妳在參加環境保護運動吧？好厲害。」恭平佩服地說。

「沒什麼好厲害啦。」

「你們會不會搭船去撞捕鯨船？」

成實整個人向後仰。

「才不會做這種事，我們正在進行的是抗議隨便污染海洋的運動，開採海底資源，有可能會對漁業產生負面影響。」

「是喔，原來是這樣。」恭平頓時失去了興趣，他原本似乎很期待和捕鯨船對決的故事。

節子走了回來，她說：「剛才的客人說要七點吃晚餐。」

成實看了一下時鐘，發現快五點了。

「另外，臨時增加了一名客人。」節子說，「妳剛才出去之後，接到了一通電話，是一名男客。」

「是喔。」

真是太難得了。成實正這麼想，玄關的門打開了，傳來一個男人的聲音。

「請問有人在嗎？」

成實大吃一驚，因為這個聲音很熟悉。

回頭一看，果然是她想的那個人——那位物理學家。

5

「綠岩莊」的一樓有好幾個可以舉辦小型宴會的包廂，目前作為住宿客的餐廳使用。恭平和成實他們一起在廚房旁邊的房間吃晚餐，傍晚六點時，他走去了包廂。因為他聽說那個姓湯川的人要在這個時間吃晚餐。

最前面那間包廂的紙拉門敞開著，走廊上放了一輛餐車，節子似乎剛好把料理送過來。恭平探頭向包廂內張望，發現湯川孤零零地坐在可以容納十個人左右的包廂內，節子正把料理放在他面前的小餐台上。

「這樣啊，所以有些店營業到很晚。」湯川說道，恭平不知道他在說什麼。

「這裡畢竟是鄉下地方，說晚也只是到十點或是十點半左右，如果你不嫌棄我認識的店，我可以帶你去。」節子回答。

「太好了，妳經常去喝酒嗎？」

「不，怎麼可能？沒有經常去喝酒，只是偶爾而已。」

「是嗎？」湯川突然轉頭看向恭平。他們剛好對上眼，恭平立刻把腦袋縮了回來。

「怎麼了？」節子問。她並沒有發現恭平。

「不，沒事。那我就開動了。」

恭平聽到背後傳來湯川的聲音，躡手躡腳離開了。

不一會兒，恭平他們也開始吃晚餐。可能因為姪子難得來作客，節子卯起來做了生魚片等整桌的菜。

「你要多吃點，不然你在我們家住了一陣子變瘦的話，就沒辦法向你父母交代了。」重治把生魚片的盤子推到恭平面前說，他的肚子像西瓜一樣圓圓地凸了出來。

「沒想到恭平竟然幫忙拉客人，真是太驚訝了。」節子說，她似乎從湯川口中聽說了知道這家旅館的經過。

「我只是在看地圖而已，結果他就自己抄下了電話號碼。」

「這樣才好啊，他可能覺得小孩子一個人住也沒問題，應該是一家可以放心的旅館。」

是這樣嗎？恭平歪著頭。他覺得應該不是這樣。

聽成實說，湯川是物理學家，來這裡參加海底資源開發的說明會。恭平想起他用鋁箔紙包住手機的事。

快七點時，成實站了起來，說要去和環境保護活動的夥伴開會。恭平也決定回房間，因為他有想看的電視節目。

他等在電梯前，電梯門打開了，一個上了年紀的短髮男客走了出來。他似乎已經泡完澡，穿著浴衣，氣色很紅潤。他看到恭平似乎有點意外，然後走去宴會的包廂。

恭平搭電梯去了二樓。他住在可以睡四個人的大房間。節子原本擔心房間太大，他會感到寂寞，但恭平覺得自己又不是小孩子，完全不會寂寞。他在榻榻米上躺成大字後，拿起了電視的遙控器。

他看了一個小時左右電視後，在拉起窗簾時，向窗外張望了一下。大海應該在遠方，但太暗了，完全看不到。

這時，聽到了旅館玄關開門的聲音，接著看到有人走出旅館，是湯川和節子。這麼晚了，他們要去哪裡？恭平沒有看到重治的身影。

這時，房間的電話突然響了起來。恭平嚇了一跳，慌忙接起了電話。

「喂？」

「恭平啊，我是姑丈，你已經睡了嗎？」重治問。

「沒有，我剛才在看電視。」

「是嗎？怎麼樣？想不想放煙火？之前買的還沒有用完。」

「好啊，我要，我想放煙火。」

「那你來樓下。」

「嗯，我知道了。」

恭平走下樓時，重治在脫鞋處等他。地上放著水桶和紙箱。

「大家都出門了，我們不趁機去玩，就太吃虧了。」重治說。

恭平看向紙箱，發現有很多種煙火，除了拿在手上放的煙火以外，還有放在地上點火，和會飛上天的煙火。

「那我們走吧。恭平，不好意思，你可以搬那個箱子嗎？」重治拎著水桶，另一隻手拄著拐杖走了起來。恭平抱起紙箱，跟在姑丈身後。

6

成實和澤村等人在快九點時走出了集會所。

「怎麼樣？要不要去喝一杯？」澤村提議。

「好啊。」

「我也要去。」

兩名年輕男女表示贊同。「川畑，那妳呢？」澤村問成實。成實回答說：「那就去喝一杯。」

他們在車站前和直接回家的人道別，一起走去平時常去的居酒屋。那是這一帶營業到最晚的店。

來到居酒屋前時，成實看到節子站在對面的防波堤旁，一動也不動地面對黑暗的大海。成實叫了一聲：「媽媽。」

節子好像突然回過神似地轉過頭，露出了似有若無的笑容，過了馬路走過來。

「你們好。」她向澤村他們打招呼後，轉頭問成實：「你們開完會了嗎？」

「對啊，媽媽，妳在這裡幹什麼？」

節子用下巴指了指居酒屋說：

「我帶客人來這裡，湯川先生說想喝酒。」

「妳也喝了嗎？」

「只喝了一丁點而已。」節子用大拇指和食指比出很少的份量。

「又喝了？妳每次帶客人來，就會跟著一起喝。」

自從重治身體出了狀況之後，節子就不再喝酒，但她很愛喝酒，即使不來居酒屋，每天睡前都會用熱水兌威士忌自己喝。

「我知道了，所以妳站在這裡吹風，想要醒一下酒。」

「嗯，差不多，妳小心也別喝太多。」

「妳還說我呢！」

「那我先回去了——我先走了，你們慢慢喝。」節子向澤村和其他人鞠躬說道。

「請等一下，我送妳。」澤村說完後，看著成實說：「我開了店裡的小貨車來這裡，停在車站附近，我正在猶豫，不知道該怎麼辦。我送妳媽回去之後，順便停回家裡。」

「不用不用，這太不好意思了。」節子誠惶誠恐地搖著手。

「妳不必客氣，那裡很暗，而且是上坡道，開車只要兩、三分鐘而已。」

「真的沒問題嗎？那我就不客氣了。」

「沒必要客氣啦。那我就先送妳媽回去。」澤村對成實說。

「不好意思，麻煩你了。」成實向他道謝。

目送澤村和節子離去後，成實和其他兩個人一起走進店裡。掃視店內後，看到湯川坐在角落的餐桌旁一邊喝加了冰塊的燒酒，一邊看雜誌。

「那個人不是白天的學者嗎？」一起進來的女大學生向成實咬耳朵說。「真的欸。」另一個年輕人也小聲嘀咕。

成實告訴他們，湯川住在她家的旅館。兩個人恍然大悟地點了點頭。他們也知道成實家經營旅館。

成實和兩個年輕人坐在離湯川不遠處的桌子旁。湯川繼續看著雜誌。

他們喝著啤酒，聊了三十分鐘後，成實說了聲「失陪一下」，站了起來。她走到湯川的桌子旁說：「你好。」

原本低頭看雜誌的湯川抬起頭，眨了眨眼睛說：「喔，妳好。」

即使成實向他打招呼，他也沒有驚訝，想必早就發現了他們。

「聽說我媽剛才和你一起喝酒？」

「對啊，她似乎很愛喝酒，所以請她陪我小喝了一下，不行嗎？」

「沒有不行……請問，我可以坐在這裡嗎？」成實指著湯川對面的椅子問。

「當然可以，但妳不是和朋友一起來嗎？」

「沒關係。」成實看著和她一起來的那對男女，他們正面對面聊得很開心。「因為我想讓他們獨處一下。」她看到湯川歪著頭，小聲補充說：「他們在交往。」

「喔，原來是這樣。」

成實叫來了店員，也點了一杯燒酒加冰塊。

「我聽妳媽媽說了，妳也去參加了今天的說明會。」

「不是有人問了有關如何保護深海生物的問題嗎？我和他參加了同一個團體。」

「原來是他，」湯川點了點頭，「那請妳代我向他道謝，我中途插嘴，很不好意思。」

「既然這樣，你可以親口對他說啊，他馬上就到了。但我覺得你沒必要道歉，因為你的意見很直率。」

「太直率了，只不過我這個人聽到不合邏輯的發言，就無法閉嘴。」

店員送來了裝了燒酒的杯子，湯川拿起了杯子，他們很自然地乾了杯。

「聽妳媽媽的語氣，妳好像是很激進的社運人士。」

「沒這回事，我只是在做自己該做的事。」

「妳認為在海底資源開發這個問題上，投入反對運動是妳該做的事。」

「我並不是反對開發這件事，而是想要守護大自然，尤其是守護海洋。」

湯川搖著杯子，杯子裡的冰塊發出了喀啦喀啦的聲音。他緩緩喝著燒酒，似乎在體會成實說的話。

「什麼是守護海洋？海洋這麼脆弱，需要人類來守護嗎？」

「人類用科學文明的武器，讓海洋變得脆弱。」

湯川放下杯子說：「說來聽聽。」

「我相信你也知道，海洋是所有生物的起源，各種物種花了幾億年的時間誕生、進化，但是你知道，在這短短三十年期間，海洋動物減少了超過百分之三十嗎？最具代表性的例子就是珊瑚。」成實之所以能夠口若懸河，是因為她在許多場合都表達過相同的意見。

「妳認為是科學造成的嗎？」

「不是科學家在太平洋上進行核試驗嗎？」

湯川拿起杯子，但在喝酒之前，抬起了雙眼。

「妳認定在這次的海底熱水礦床的開發計畫中，我們科學家也會犯相同的錯誤嗎？也就是說，妳認為我們不顧破壞環境，破壞海底的生態。」

「雖然你們也會考慮保護環境的問題，只不過沒有人知道到底會發生什麼狀況。以前在開始利用石油時，科學家也沒有想到地球整體的氣溫會上升吧？」

「所以需要調查和研究，德斯梅克並不是立刻以商業化為目標，在海底開採。正如妳所說，並不知道開發會造成什麼後果，所以才會盡可能瞭解會發生什麼狀況。」

「但並無法做到完美無缺吧？在今天的說明會上，你也表達了這樣的意見。」

「我還說，這是選擇的問題。如果認為沒必要為了這些稀有金屬去海底開採，這個計畫就沒有意義。」

他們的討論觸及了本質的問題，也就是海底礦物資源開發的必要性問題。這也將會是明天討論會上的重要課題。

「接下來的內容，」成實說：「我想明天在公民館時再說。」

湯川的嘴角露出了笑容說：

「不輕易亮底牌嗎？那也無妨。」他又點了一杯燒酒後，將視線移回成實身上，「但我有言在先，我並不是推動派。」

「是嗎？」成實一臉意外地看著眼前這位學者端正的臉龐，「那你為什麼會坐在那裡？」

「因為我受德斯梅克的委託，他們說，或許需要說明一下電磁勘探的問題。」

「電磁勘探？」成實從來沒聽過這幾個字。

「就是使用線圈測量海底的電磁場加以分析，這種方法可以瞭解海底下一百公尺左右的構造，也就是說，不需要開採，就可以明確瞭解金屬資源在哪裡，如何分布的問題。」

「你想要說，這種方法很環保嗎？」

「這當然是最大的優點。」

燒酒送了上來，湯川看了菜單，點了鹽辛花枝。

「既然你在研究這些，難道不是推動派嗎？」

「為什麼會有這種結論？我的確向德斯梅克這個推動派的機構提出了這種新型的電磁勘探法，但這只是我認為假設要推動這個計畫，無論在經濟方面和環保方面都必須追求合理，如果計畫停止，我也認為無妨。」

「你費心進行的研究不是白費了嗎？」

「這個世界上沒有白費的研究。」

鹽辛花枝送了上來。

「哇，這真的太好吃了。」戴著眼鏡的湯川瞇起了眼睛。

這時，入口的門打開了，澤村走了進來。他掃視店內後，露出了困惑的表情。應該是因為他發現成實沒有和其他人坐在一起，而且還和白天的學者坐在同一桌。

他一臉難以接受的表情走過來問：「呃，這是怎麼回事？」

「你應該知道，這位是帝都大學的湯川老師。剛才忘了說，他住在我們家。」

「喔。」澤村張著嘴，點了點頭，「妳媽媽剛才有說，帶湯川先生來這裡。原來是這樣啊，就住在妳家的旅館。」

「如果不介意的話，要不要一起坐？」湯川指著成實旁邊的座位問。

「好啊。」澤村拉開椅子坐了下來，向店員點了生啤酒。

「沒想到你去了那麼久。」成實說。

「嗯，因為妳家出了點事。」

「出事？」這個消息非同小可。成實皺起了眉頭。

「不，說出事太誇張了，有一個住宿的客人不知道什麼時候不見了，這麼晚還沒有回來，妳爸爸很擔心，所以我就開著車子，在旅館附近找了一下。」

「那位客人嗎？我記得是塚原先生。」

「沒錯，就是他。」

「結果找到了嗎？」

「不，沒有找到。」澤村喝了一口送上來的生啤酒，「他好像不在旅館周圍，原本我還想繼續找一下，但妳爸媽很客氣，說客人應該等一下就回來了，叫我趕快回來找你們。」

成實知道自己的父母很可能會這麼說。澤村送節子回去，還要他幫忙找沒有回旅館的客人，就已經很過分了。

「會不會去夜釣了？」湯川問。

「應該不是。我看過他的行李，看起來不像準備釣魚，而且他來這裡並不是為了觀光。」

成實告訴另外兩個人，曾經在公民館看到他。澤村露出了困惑的表情。

他們又繼續喝了一會兒，然後一起走出居酒屋。成實和湯川一起走回「綠岩莊」。

「今天喝太多了，但那家店真不錯，我恐怕每晚都會去報到。」湯川邊走邊說。

「請問你會在這裡住多久？」

「目前還不知道。我要在德斯梅克的調查船上指導電磁勘探法的實驗步驟，沒想到調查船還沒有來，聽說是因為手續上的問題耽誤了。公務員做事就是這樣，真是傷腦筋。」湯川說話的語氣似乎對德斯梅克有點不滿。成實覺得他說自己並不是推動派這句話或許是真的。

「綠岩莊」玄關的燈還亮著。走進旅館內，發現重治和節子都在大廳，兩個人的面色都很凝重。看到成實和湯川回來，節子說了聲「你回來了」。這句話當然是對湯川說的。

「聽說客人還沒有回來？」成實問。

「對啊，所以我正在和爸爸討論該怎麼辦。」

「即使去報警，這麼晚了，警察也不會有什麼行動，所以我打算如果到了早上還沒有回來，就打一一〇報警……」重治看著成實後方說。成實回頭一看，發現湯川站在她身後，正在聽他們談話。

「真傷腦筋啊，有什麼需要我幫忙的嗎？」湯川問。

「沒有，沒有，」重治搖著手，「我們會自己想辦法，不好意思，讓你擔心了。」

「這樣啊，那我就先回房休息了，晚安。」物理學家走向電梯。

7

現場位在從玻璃浦的碼頭沿著海岸往南大約兩百公尺的位置。身穿制服的員警站在堤防前，旁邊停了一輛警方的廂型車。應該是最先抵達的鑑識課人員。也許因為一大清早的關係，周圍並沒有圍觀的民眾。

西口剛開著分局的車子抵達現場，在上司和前輩下車之後，也打開了駕駛座旁的車門，快步追了上去。身穿制服的員警向他們敬禮。

股長元山踮起腳尖，向堤防下方張望，那張圓臉立刻皺成了一團。

「嗚哇，竟然在這種地方……」

「我來看看。」比西口年長五歲的橋上也模仿上司探頭張望。橋上和元山不同，個子很高，只是伸出脖子往下看。「啊呀呀，真的欸。」

西口也戰戰兢兢地走向堤防，因為他猜想可能是溺死的屍體。自從被分配到目前的職場後，他曾經多次目睹溺死的屍體，但至今仍然覺得怵目驚心。

他吞了一口口水之後往下看，發現鑑識課的人員在四、五公尺下方一片凹凸不平的岩石區上走動。

屍體仰躺在一塊大岩石上。浴衣外有一件棉袍，但衣服掀了起來，不像是穿在身上，而是披在身上而已。死者的身材略微發福，並沒有溺死的屍體特有的浮腫，但頭部裂開，深色的血弄髒了周圍的岩石。

「喂，鑑識課，」元山對著下方大聲問，「情況怎麼樣？」

一名戴著眼鏡、有點年紀的鑑識課人員抓著帽簷抬起了頭。

「現在還不知道，可能是從上面跌下來。」

「有沒有發現皮夾之類的東西？」

「沒有，只發現木屐。」

「知道是哪家旅館嗎？」

「不知道，木屐和浴衣上都沒有旅館的名字。」

元山轉頭問身穿制服的員警：「是誰發現的？」

「住在附近的居民，每逢夏天，就會在海水浴場出租陽傘，今天準備去上工時剛好發現了。他目前去了海水浴場，隨時可以聯絡到他。」

「不，不需要。」元山不耐煩地搖了搖手後，拿出了手機，用又粗又短的手指按了幾下，放在耳邊。電話似乎很快就接通了。「喂，是課長嗎？我是元山。我目前在現場，不是溺死，好像是從堤防跌落到岩石區……八成是哪家旅館的客人，因為穿著浴衣和棉袍……啊？什麼？……喔，這樣啊，那我去問看看，那家旅館叫……啊？六眼莊？字怎麼寫？」

西口立刻知道是「綠岩莊」。他站在元山面前，指了指自己，然後點了點頭。

「啊，課長，請等一下。」元山捂住了電話問西口：「怎麼樣？」

「我知道那家旅館。」

「是嗎？」元山再度把手機放在耳邊，「西口說，他知道那家旅館……好，我會派他們去。」

元山掛上電話後，看了看西口，又看了看橋上。

「那家旅館向警方報案，說住宿的客人昨晚出門後一直沒有回來，你們去問一下。」

「我們可以開車去嗎？」橋上問。

「不用了，從這裡走幾步就到了，」西口說，「所以應該是那家旅館的客人。」

「那就這麼決定了。」元山再度探頭向堤防下方張望，「鑑識課，有沒有拍了死者的照片？拍立得的照片，如果有的話，我們想要借一張來用，盡可能不要太可怕的……喔，是嗎？不好意思啊。」

年輕的鑑識人員沿著梯子走上堤防，把一張拍立得照片交給元山。元山把照片遞給西口說：「給你，你帶在身上。」

照片上是一張略帶粉紅色，像能劇面具般面無表情的臉。裂開的是後腦勺，所以從前面看，並沒有太大的異樣，即使給一般民眾看，應該也沒問題。西口暗自鬆了一口氣。

「綠岩莊」離現場幾百公尺而已，他們沿著蜿蜒的路走上山丘，中途有一段陡坡，橋上嘀咕說，早知道應該開車過來。

「西口，你是在這裡長大的吧？所以才知道那家旅館嗎？」

「對，那家旅館是我同學的父母開的。」

「是喔，真是太好了，那就交給你了。」

「但我不知道她還記不記得我，因為高中畢業之後就沒再見過面。」

西口想起了川畑成實。他們高中時讀同一所學校，大部分同學中學時就認識，只有她是例外。她在東京長大，中學三年級時才搬來這裡。

川畑成實起初是一個文靜的少女。也許是因為沒有從中學時就認識的同學，所以通常都獨來獨往。學校旁有一個可以看海的小瞭望台，西口經常看到她在那裡一動也不動地眺望著大海，陷入沉思。她在學校的功課很好，所以西口一直以為她是文藝少女。

不久之後，她表現出完全不同的另一面。每逢暑假，她在幫忙家裡做生意的同時，還在海水浴場打工，但她並不是在商店或是餐廳打工，而是撿海邊的垃圾。這種工作薪水很低，幾乎算是做義工。西口也在海邊的店家打工，所以經常遇到她，有一次曾經問她，為什麼要做這種工作？被太陽曬得很黑的她回答說：

「這麼美麗的大海，怎麼可以不好好守護呢？一直住在這裡的人可能不瞭解這份珍貴。」

她說話的語氣雖然沒有生氣，但好像在指責西口只想到賺錢。西口記得當時有點尷尬。

他們終於到了「綠岩莊」。西口和橋上早就脫下了上衣，襯衫腋下也都被汗水濕透了。

打開旅館玄關的門，喊了一聲「早安」。旅館內的冷氣太舒服了。

「來了。」旅館內傳來一個女人的聲音，櫃檯後方的布簾動了一下，一個身穿T恤和牛仔褲的女人走了出來。西口立刻認出她是川畑成實，但她看起來很成熟，忍不住有點驚訝，一時說不出話。

「哇，嚇我一跳。」成實瞪大了眼睛，臉上的表情放鬆下來，「你是西口吧？好久不見，最近還好嗎？」沒想到她連聲音也變得這麼成熟。仔細想一下就沒什麼好意外的，因為她和西口一樣，今年也三十歲了。

「好久不見，我很好啊。妳看起來也很不錯，真是太好了。」

「嗯。」成實點了點頭後，露出不知所措的眼神看著橋上，向他點頭打招呼。

「其實我是為工作而來，我目前在玻璃警察分局工作。」西口出示了警察證。

成實聽了他的話眨了眨眼睛，「警察？你嗎？」

「是啊，妳可能覺得很好笑。」西口拿出名片交給成實。

「喔，原來你在刑事課。」成實語帶佩服地說。

「今天早上，你們是不是報案說，住宿的客人不見了？」

「對啊。喔，我知道了，你是為這件事而來。」成實恍然大悟。

「沒錯，而且剛才在海岸那裡發現了一具屍體。」

「啊？」成實忍不住皺起了眉頭，「真的假的？」

「真的真的。」西口回答。遇到以前的老同學，說話時的用字遣詞也會回到當年，「他穿著浴衣和棉袍，所以猜想可能是你們家的客人。」

「等一下，既然是這件事，我叫我爸媽過來。」成實露出了緊張的神色，走進櫃檯內。

橋上靠了過了，用手肘碰了碰西口的側腹。

「你同學長得很漂亮嘛。你剛才說是同學，我還以為是男生呢。」

「橋上，你喜歡這種類型的女生嗎？」西口小聲問。

「不錯啊，如果化一下妝就更漂亮了。」

西口也有同感，但還是歪著頭問：「是嗎？」

不一會兒，成實從櫃檯後方走了出來，還有一對上了年紀的男女也跟在她身後。那個男人肥頭大耳，拄著拐杖。成實為西口介紹了他們。他們是她的父母，分別叫川畑重治和節子。可能已經聽成實說找到了屍體這件事，兩個人的神色都很凝重。

因為是重治向警方報案，所以西口向他出示了屍體的照片。重治瞥了一眼，皺起了眉頭，然後讓節子也確認了照片。節子臉色發青，用手掩著嘴。成實把頭轉到一旁。

「怎麼樣？」西口問。

「沒錯，就是住在這裡的客人。」重治回答後問：「請問是意外嗎？」

「目前還不知道，只知道跌落到岩石區，撞到了頭。」

「喔喔，跌到岩石區……」

節子拿出了住宿帳簿和住宿登記卡。客人的名字叫塚原正次，住在埼玉縣，今年六十一歲。

「他什麼時候離開旅館？」西口問。

「不太清楚。」重治回答說。

重治告訴西口，昨天晚上八點左右，他和目前還在讀小學的姪子在旅館的後院放煙火，但八點半時，他想起沒有向那位姓塚原的客人確認早餐的時間。於是他就回到旅館，在櫃檯打電話去客人房間，沒有人接電話。他猜想客人可能去上廁所，或是在泡澡，於是就回到後院繼續放煙火。快九點時放完煙火後，再次打電話去房間，還是沒有人接。他去了一樓的大浴場看了一下，客人並不在那裡。他在無奈之下，只好去了四樓的客人房間。敲了門也沒有反應，但門沒有鎖，於是他就打開了房門，發現行李還在，但客人不見蹤影。

這時，剛好有朋友送節子回家。節子帶另一名住宿的客人去附近的居酒屋，陪客人坐了一下。

送節子回來的人姓澤村，成實說明了澤村的情況。澤村和她一起投入反對海底資源開發的運動，昨晚他們開完會之後，和其他兩名夥伴一起去居酒屋，剛好在居酒屋門口遇到了節子。

「澤村說，也要向我先生打聲招呼，所以就進來這裡，看到我先生慌張地說客人不見了，於是就幫忙在附近找了一下。」節子繼續說了下去。「在澤村帶著我先生開小貨車去附近找人時，我也在旅館找了一下，但完全沒有看到人影。不一會兒，我先生也回來了，他們也說沒找到人。」

「雖說出去找人，但九點多的時候，這一帶一片漆黑，除非有人走在路上，或是站在明顯的地方，否則不可能找到。」

西口聽了重治的話點了點頭，認為很有道理。這附近幾乎沒有路燈。

橋上拿出手機，打開玄關的門走了出去。他應該打算向元山報告目前瞭解到的情況。

「沒想到竟然會發生這種事，」重治摸著腦袋，「地點在哪裡？」

「就在以前『岬食堂』所在位置的堤防下方。」

西口用三年前倒閉的餐廳說明了位置，這是本地人的強項。川畑一家三口似乎立刻知道了，紛紛點著頭。

「如果跌落在那裡的岩石區，一旦撞到要害，可能真的沒救了。」重治說完，垂著嘴角。

「但他為什麼要去那裡？」成實問。

「應該是去散步吧，可能想看夜晚的大海。他在晚餐時喝了酒，也可能想去散步清醒一下。」

「結果就爬上堤防，跌落下去嗎？」

「應該是這樣吧。」

成實看著西口問：「是這樣嗎？」

「這……」西口偏著頭，「目前還不清楚，接下來才要調查詳細的情況。」

「哼嗯。」成實用鼻音應了一聲，她似乎難以理解。

橋上走了回來，對西口咬耳朵說「行李」。元山似乎發出了指示。

「不好意思，我們想看一下塚原先生的行李，可以帶我們去他的房間嗎？」西口問。

「我帶你們去。」節子輕輕舉起了手。

西口和橋上跟著她走進電梯，並在搭電梯時戴上了手套。

這家旅館每個樓層都有八個房間，塚原正次住在名叫「彩虹間」的房間。和室的部分差不多五坪大，桌子和坐墊放在角落，目前鋪著被子。窗邊鋪了木板，放著椅子和小桌子。

「請問是誰、在幾點的時候鋪的被子？」西口問。

「我記得是七點多的時候。塚原先生在吃晚餐時，我進來鋪了被子。我先生身體不方便，所以沒有僱人的時候，我和成實負責鋪被子。」節子回答。

鋪好的被子並沒有躺過的痕跡。塚原正次吃完晚餐回房間後，可能立刻就出門了。

塚原的行李是一個舊行李袋。橋上檢查了行李袋，拿出了手機。那是老人手機，只有簡單的功能。

塚原的衣服折得很整齊，放在房間角落，那是一件開襟襯衫和灰色長褲。西口摸了一下口袋，在長褲口袋裡找到了皮夾。裡面有不少現金。

皮夾內還有駕照。姓名是塚原正次，地址也和住宿登記卡上的一致。

「啊！」他忍不住叫了一聲。

「怎麼了？」橋上立刻問他。

「這個。」西口從皮夾中抽出一張卡片說，「這是警察互助工會的會員證。」

8

恭平好像聽到有人大聲說話，立刻睜開了眼睛。他躺在被子裡，緩緩地轉頭打量，發現天花板和牆壁都很陌生。

他很快想起了自己在姑姑家。自己昨天搭新幹線來這裡，晚上還和姑丈一起放了煙火。但這個房間並不是昨天白天時住的那個房間，他也找不到自己的背包。

喔，對喔。恭平又想起昨天放完煙火之後還吃了西瓜。這裡是重治他們當客廳使用的房間。恭平在吃西瓜時，重治說要打電話給客人，所以就走了出去。恭平記得自己一個人留在房間看電視，但之後就不記得了。

他坐起來打量周圍，發現吃西瓜時用的矮桌搬到了角落。

自己似乎在看電視時睡著了，所以姑丈他們就讓他睡在這裡。

電視架上放了一個時鐘。時鐘顯示目前是九點二十分。恭平站了起來，他仍然穿著昨天放煙火時穿的T恤和短褲。

他打開拉門，走出了房間，聽到大廳那裡傳來說話聲。走過去一看，發現有兩個男人站在那裡。其中一個矮矮胖胖的中年人，另一個人很年輕，無論長相和身材都很緊實。重治坐在藤製的長椅上和他們說話。

「喔，恭平，你起來了。」重治發現了恭平。

那兩個男人看了過來，恭平忍不住愣在那裡。

「他就是你的姪子嗎？」中年男人問。

「是啊，他是我小舅子的兒子，暑假來這裡玩，昨天剛到。」

中年男子點著頭，在他身後的年輕人不知道在小本子上寫了什麼。

「很抱歉，但目前的情況就是這樣，所以可以請你們暫時不要動那個房間嗎？」中年男人問。

「沒問題，反正只有一個房間，問題不大。中元節過後，幾乎沒有預約的客人。」重治自嘲地說。

好像發生了什麼事。那個房間是哪個房間？

「姑丈，」恭平叫了一聲，「我可以去昨天的房間嗎？」

重治看著中年男子問：

「他的房間是二樓的客房，應該沒問題吧？」

「是，當然沒問題。」中年男子對恭平露出了微笑，「不好意思，請你不要隨便去四樓，好嗎？因為我們正在調查。」

「這兩位是警察。」

恭平聽了重治的話瞪大了眼睛問：「出了什麼事嗎？」

「嗯，這個嘛，有點事。」重治似乎很在意那兩個男人。

可能是不方便告訴小孩子的事，每次都這樣，大人毫無根據地認為不能和小孩子分享秘密。

如果是不久之前，恭平遇到這種情況一定會追問到底，但現在已經放棄了。他「喔」了一聲，走向電梯廳。

他正準備按下按鈕搭電梯，不經意地看向宴會包廂的方向，發現有一個包廂門口放了一雙拖鞋，似乎有人正在吃早餐。

恭平躡手躡腳走了過去。紙拉門敞開著，他偷偷張望，發現湯川坐在和昨晚相同的位置正在攪拌納豆。

湯川突然停下了手。

「你的興趣是偷看別人吃飯嗎？」

恭平把腦袋縮回來後，大大方方地站在門口。湯川正在把攪拌好的納豆淋在飯上，沒有看恭平一眼。

「我只是想看看誰在這裡。」

湯川「哼」了一聲，露出了不以為然的笑容。

「這個回答太蠢了。這裡是住宿的客人專用的餐廳，既然這樣，目前在這裡的一定是客人。昨天只有兩名客人住在這家旅館，其中一個人不見了，就只剩下一個人，也就是我。」

「不見了？另一個客人不見了嗎？」

湯川停下了伸向魚乾的筷子，終於看著恭平說：

「原來你還不知道這件事。」

「好像出了什麼事，警察來了，但姑丈沒有告訴我是什麼事。大人每次都這樣。」

「你不必為這種無聊的事鬧脾氣，即使知道了大人隱瞞你的事，對你的人生也不會有什麼正面幫助。」湯川喝了一口味噌湯，「聽說發現了屍體。」

「屍體？啊？所以死了嗎？」

「昨晚不知道什麼時候離開了旅館，好像就沒有回來。今天早上，在海岸的岩石區被人發現了。目前認為很可能是不小心從堤防跌落下去。」

「原來是這樣……這是誰告訴你的？」

「老闆的女兒，好像叫成實。因為早餐時間延遲了，我問了一下，她就把實情告訴我。」

「是喔。」恭平回頭看著走廊，不知道成實現在在哪裡。

「成實應該去警局了。」湯川好像看透了他的心思般說道，「陪老闆娘一起去。」

「姑姑為什麼要去警局？」

「為了做正式的筆錄吧，因為昨天是老闆娘接待那位死去的客人，可能會問她客人當時的情況。」

「還真是麻煩，他只是跌落到岩石區死掉而已。」

湯川再次停下拿著筷子的手，看著恭平說：

「你可以想一想死者家屬的心情，如果警察對家屬說，他只是跌落到岩石區死了，家屬能夠接受嗎？家屬一定想盡可能詳細瞭解為什麼會發生這種事，我反而祈禱警方不是隨便查一查敷衍了事。」

「什麼意思？」

「沒什麼特別的意思。」湯川扒了幾口淋上納豆的飯之後，伸手拿起了茶杯。

「我可以問你一個問題嗎？」

「如果是關於案件的問題，我知道的都已經說了。」

「不是這件事，你為什麼住在這裡？不是還有很多旅館可以住嗎？」

湯川把玩著茶杯，微微偏著頭問：「不可以住在這裡嗎？」

「那倒不是，通常在來玻璃浦之前，不是都會先訂好飯店嗎？」

「的確訂好了飯店，但不是我訂的，而是德斯梅克的人訂的飯店。」

「啊，我知道，就是那些想要挖海底的人吧？他們是成實的敵人。」

湯川似乎覺得敵人的說法很滑稽，忍不住苦笑起來。

「借用你的這種說法，我並不是完全支持德斯梅克，也不認為非得要推動這次的海底資源開發計畫，所以我不想欠德斯梅克的人情。他們請我來支援說明會，為我準備飯店也是理所當然的事，但我還是覺得有點問題，結果剛好遇到了你，知道了這家旅館，我覺得這也是一種緣分，於是就住來這裡了。這樣你能接受了嗎？」

「嗯。」恭平點了點頭，「博士，我雖然能夠接受，但覺得你有點奇怪。」

湯川皺起了眉頭，「博士？」

「你不是在大學做研究嗎？那種人不是都叫博士嗎？還是應該叫老師？」

「不管是博士或老師都可以，我的確完成了博士課程。」

「那我就叫你博士，聽起來比較帥。」

「隨你的便，我想知道你覺得我哪裡奇怪？」

「因為換成是我，我一定會去住別人準備的旅館，我猜想那家旅館比較高級。」

「聽說是玻璃浦最高級的度假飯店。」

「看吧，我就知道。如果執行那個海底資源計畫，你應該有錢可以賺吧。」

湯川喝完了茶，搖著頭，把茶杯放在桌上。

「科學家不會因為賺錢或是不賺錢而改變立場，首先應該考慮哪一條路對人類更有利。只要認為對人類有利，即使無法滿足私利，也必須選擇那條路。當然，最理想的就是既對人類有利，自己也可以賺到錢。」

恭平覺得他滿嘴大道理，而且還用了一些費解的字眼。他身邊沒有人會在平時說話時提到「人類」這種字眼。

「你的意思是說，科學家不想要錢嗎？」

「沒這回事。我也很想要錢，如果有人要送錢給我，我會毫不客氣地收下，但做研究並不是只為了錢。」

「但博士的工作不就是做科學研究嗎？既然是工作，不就代表有錢可以領嗎？」

「大學的確付了我薪水。」

「既然這樣，不是應該最先考慮賺錢的事嗎？我爸爸、媽媽經常說，同樣付薪水，當然要叫那些不會做生意的店員走人。」

湯川雙手放在榻榻米上，將屁股挪了位置，面對恭平盤腿而坐。

「你似乎產生了誤會，所以我向你說明一下。我領取的薪水是教學生物理的報酬，我自己也會做研究，但無論我發表什麼論文，都無法獲得相應的報酬。雖然大學方面會支付研究的費用，這只是投資，假設我的論文獲得了諾貝爾獎之類的肯定，對大學來說，也是一種榮譽。」

恭平看著物理學家嚴肅的臉問：「你會得到諾貝爾獎嗎？」

「我剛才說了，只是假設。」湯川用中指推了推眼鏡，「科學家只是想探究真理，你瞭解什麼是真理嗎？」

「大致知道。」

「有很多物理學家都持續研究宇宙的構成，你知道什麼是中微子嗎？就是超新星爆炸時釋放的基本粒子，分析這種基本粒子，可以瞭解很遙遠的星星的狀態，但如果要問這種研究到底有什麼好處，就只能回答對日常生活並沒有任何影響。」

「那為什麼要研究這些？」

「因為想知道。」湯川很乾脆地說，「你來這家旅館時，手上不是拿著地圖嗎？因為有了地圖，所以你才不會迷路，能夠順利抵達這家旅館。同樣地，人類想要走上正確的道路，就必須要有一張可以告訴我們這個世界到底是怎樣的詳細地圖，但是，我們目前手上的地圖還沒有完成，幾乎派不上用場。正因為這個原因，目前已經是二十一世紀了，人類仍然在犯錯，因為我們只有充滿缺陷的地圖，所以戰爭才會持續不斷，也會破壞環境。弄清楚這些欠缺的部分就是科學家的使命。」

「是喔，聽起來好無趣。」

「為什麼？哪裡無趣？」

「因為賺不到錢。換成是我，就不會想去做，而且我很不喜歡自然課，學那些到底有什麼用？科學研究有趣嗎？」

「科學研究是世界上最有趣的事，你只是不瞭解科學的樂趣。這個世界上充滿了謎團，即使是很微小的謎團，靠自己的能力解開謎團時的快樂無法取代。」

恭平完全無法理解，他歪著頭，身體也跟著傾斜了。

「我不想瞭解這些，我又不是美國總統，人類有沒有走在正確的道路都和我沒有關係。」

湯川「哼嗯」了一聲，苦笑起來。

「我剛才提到『人類』，所以你可能覺得有點誇張，但也可以說是『人』，每個人做任何事，都面臨了選擇，你今天打算做什麼？」

「還沒有決定。昨天晚上，姑丈說要帶我去海邊，但發生了這種事，我也不知道還會不會去。」

「那就假設你的姑丈有空，你就有兩個選擇，要按照原定計畫去海邊，還是要延期。」

「沒這種事，如果姑丈要帶我去，我當然會去啊。」

「即使下雨也要去嗎？」

恭平看著窗外問：「今天會下雨嗎？」

「不知道。即使你出門時是晴天，也許很快就會下雨。」

「那我會先看一下天氣預報。」

「沒錯，天氣預報就是拜氣象這種科學所賜，但目前的天氣預報還不夠準確，你一定希望更詳細、更正確的預報。具體來說，你是不是想知道玻璃浦的海水浴場一個小時和兩個小時後的天氣如何？」

「那當然啊，但既然不知道，那也沒辦法啊。」

「但你可以去問本地的漁夫今天的天氣情況，他們一定會詳細告訴你。他們每天早上都會預測當天的天氣情況後出門捕魚，因為如果海象不佳，可能會致命。他們不光是靠天氣預報，還會根據前一天的天氣、天空的顏色、風向和空氣的濕度等作出極其正確的預測，這就是科學。你還認為學自然沒有用嗎？等你先學會看天氣圖再來說這種話。」

恭平生氣地閉了嘴，湯川可能覺得駁倒了他，站了起來，但在走出去之前轉過頭，低頭看著恭平說：

「你討厭自然沒問題，但你要記住一件事，如果你認為很多事不知道也是沒辦法的事，遲早會犯大錯。」

9

離玻璃警察分局最近的中玻璃車站是這條路線上最大的車站，不管怎麼說，這個車站有車站大樓，車站前還有圓環，但西口猜想在東京人眼中，仍然會覺得這裡只是鄉下的車站。他每年都會去東京幾次，無論去哪裡，車站都很氣派，每每都讓他感到驚訝。

「時間差不多了吧。」元山看著手錶小聲嘀咕，西口也跟著確認了時間。下午兩點二十分，下行的特急列車即將進站。

他們正站在驗票口外。今天從一大早就開始忙個不停，襯衫都被汗水濕透了，但兩個人都沒有脫下西裝外套，而且也繫著領帶。

他們立刻聯絡到了塚原正次的家屬。因為撥打了住宿登記表上的住家電話，他的太太早苗剛好在家。西口向她說明了情況，早苗說不出話來。從她長時間的沉默，可以如實感受到她臉上的表情。

不久後，早苗問西口，發生了什麼事？她的聲音鎮定得令人驚訝。

西口把情況一五一十告訴了她。直到聽完，早苗都只是附和，並沒有特別發問。

當西口說，希望她可以來確認遺體時，她說馬上趕過去。西口請她確定列車班次後通知他，並留下了手機號碼，因為他打算去車站接早苗，只不過當時決定他一個人去車站接人。

打電話給塚原早苗約一個小時後，元山打了西口的手機，說自己也要去車站接家屬。元山說，警視廳搜查一課的多多良管理官打電話給分局局長，說他會和塚原早苗同行。去世的塚原正次以前在搜查一課時是多多良的前輩，去年才剛退休。

因為塚原有警察互助工會的會員證，所以知道他以前是警察，但沒想到他以前是警視廳搜查一課，但西口聽了之後，終於瞭解到早苗多年來，每天送丈夫出門都作好了心理準備，所以得知塚原正次的死訊後才能如此鎮定。

總之，既然有警視廳的管理官同行，當然不可能只派一名小刑警去迎接，所以股長元山才會出現在這裡。

「喔，好像到了。」元山看著驗票口內說道。

乘客紛紛走下車站的階梯。中元節之後，觀光客的人數大為減少，走向驗票口的乘客一眼就可以看出都是本地居民。只要看行李的大小就一目了然。

其中有一對男女明顯和周圍人不一樣。女人身材纖瘦，穿了一件灰色洋裝，戴著淺色太陽眼鏡，年齡大約五十歲左右。男人身材高大，肩膀很寬，深色的西裝穿在他身上很好看，略微花白的頭髮整齊地分邊，戴了一副金框眼鏡。

他們走出驗票口，男人似乎發現了西口他們，毫不猶豫地走向他們，那個女人也跟著走了過來。

「請問是多多良管理官嗎？」元山問。

「是，請問兩位是……？」

「我是玻璃分局刑事課一股的元山，他是我的下屬西口。」

「請多指教。」西口鞠躬說道。

多多良輕輕點了點頭之後，用手掌示意站在他斜後方的女人。

「這位是塚原先生的太太，你們應該已經知道名字了。」

「是，已經知道了。」元山轉身面對塚原早苗，深深地鞠了一躬說：「這次的事太令人難過了，請節哀。」

西口也跟著上司鞠了一躬。

「給你們添麻煩了。」早苗說。她的聲音比在電話中更低沉。

「這次我提出了額外的要求，真的很抱歉。」多多良說。

「不，千萬別這麼說。」元山誠惶誠恐地回答。

「我從塚原太太口中得知塚原先生的事，感到坐立難安，因為他不光是我的前輩，更可以說是我的恩人。」

「這樣啊，原來有這麼深的淵源。」元山拿出手帕，擦拭了太陽穴的汗水。

「請問遺體目前在哪裡？」多多良問。

「在分局的太平間，目前已經驗屍完畢，我會帶你們過去。」

「是嗎？給你們添麻煩了。」多多良說話時，塚原早苗再次深深鞠了一躬。

西口開車把他們送到玻璃分局。刑事課長岡本站在分局門口，謙卑有禮地迎接了多多良和早苗。

「有任何要求請儘管吩咐，不必客氣，我們會盡全力協助。」略微駝背的岡本一副低姿態。警視廳的管理官和小型分局的分局長警階不相上下。

西口和元山帶他們前往太平間所在的地下樓層，塚原正次的遺體以遮住傷口的狀態躺在鐵床上。

早苗一看到屍體，立刻說：「是我先生。」雖然她臉色發白，但並沒有慌亂。

西口和元山回到走廊上，讓他們兩個人單獨面對遺體。五分鐘後，門打開了，只有多多良走了出來。

「可以了嗎？」元山問。

「我想讓塚原太太單獨在裡面，也希望利用這段時間瞭解一下詳細的情況。」

「我瞭解了，那我們去會議室。」元山說完，看著西口說：「你繼續留在這裡，等塚原太太出來後，帶她去第二會議室。」

「好。」西口回答。

在昏暗的走廊上等了十分鐘左右，門靜靜地打開了，早苗走了出來。她雙眼充血，但並沒有淚痕。可能在走出來之前補了妝。

她看到西口，鞠了一躬說：「讓你久等了。」

「我的上司正在向多多良管理官說明詳細的情況，我帶妳過去。」

「不好意思，那就麻煩你了。」

第二會議室位在二樓，西口帶早苗走進第二會議室，元山正把地圖攤在會議桌上，向多多良說明現場的位置。除了岡本以外，分局長富田也在。看到早苗走進會議室，富田用和他肥胖的身體毫不相襯的靈巧速度站了起來，鞠躬表示哀悼。

「塚原先生是在名叫玻璃浦的地方出事。」多多良看著早苗問：「妳是否知道什麼線索？」

「不知道。」她偏著頭，在椅子上坐了下來。

「剛才聽多多良管理官說，塚原先生出門時沒有告知詳細目的地。」元山問，「他經常這樣嗎？」

早苗握緊了放在腿上的皮包背帶。

「他自從去年退休之後，偶爾會去溫泉之類的地方，因為非假日的時候我要上班。有時候會告訴我要去哪裡，但也經常說一聲要去看紅葉，或是去看日本海就出門了。這次雖然知道他要來這一帶，但並沒有問詳細的情況。」

「妳先生有提到玻璃浦這個地名嗎？」

「我也有點忘了……但應該沒有。」早苗很沒有自信地回答。

元山把放在旁邊椅子上的旅行袋放在會議桌上。

「請問妳看過這個旅行袋嗎？」

「那是我先生的。」

「可以請妳確認一下裡面的東西嗎？如果有妳沒看過的東西，請妳告訴我們。」

「直接碰沒關係嗎？」早苗問了前刑警的妻子才會問的問題，元山回答說，沒關係。

她檢查了旅行袋內的物品後回答：「全都是我先生的東西。」

「手機的內容呢？我們確認之後，發現最近很少用。」

早苗操作手機，確認了通訊錄和通話紀錄。警方調查後發現，三天前打的一通電話是最後的紀錄，那通電話打給「綠岩莊」，似乎預約了住宿。

「應該沒什麼問題，他雖然有手機，但幾乎很少使用。他之前還說，退休之後，也沒有打電話的對象了……他平時都不用電子郵件。」

元山點了點頭，從上衣內側口袋拿出一個塑膠袋，塑膠袋內有一張紙。他把塑膠袋放在桌上。

「請問妳知道這個嗎？妳可以拿起來看一下。」

塚原早苗拿起塑膠袋，注視著袋子裡的東西，臉上露出了困惑的表情。

西口在塚原正次的開襟襯衫口袋裡找到了這張折起來的紙，紙上印著「海底熱水礦床開發計畫說明會暨討論會參加證」，還蓋了海底金屬礦物資源機構的印章。

早苗偏著頭，放下塑膠袋說：「我沒看過。」

「這是什麼？」多多良問。

「這是昨天和今天，在這裡召開的一場會議的參加證。」元山回答，「據說這附近的海底蘊藏了各種資源，所以正在推動開發計畫，開發單位和本地居民針對這個議題進行溝通。」

「塚原先生也參加了這場會議嗎？」

「對。昨天有人在會場內看到了他，也就是說，塚原先生來到玻璃浦，很可能是為了參加這場會議。」

多多良露出難以理解的表情看著塚原早苗問：

「塚原太太，妳有聽說這件事嗎？」

「完全沒有聽說，我第一次聽到海底資源的事。」

多多良把手肘放在會議桌上，偏著頭問：「這到底是怎麼回事？」

「關於這件事，我們向參加這個會議的人瞭解了情況，發現並不是只有相關人員或本地居民參加這個會議。」元山說，「因為這是日本第一次發現海底資源，全國各地對這個議題有興趣的人都可以報名參加，我們猜想塚原先生可能關心這個議題，所以也報名參加了。因為如果不報名，就無法申請到這張參加證。」

塚原早苗和多多良輕輕點了點頭，但兩個人似乎都難以接受。

這時，剛才始終沉默不語的分局長富田開了口。

「也許塚原先生在退休後四處旅行，對環保問題產生了興趣。玻璃浦的大海很漂亮，他可能覺得萬一遭到污染很不妙，所以趕來這裡參加這場會議。」

富田顯然想趕快解決這個問題。這次的事看起來不像有他殺的嫌疑，而且他也不想一直和警視廳管理官這種讓人渾身不自在的對象打交道。

多多良聽了富田的話沒有回答，把地圖拉了過來。

「從這裡要怎麼去現場？我想去看一下現場。」

「可以搭電車前往，如果有需要，我們可以開車帶你去。」元山說。

「這樣啊，那就麻煩你們了。」

「沒問題。請問遺體要怎麼處理？我想接下來還要舉辦葬禮之類的事。」

多多良看了看元山，又看了看岡本，最後將視線移到富田身上。

「所以目前並不打算解剖，對嗎？」

西口在一旁聽到這句話，不由得心一沉。因為警視廳搜查一課的管理官提到解剖這兩個字，就代表事態比想像中更嚴重。

「呃，根據目前為止的報告，似乎並沒有這個必要。」富田露出求助的眼神看著岡本和元山。

「根據本地醫生的判斷，應該是腦挫傷。」岡本語無倫次地說完，問身旁的元山：「是不是這樣？」

「沒錯。」元山回答後，繼續補充說：「鑑識課調查了血液中的酒精濃度，發現的確曾經喝酒，雖然沒有到酩酊大醉的程度，但可能走路會有點不穩。塚原先生可能為了醒酒去散步，結果爬上堤防後不慎滑落到岩石區——這應該是比較合理的可能性。」

多多良微微低頭思考後抬起了頭。

「我先去看一下現場，之後再思考要怎麼處理遺體——這樣可以嗎？」他最後一句話是在問塚原早苗。她回答說：「可以。」

三十分鐘後，西口駕駛的車子抵達了發現遺體的現場，但因為不方便下去岩石區，所以只能站在堤防上往下看，但仍然可以看到發現遺體的岩石區上留下的血跡。塚原早苗捂著嘴，忍不住嗚咽起來。多多良合掌後，露出銳利的眼神低頭看著現場。

「我們從今天早上就一直在附近查訪，但並沒有人在昨晚看到塚原先生。因為這裡是鄉下地方，晚上八點過後，大家就幾乎不出門了。」元山好像在辯解似地說道。

多多良掃視周圍後說：「這一帶晚上很黑吧。」

「幾乎是漆黑一片。」

「聽說旅館離這裡差不多四百公尺，他竟然可以在黑暗中走這麼遠的距離。塚原先生有手電筒嗎？」多多良自言自語地說道。

「不，雖說是漆黑一片，但並不是完全看不到路，昨晚月光也很明亮。」元山慌忙修正了自己的發言。

「總之，你們並沒有發現手電筒。」

「是啊，可能掉進海裡了。」元山飄忽的視線看向西口。

「旅館的人甚至不知道塚原先生什麼時候出門，所以應該並沒有借手電筒給他。」西口說，「但那種旅館每個房間內都會備有緊急用的手電筒，塚原先生可能帶了房間內的手電筒出門，我會再去向旅館確認。」

多多良好像沒有聽到西口的話，沒有點頭，繼續看著下方的岩石區。然後露出銳利的眼神看著元山說：

「不好意思，可以馬上回分局嗎？我有事想要和分局長談一下。」

10

會場內冷氣開得很強，但德斯梅克的開發課長額頭冒著汗水。他用手帕擦著汗，拿起了麥克風。

「所以對浮游生物的影響也必須進行調查，正如你所說，一旦在海底挖掘，的確或多或少會對食物鏈產生影響，我們會在明確瞭解會產生多大影響的基礎上——」

「我目前想問的是，如果在調查階段的挖掘就會產生重大影響該怎麼辦。如果因此捕不到魚，到底誰要負責？」一個男人站起來大聲說道，他穿著T恤，露出了粗壯的手臂。他是漁業相關的人，也很熱心地參加成實他們的討論會。

「不好意思，請不要激動，德斯梅克的說明還沒有結束，請聽完他們的說明後再舉手發言。剛才已經說了好幾次，請不要隨便發言。」司儀一臉不耐煩地說。今天和昨天不同，由市公所的公關課長擔任司儀。主持了約兩個小時的討論會，他的聲音已經啞了。

德斯梅克的開發課長重新拿起了麥克風。

「目前已經逐漸挖掘進行調查，並沒有發現造成重大的影響，所以將會在今後逐漸擴大規模——」

「我就是說這樣不行啊，你們憑什麼擅自挖掘，到底是誰同意的？」另一個人坐在座位上大聲吆喝。

「你在說什麼啊，正因為挖掘進行調查，所以才知道那裡有稀有金屬啊。調查根本不需要任何人的同意。」回答的不是德斯梅克的人，而是坐在成實身旁一個穿西裝的男人。

「你什麼意思啊？到底支持哪一方？」剛才發言的男人怒吼道。

「我來這裡，就是想瞭解到底該支持哪一方。別再提魚的事了，我希望德斯梅克多談談生意的事。」

「什麼叫別再提魚的事了？你把話說清楚？」

「不好意思，請兩位息怒，要舉手才能發言，拜託你們遵守規定。」司儀把兩道眉毛皺成了八字，拿著麥克風大叫著。

即使再怎麼恭維，也很難說日本首場關於海底熱水礦床開發的討論會正在順利進行。除了包括德斯梅克在內的一部分人以外，大部分人對開發的事並沒有充分的知識，所以討論也變成雞同鴨講。就連自認為做好充分準備的成實，也不敢說自己完全瞭解，不由得有點挫折感。

只不過成實今天無法專心聽討論會的內容。理由很明顯，就是她很掛念那個姓塚原的客人的遺體被發現的事。

她想起昨天就在這個禮堂，和塚原四目相對過。他看起來的確向成實點了點頭，難道那也是自己的誤會？她陪節子一起去了玻璃分局，警察問了很多問題，卻完全沒有告訴她們任何細節。

成實看向和德斯梅克的員工坐在一起的湯川，他好像在看桌上的資料，但感覺有點心不在焉，也根本沒有聽討論的內容。因為他把眼鏡拿了下來。

討論會超過了原本預定的時間四十分鐘才結束，德斯梅克的人都一臉疲憊。推動派中只有湯川一臉無所謂的表情，收拾完東西，一派輕鬆地離開了會場。

「和原本想像的差不多，」原本坐在成實旁邊的澤村站起來時說，「確定了下一次討論會的時間也算是收穫。」

「但他們沒有公布有關深海生物生息的數據資料，雖然推說還沒有整理好，我認為絕對是在說謊。我還以為你會在現場問答時發表什麼意見。」

澤村把資料放進皮包後，聳了聳肩。

「我剛才在猶豫該不該說，後來他們就談到漁業的事，所以就錯過了發言的機會。」

經常參加各種討論會的他難得發生這種情況。反過來說，這也代表這次的議題很複雜。

「對了，」走出禮堂後，澤村觀察周圍後，壓低了聲音問：「原本打算在討論會結束之後再問妳，妳家裡的情況怎麼樣？」

「家裡？」

「我聽說了，昨天沒有回來的那個客人死了。」

「喔……」這裡是個小地方，有什麼傳聞，很快就傳開了。「是啊，我嚇了一大跳。」

「我聽說好像是從哪裡跌落。」

「堤防。從堤防跌落岩石區，結果撞到了頭。」

「真是太慘了，妳家也很倒楣，是不是有警察上門？」

成實點了點頭並告訴澤村，上午和節子一起去了警察局。

「警察說什麼？」

「並沒有特別說什麼，好像現在還不清楚狀況。我們猜想他應該喝醉酒爬到堤防上，結果不慎滑倒，跌了下去。」

「是喔，但為什麼要爬到堤防上？該不會是自殺？」

「應該不可能，因為那裡的高度最多只有五公尺左右，即使想要跳下去自殺，也未必一定會死。」

「那倒是。」澤村小聲嘀咕。

走出公民館後，成實和澤村等人道別，騎上腳踏車。她一路輕鬆地騎在沿海的道路上，不一會兒，就看到前方有一個高個子的身影。她立刻認出那是湯川。她握著煞車放慢了速度，從背後對湯川說：「湯川先生，你也未免太快了。」

「嗨。」湯川停下腳步回頭看著她，無力地打了聲招呼，「什麼太快了？」

「你離開的速度啊，你不是第一個站起來嗎？」

「妳看到了嗎？」

「我還看到你拿下眼鏡，一臉無趣地坐在那裡。」

「聽這種沒有建設性的討論，只會感到空虛而已。」

湯川邁開步伐，成實也跳下腳踏車，推著腳踏車走在他身旁。

「你要回旅館嗎？怎麼沒搭計程車？」

「我決定不指望這裡的計程車了，不需要搭車時看到很多車子，需要搭車時卻一輛都看不到。」

他似乎對昨天在車站時沒有叫到計程車很不甘心。

「你怎麼可以說那些討論沒有建設性？大家都很努力溝通。」

「根本沒有溝通，德斯梅克的人只是想留下曾經開過討論會的紀錄，你們反對派只是在挑剔，那根本談不上是討論。」

「要求保護環境是在挑剔嗎？」

「你們要求完美無缺的環境保育，這個世界上並不存在完美無缺這種事。要求不存在的事當然就只是挑剔。」湯川的語氣變得咄咄逼人，同時也拉大了步伐。成實只能小跑起來。

「我們並不是要求他們做什麼，只是希望他們不要破壞。如果人類不做一些奇怪的事，就可以守護這片美麗的大海。」

「是由誰來判斷到底是不是奇怪的事呢？妳嗎？」

成實聽了湯川的話，停下了腳步。湯川不理會她，繼續大步走路。

成實狠狠瞪了他的後背一眼後，騎上腳踏車。她用力踩著踏板，加快了速度，在超越湯川後握住了煞車。

物理學家停下了腳步，露出冷漠的眼神看著她問：「討論會已經結束了，妳還想繼續爭論嗎？」

成實瞪了他一眼之後，嘆了一口氣，露出了笑容說：

「湯川先生，你還會在這裡住一陣子吧？」

「在調查船的工作結束之前。」

「既然這樣，我想帶你去一個地方。湯川先生，你會潛水嗎？」

「潛水？」

「就是水肺潛水，你有潛過水嗎？」

湯川挺直身體，露出了警戒的眼神，收起下巴說：「妳可別小看我，我還有潛水證照呢！」

「真厲害。」成實瞪大了眼睛，「那改天一定要一起去潛水。」

「妳想帶我去的地方是大海嗎？」

「當然啊，因為我們剛才不是在討論大海的事嗎？」

「的確，如果有機會的話，一定會去看看。」

「我會安排機會。一言為定喔，我們已經說好了。」成實把腳放在踏板上用力踩了起來。不知道那位物理學家在玻璃浦潛水時會露出怎樣的表情？成實光是想像這件事，就不由得興奮起來。

11

玻璃浦車站旁有好幾家小型禮品店。恭平正在其中一家禮品店門口張望，聽到有人叫他。

「恭平。」

回頭一看，成實騎著腳踏車慢慢靠近。

「你在幹什麼？已經在找買回家的伴手禮了嗎？」

恭平搖了搖頭說：

「我沒事可做，覺得很無聊，想找有什麼好玩的事，結果就逛來這裡了。」

「是嗎？原本今天要帶你去海邊。」成實皺起了眉頭。

「這也沒辦法啊。」

下午之後，一直有警察來「綠岩莊」，重治根本走不開。

「還有警察嗎？」

「應該已經走了。妳去開會怎麼樣？好玩嗎？」

成實苦笑著說：「那種會怎麼可能好玩。恭平，你還不想回去嗎？」

「嗯，我再散步一下。」

「這樣啊，那記得不要太晚回家。」成實跳下腳踏車走上坡道。

恭平覺得口渴，去自動販賣機買了可樂。在喝可樂時思考著等一下要去哪裡，看到湯川走了過來。湯川脫下上衣，搭在肩上。

「你好像沒去海邊。」湯川看著恭平說。

「你怎麼知道？」

湯川指著恭平的臉說：「因為你完全沒有曬黑。」

恭平嘟起了嘴說：「因為警察來了，姑丈很忙。」

「那真是太遺憾了。警察到底來調查什麼？」

「不知道。我剛才去看了岩石區，發現都已經清理乾淨了。」

「岩石區？」戴著眼鏡的湯川雙眼發亮，「你知道現場在哪裡嗎？」

「知道啊，因為姑丈告訴我了，雖然他叫我不要去那裡。」

湯川輕輕點了點頭說：「你帶我去看看。」

「啊？我嗎？」

「對啊，除了你以外還有誰？」

「是沒問題啦……但什麼都沒有啊。」

「沒關係，我們走吧。」湯川率先邁開了步伐。

幾分鐘後，他們站在堤防旁。雖然那裡拉起了禁止進入的封鎖線，但並沒有警察站崗，鄉下地方就是這樣。湯川走進封鎖線的內側，恭平也跟了進去，趴在堤防上，探出身體張望。

「好像就是跌落在那裡。」恭平指著一塊沾到血的岩石說，「他們說有一隻木屐找不到了，應該掉進海裡了吧。」

「一隻木屐找不到？所以另一隻在遺體的腳上嗎？」

「應該是這樣吧。」

湯川點了點頭，用中指推了推眼鏡，目不轉睛地注視著岩石區，好像在觀察什麼。

「怎麼了？」

湯川好像突然回過神似地眨了眨眼睛說：「不，沒事。」然後又看向遠方說：「這裡的風景真美，難怪成實會引以為傲。」

「聽說中午的時候更美。你知道這裡的地名為什麼叫玻璃浦嗎？」

「因為是火山帶吧？」湯川毫不猶豫地回答。

「火山？為什麼？」

「因為玻璃是火山岩中所含有的非結晶物質。」

恭平皺著眉頭，看著物理學家一本正經的側臉。

「才不是這樣。這裡的玻璃是指水晶。你知道什麼是七寶嗎？佛教中認為這個世界上有七樣最棒的寶物，水晶就是其中的一寶。」

湯川緩緩轉頭看著恭平問：「你是佛教迷嗎？」

恭平笑了起來，摸了摸人中說：

「這是昨天放煙火時，姑丈告訴我的。」

「原來是這樣。水晶怎麼了？」

「當太陽在天空正上方時照在海面上，好像海底沉了許多有顏色的水晶一樣，所以稱為玻璃，這裡就叫玻璃浦。」

湯川微張著嘴，點了一下頭，然後再度看向海面。

「原來是這樣啊，難怪海水這麼清澈。我學到了，下次有機會的時候，要在白天來看看。」

「聽說水太淺的地方看起來就沒有這種感覺，至少要到距離一百公尺的海上。」

「一百公尺嗎？也不是游不到的距離。」

「但這一帶禁止游泳。」

「只要去海水浴場就好了。」

「你還是沒有聽懂我的意思，如果在海水浴場，就要去更遠的地方才能看到漂亮的海底，要兩百公尺或是三百公尺，超過了禁止游泳區域的浮標。」

「對喔，海水浴場都是淺灘。那可以搭船去啊。」

「果然只能這樣。」恭平垂頭喪氣。

「怎麼了？有什麼問題嗎？」

恭平把抱起的雙臂放在堤防上，把下巴放在手臂上說：

「我坐大船沒有問題，但搭小船馬上就會暈船。我媽媽說，是因為我偏食的關係，但我覺得不是這樣。這是體質的關係，像我同學比我更挑食，他說從來沒有暈船暈車過。」

「的確和體質有重要的關係，因為三半規管無法充分發揮作用，但只要自己平時多注意，有時候可以在相當程度上改善。你坐車沒問題嗎？」

「坐爸爸的車子沒問題，但搭公車有時候會暈車，所以我都盡可能坐在前面。因為前面的座位比較不會晃動。」

「除了坐前面的座位以外，視線也很重要。比方車子行駛在有很多彎道的地方時，身體不是會因為離心力被甩向外側嗎？如果這時候視線也跟著移向外側，三半規管接受到的訊息就和視覺訊息不一致，導致大腦產生混亂，於是就會導致暈車。只要將視線固定在車子前進的方向，就比較不容易發生暈車。容易暈車的人自己開車時就沒問題，是因為在開車時，隨時都看著前方。」

恭平抬起頭，看著湯川問：「博士也要研究這種事？」

「這雖然不是我的專業，但我曾經調查過相關的技術。」

「這樣啊，原來科學家要做很多事。我下次搭公車時會試試這個方法，但即使這種方法有效，也沒辦法用在搭船的時候。」

「為什麼？」

「因為我想要看海底，一直看著前方，根本沒辦法看海底啊。」

「喔，那倒是。」

「而且媽媽說，不能常吃暈車藥，雖然很可惜，但也沒辦法。」恭平離開了堤防，沿著剛才的來路走了回去。

「你放棄了嗎？」湯川問，「你不想看海底的玻璃嗎？」

「因為我不想暈船，這也沒辦法啊。」恭平說完，走了幾步後轉過頭，發現湯川仍然站在堤防旁，於是他問：「你不回旅館嗎？」

湯川穿起了原本搭在肩上的上衣。

「你先回去，我在這裡想一下計畫。」

「計畫？什麼計畫？」

「那還用問嗎？當然就是讓你看到玻璃的計畫啊。」

12

湯川要求晚上七點吃晚餐，但到了七點，這位古怪的物理學家仍然沒有回旅館。

成實正在思考該怎麼辦，看到湯川雙手拎著紙袋走了進來。他滿身都是汗。

「湯川先生，我正想打電話給你。」

「很抱歉，今天又沒攔到計程車。」

「你要先回房間嗎？」

「不，先吃飯吧。」

晚餐已經準備好了。湯川把買回來的東西和上衣放在一旁，盤腿坐在坐墊上。

「你剛才去了居家修繕中心嗎？」成實在為湯川倒啤酒時問，因為湯川帶回來的是那家店的紙袋。雖然是一家小店，但在這個地方發揮了很大的作用。

「因為我想做一個小實驗。」湯川把杯子拿到嘴邊，但在喝啤酒之前，他看著成實問：「我想拜託妳一件事，妳願意幫忙嗎？」

「什麼事？」

「我想要空的寶特瓶，最好是碳酸飲料的容器。」

「寶特瓶？應該有一點五公升的可樂瓶。」

「太棒了，請妳幫我張羅五、六個，我晚一點去拿。」

「你要這種東西有什麼用？」

「妳可以明天問那個彆扭少年。」

「彆扭少年？」成實皺起了眉頭問，「你是說我媽的姪子嗎？」

「對，雖然這麼說有點那個，我好久沒有看到那麼彆扭的少年了。」

成實端詳著湯川喝著啤酒一臉陶醉的臉，他似乎發現了，問她：「我臉上有什麼嗎？」

「沒有。」她忍著笑回答後站了起來，「請慢用。」

走出宴會包廂後，她搭電梯來到湯川位在三樓的房間鋪被子。她的口袋裡有通用鑰匙。

一走進房間，就看到壁龕前放了一個紙箱，那是今天宅配送來的。湯川昨天開始住在這家旅館，可能在到旅館之後，指示別人把東西寄來這裡。看了送貨單，發現寄件人是帝都大學物理系第十三研究室，上面還貼了「易碎物品」的貼紙，物品欄內寫了「瓶類」兩個字。

成實鋪好被子後，回到了自家的客廳。重治和節子已經吃完晚餐，正在喝茶，不見恭平的身影，可能回自己房間了。

「我剛才去湯川先生的房間鋪好了被子。」

「辛苦了。」節子小聲說道，但聲音很低沉。重治也面色凝重。

「怎麼了？」成實輪流看著父母。

「不是啦，剛才我們在討論，」重治開了口，「是不是也差不多了。」

「差不多……」僅僅只有這幾個字，成實就知道父母剛才在討論什麼，「你們打算讓這家旅館歇業嗎？」

「看目前的狀況，這也是無可奈何的事。雖然已經過了中元節，但只有一個客人也太冷清了，而且又發生了那種意外。」

「發生那種意外又不是我們的錯。」

「不，那也未必喔。因為我們沒有僱員工，所以也沒發現塚原先生出門了。即使發現他不見了之後，也沒有馬上去找他。今天中午的時候，塚原太太來這裡，完全沒有說一句埋怨的話，讓我覺得很對不起她，而且她還說要付住宿的費用……」

「你該不會把錢收下了？」

「我怎麼可能收她的錢？」重治用力搖著手，「我當然說不能收住宿的費用，他太太很堅持，說給我們添了麻煩，至少讓她付住宿費，最後好說歹說，她才終於接受了。」

「這樣啊……」

「我覺得現在也差不多是該歇業的時候了。十五年了，連我自己都覺得很厲害。」重治抱起雙臂，充滿懷念地環顧室內。

成實聽到重治這麼說，立刻回想起當時的記憶。當時她還是中學生，原本在東京當上班族的重治決定回到老家，繼承「綠岩莊」。幾年前，重治的父親，也就是成實的祖父因為腦中風病倒了，親戚都一直叫他回來繼承這家旅館。

成實至今仍然可以清楚回憶起當初剛搬來這裡時的事。這裡是父親的老家，之前曾經回來過好幾次，但想到從今以後，自己就住在這裡，所有的風景都和以前不一樣了。大海美麗的顏色最令她感動不已，她直覺地認為，守護這片大海是自己的使命，也是自己生命的意義。

她回想著往事，低沉的蜂鳴器聲把她的思考拉回了現實。有人按了裝在櫃檯的電鈴。應該不是湯川，八成是訪客。

「這麼晚了，會是誰呢？」節子看著時鐘問。

成實偏著頭站了起來，來到大廳，發現西口剛站在脫鞋處。

「嗨，不好意思，一直來打擾你們。」

「沒關係，你這麼晚還沒下班嗎？當警察很辛苦啊。」

「平時沒什麼事，發生這種事就會忙一陣子。畢竟人命關天，馬虎不得。」

成實點了點頭，覺得他說得很有道理。

「後來有沒有什麼進展？知道意外的原因了嗎？」

「嗯，現在還很難說，而且目前也無法確定是不是意外。」

西口用輕鬆的口吻說道，成實忍不住一驚。

「啊？什麼意思？不是意外是什麼？自殺嗎？」

「還無法確定，但應該不是自殺，有其他可能……啊，不，也可能是意外啦。」西口語無倫次起來。

成實收起下巴，抬眼看著老同學問：「你的意思是，有可能是他殺？」

西口一臉尷尬的表情抓著眉毛說：

「目前真的還不清楚，只不過那個姓塚原的人之前是警視廳的刑警，而且是在搜查一課。」

「啊……」成實中學時是推理迷，所以也知道這個部門專門偵辦殺人命案。

「而且今天中午的時候，塚原太太和塚原先生以前的後輩也來到我們分局，那個人也在搜查一課，目前擔任管理官。妳知道管理官嗎？職位只比搜查一課課長小一點，而且實質指揮偵查工作，警階是警視。這麼大的官來了分局，就連分局長也都緊張起來。」

「那個人說了什麼嗎？」

「應該說了什麼。因為帶他們去看了現場之後，他又說要見分局長，然後和分局長小聲討論了一個小時左右，那個管理官就和塚原太太一起回去了，遺體也要送回東京，但感覺不像是為了舉辦葬禮。」

「那是為了什麼？」

「這當然是……」西口用右手遮住了嘴巴，「當然是要解剖啊，司法解剖。」

成實倒吸了一口氣，一時說不出話。

「話說回來，如果是殺人事件，縣警總部也不會袖手旁觀，由警視廳來偵辦玻璃浦發生的命案也很奇怪，我相信高層應該會針對這些問題溝通。總之，因為這個原因，我們分局內的氣氛也變得很緊張，所以要求我們盡可能在今天之內，調查清楚所有可以調查的事。」西口似乎發現自己說得太多了，說著「慘了，慘了」，做出了為嘴巴拉上拉鍊的動作，「因為妳是我的同學，所以才向妳透露這麼多，妳千萬別告訴別人。」

「嗯，我知道了。所以你來幹什麼？」

「對，差點忘了正事。」西口挺直身體後，微微彎腰行了禮，「我是來向你們借一樣東西，那是不是叫住宿客的名冊……？總之，想要借用一下客人登記的名冊。」

「你要這種東西幹嘛？」

「嗯，這件事有點難以啟齒，」西口打量著館內說，「因為討論到塚原先生為什麼會選擇這家旅館。」

「你們的意思是說，通常不會挑選這種又舊又髒的旅館嗎？」

「是沒有這麼說啦，但不是可能會有什麼特別的理由嗎？像是有人推薦之類的，所以想知道以前曾經有哪些客人住過。」

「原來是這樣，要幾年份的？」

「越多越好。」

「好，我去問一下我爸媽。」成實走回客廳時，回想著西口說的話，覺得的確有道理，塚原為什麼會選擇「緣岩莊」呢？

13

恭平吃完早餐，正打算回自己的房間，發現湯川在大廳。他坐在藤椅上，目不轉睛地看著牆上的畫。那是一幅大海的畫。

「這幅畫是這家人畫的嗎？」湯川突然開口問他。

「我不知道，這幅畫怎麼了嗎？」

湯川指著畫說：

「因為在這家旅館無論如何都看不到這片景色，所以我在想，到底是從哪個角度看到的大海。」

恭平看了看畫，又看了看物理學家的臉之後偏著頭說：

「無論從哪個角度看到都沒關係啊。」

「當然有關係，這裡的賣點就是大海很美，這家旅館應該是為了向那些被這裡的美景吸引而來的人提供住宿而建，這樣的旅館有一幅大海的畫，客人當然會認為是附近的風景。如果這張畫中所畫的海是在其他地方，或者只是想像出來的話，簡直就是詐欺行為。」

「啊？這也太誇張了。」

湯川再度注視那幅畫片刻後，轉頭問恭平：「你今天有什麼安排？」

「沒什麼特別的安排。」

「這樣啊。」湯川低頭看著手錶，「現在是八點半，好，那就三十分鐘後，九點準時在這裡集合。」

「啊？為什麼？」

「我昨天說了，我要思考讓你看到海底玻璃的計畫。計畫已經完成了，所以我想趕快執行。」湯川站了起來。

恭平驚訝地抬頭看著他說：「我討厭坐船。」

「我知道，才一百公尺而已，不需要坐船。」湯川用手指比出了手槍的形狀，瞄準了那幅大海的畫，「希望可以成功。」

三十分鐘後，湯川穿著短袖襯衫現身時，雙手拎著皮包和兩個大紙袋。他把其中一個紙袋交給恭平，因為紙袋封住了，恭平不知道裡面裝了什麼，但拎在手上時，發現並不重。他問湯川，裡面裝了什麼，湯川顧左右而言他，說「反正不是便當，你不必期待」。

「你有沒有帶手機？」走出旅館時，湯川問他。

「這個？」恭平從短褲口袋裡拿出那個兒童手機，湯川滿意地點了點頭，邁開了步伐。

湯川沒有告訴他要去哪裡，恭平只能跟在他身後。他們經過旅館的客人跌落身亡的地方，但湯川並沒有停下腳步。

他們經過碼頭，來到防波堤。湯川朝向突出的前端加快了腳步。

「你要去防波堤前端做什麼嗎？」

「我就是為了這個目的帶你來這裡。」

「你想幹什麼？趕快告訴我嘛。」

「你先別急，很快就知道了，等一下才會激發你的好奇心。」

走到防波堤前端時，湯川終於停下了腳步。

「你打開紙袋，把裡面的東西排放在地上。」

恭平聽從了他的指示。紙袋裡裝的是塑膠水桶、尼龍繩和用寶特瓶加工做成的筒狀物。

「你知道寶特瓶火箭嗎？也叫水火箭。」

「學校辦活動時看過，就是一邊噴水，一邊會飛起來的那個吧？」

「既然你知道，那就太好了，我現在就要在這裡做水火箭。」

「啊？現在？」

「不必擔心，基本上已經完成了。這是我昨天晚上在房間裡做的，然後拆開，方便帶來這裡，重新組裝很簡單。」湯川在說話的同時，熟練地把零件都組裝起來，原本的筒狀物在轉眼之間就變成了火箭的形狀，而且比恭平在學校的活動時看到的水火箭更大，長度足足超過一公尺。

「博士，原來你在房間裡做這種東西。」

「因為我研究了許多讓你看到超過一百公尺的海底的方法，最後得出結論，認為這是最好的方法，而且還可以學物理。」

「為什麼把水火箭射出去可以看到海底？根本沒有關係啊。」

湯川停下了手。

「你知道太空人加加林嗎？如果沒有火箭，人類就無法看到地球真正的樣子，所以火箭必不可少。」說完，他用指尖推了推眼鏡。

14

草薙正在寫報告，發現有人站在辦公桌前。正在打電腦的他抬起頭，發現間宮股長正低頭看著他。

「草薙，原來你不看著鍵盤就不會打字啊。」

「股長，那你呢？」

「我當然不會啊。」間宮環顧四周後，彎下腰問他：「你現在有空嗎？」

草薙笑得身體都搖晃起來，「股長，是你叫我趕報告啊。」

「報告晚一點再寫沒關係，你跟我來一下，多多良管理官在等我們。」

「管理官嗎？」草薙馬上迅速回顧了自己最近的言行，自己做錯了什麼事嗎？

「不必擔心，感覺不像是要罵人，你跟我來。」

間宮不等他回答，就邁開了步伐。草薙慌忙站了起來，跟在間宮身後。

來到小會議室前，間宮敲了敲門，門內有一個聲音說「進來」。那是多多良的聲音。

間宮打開門，走了進去。草薙也跟在他的身後。

多多良脫下了上衣，坐在椅子上，桌上放了好幾張資料，還有照片和地圖的影本，但不知道是哪裡。

「不好意思，你們在忙，還把你們找來。坐吧。」

在多多良的示意下，草薙和間宮一起坐了下來。

「我找你們來這裡，不是為了別的，是想拜託草薙一件有點不尋常的事。」多多良轉頭看著草薙。雖然他臉上的表情很平靜，但眼鏡後方的雙眼發出銳利的眼神。

「是。」草薙坐直了身體回答。

「你有沒有聽說塚原正次先生去世的消息？」

草薙一時無法回答。因為他完全沒有料到多多良會問這個問題。

「我昨天聽說了，好像是去旅行時去世了。」

塚原正次十年前在搜查一課，之後因為身體出了狀況，調去了其他部門。原本草薙就和他在不同股，所以幾乎不瞭解塚原，昨天才知道他去年退休了。

「塚原先生是我的前輩，一直很照顧我，可以說，多虧了他，我現在才能夠成為獨當一面的警察。」

草薙低下了頭，他在想是不是應該要說「為塚原先生的在天之靈祈禱」。

「昨天我陪塚原太太一起去看了他去世的現場，就是這裡。」多多良把一張照片放在草薙面前，是從上方拍攝某個海岸的岩石區，「有人發現他倒在這片岩石區，診斷結果是腦挫傷。」

草薙皺起眉頭問：「是不慎滑倒，從堤防或是其他地方跌落嗎？」

「當地的警局似乎想要引導向這個結論，也無意送去解剖。」

草薙聽了他微妙的說法，察覺到他內心的某些想法。「管理官認為有什麼問題嗎？」

「在太平間看到屍體時，我立刻就知道，那並非單純的跌落身亡。」多多良看著草薙和間宮後說，「我曾經多次看過跌落的屍體，即使只有幾公尺的高度，只要受到造成腦挫傷的衝擊，全身都會有內出血的痕跡，但塚原先生的遺體幾乎沒有內出血的跡象，也就是說，在跌落岩石區之前，塚原先生就已經死亡的可能性相當高。」

草薙感到全身都起了雞皮疙瘩。他不知道是因為有預感可能是他殺，還是對多多良的慧眼肅然起敬。

「看了現場之後，我更確信這件事。塚原先生雖然愛喝酒，但從來不會喝醉，難以相信他喝醉爬上堤防，然後滑倒跌落這種事。」

「你也對那裡的警察說了這些話嗎？」

多多良搖了搖頭，露出了苦笑。

「交給那些鄉下警察偵辦，可能等再久，他們連死因都查不清楚，與其如此，還不如趕快把遺體送回來，在這裡解剖比較簡單。」

間宮瞪大了眼睛問：「你打算在這裡解剖嗎？」

「沒什麼好驚訝的，只要按手續辦理，就沒有任何問題。我已經請刑事部長打電話去那裡的縣警總部。由我們這裡進行解剖，一旦懷疑可能是他殺，就立刻請那裡的搜查一課採取行動，我們也會提供所有的線索。如此一來，也不會讓他們的面子掛不住，玻璃分局的分局長也同意了。」

多多良一口氣說道，草薙帶著感嘆的心情看著他的臉。雖然他頭髮梳得很整齊，外貌看起來像銀行員，但以前他當刑警時，經常讓周圍人為他不按牌理出牌的行動捏一把冷汗。聽了他剛才的話，草薙覺得那些傳聞應該不是空穴來風。

「所以什麼時候解剖？」

多多良聽了間宮的問題，笑著說：「已經結束了。」

「啊？」草薙和間宮同時叫了起來。

「不，說已經結束了並不正確。昨晚把遺體送了回來，今天一大早就開始解剖，但正式的驗屍報告還沒有出來，還無法瞭解死因。」

「死因不明……」草薙嘀咕道，「所以真的不是腦挫傷？」

「就是這麼回事。雖然死因不明，但已經明確瞭解到，頭部的傷是死亡後造成的。同時也否定了腦溢血、心臟麻痺等自然死亡的可能性，也就是說，不可能是在堤防上猝死後跌落，除了頭部以外，並沒有可能成為死因的重大傷勢。」

「既沒有傷，也不是因病死亡……」草薙謹慎地繼續問道：「難道是下毒嗎？」

「應該是。」多多良點了點頭，「目前正在進行各項檢查，遲早可以查明死因，但這並不是核心問題，而是已經死去的人，為什麼會倒在那種地方？」他指著剛才那張岩石區的照片說道。

草薙已經瞭解多多良想要表達的意思，塚原正次是遭到他人殺害。

「玻璃分局應該會成立搜查總部吧？」

「遲早會成立，縣警總部應該會請我們協助偵查，但是，如果等到那時候再採取行動，可能會錯失先機，而且對方應該並不打算交出主導權，所以未必會提供所有的線索。也就是說，我們必須自行展開調查。」

「你的意思是由警視廳掌握實質的主導權嗎？」

管理官聽了草薙的問題，搖了搖頭說：

「不是，我無意和那裡的警察搶功勞，如果他們能夠確實調查，找到兇手，那完全沒有問題，但如果他們搞錯了偵辦方向，導致遲遲無法破案，最後陷入了瓶頸，我不僅愧對家屬，更愧對已經去世的塚原先生，所以我希望我們也自行展開調查，如果掌握什麼有利的線索，會毫不猶豫提供給那裡的縣警總部。」

「管理官的意思是，由我著手進行調查嗎？」

「沒錯。」多多良將視線移向間宮，「怎麼樣？你們剛好解決了手上的案子，暫時不會把案子安排給你們。雖然不可能一直是這種狀況，但能不能在接下一個案子之前借用他一下。」

「這……我當然沒問題。」間宮轉頭看向草薙。

「為什麼找我？」草薙問。

多多良眼睛一亮，「你不願意嗎？」

「不是，只是覺得很不可思議，因為有很多前輩比我更瞭解塚原先生。」

「我知道，我就是其中之一。」

「是，我當然知道管理官不可能親自辦案。」

管理官指揮好幾個股，其中有幾個股目前正在偵辦案子。

「在警視廳內，沒有比我更瞭解塚原先生的人了，也就是說，除非是我親自辦案，否則其他人對他的瞭解都差不多。」

「誰都差不多嗎？所以是因為我剛好有空，所以選中了我嗎？」

「喂，草薙，」間宮用訓斥的口吻說，「說話注意點。」

「沒關係，草薙會有這樣的疑問很正常。」多多良露出了意味深長的笑容，拿起了一份資料，「我剛才也說了，目前縣警總部並沒有提出要我們提供協助的要求，在這種情況下，如果我們有太大的動作，對方心裡可能會很不是滋味，萬一有什麼閃失，惹他們不高興，之後就會很傷腦筋。但是，在完全沒有現場線索的情況下，我們也無計可施，所以必須在現場蒐集各種線索。這個問題該如何解決？」

多多良說到這裡，把手上的資料推到草薙面前，「我問了玻璃分局的年輕刑警，還有什麼人住在塚原先生住宿的旅館內，那個年輕刑警很乾脆地告訴了我。令人驚訝的是，除了塚原先生，只有一個客人，更令人驚訝的是，那個人是我們都很熟悉的人。」

草薙拿起了資料。上面寫著塚原先生住宿的旅館是名叫川畑重治的人經營的「綠岩莊」，住宿的客人名叫——

「湯川？」草薙抬起頭問：「他住在那家旅館？」

「據說目前仍然住在那裡，」多多良放鬆了臉上的表情，「你現在應該知道，我為什麼會找你了吧？」

15

噗咻。當恭平聽到噴射聲時，火箭已經飛到遙遠的前方。他忍不住嘟起了嘴。自己又沒看到發射的瞬間。火箭飛出去的速度太快了，完全超乎他的想像，他根本來不及看。

湯川正拿著小型望遠鏡觀察，火箭似乎落在海面上。

「距離是多少？」

恭平看著固定在地面的電動捲線器的刻度。火箭上綁了釣魚線，可以根據釣魚線拉出的長度測量大致的飛行距離。

「呃，一百三十五公尺，沒有剛才那次遠。」

「好，那就收回來吧。」湯川盤腿坐在地上，敲打著放在皮包上的筆電。

恭平一邊看著他，一邊用電動捲線器把火箭收了回來。從剛才開始，已經重複做了六次相同的事。湯川只顧著把火箭射出去，根本沒有讓恭平看海底，而且恭平也不知道這樣一直射火箭有什麼意義。

湯川看著電腦螢幕，抱起了雙臂。

「結論出來了，也釐清了和模擬結果之間的誤差原因，這下子可以在最佳條件下飛了。」

「還要飛？到底要飛幾次才罷休？」

「如果可以，飛越多次越好。在正式飛行之前，要進行無數次測試，無論是載人的宇宙火箭，還是寶特瓶火箭都一樣。但是實際的火箭會受到預算的限制，我們也因為逐漸日正當中，受到時間的限制，如果繼續磨蹭下去，就看不到海底的玻璃了，所以下次就是正式飛行。」

湯川站了起來，把旁邊的水桶丟進海裡。水桶上綁著塑膠繩。

恭平用電動捲線器把寶特瓶火箭收了回來，湯川靈巧地操作著綁了塑膠繩的水桶，汲起了海水。這也是從剛才就重複了好幾次的動作。

湯川做的火箭不僅很大，而且有形狀奇特的翅膀。湯川說這是他的獨創，但恭平完全搞不懂哪裡獨創。湯川的火箭還有另一個特徵，就是裡面放了一個像香菸盒大小的重物。湯川多次調整重物的位置，一次又一次重複實驗。重物差不多有一百公克的重量，恭平認為是因為這個原因，影響了火箭飛行距離，但湯川說，這是絕對不可少的部分。

這個學者到底是怎麼樣的人？恭平不得不重新思考這個問題。雖然自己說想要看海底的玻璃，但並不是很強烈的願望。沒想到湯川竟然這麼認真地想要實現他的願望，卻完全沒有詳細解釋原因，只顧著自己默默作業，好像覺得恭平只要在旁邊看，就能夠理解。

但不知道為什麼，恭平並不想違抗他。因為恭平的內心不由得產生了一種期待，覺得和湯川在一起，可以遇到什麼新奇的事。

「這次要正式飛囉。」

湯川拿起火箭，拿出了原本放在裡面的重物。

「啊！」恭平忍不住叫了起來，「你不是說這個重物很重要嗎？」

「這只是測試用的替代物，在正式飛的時候，要放其他東西。」

就在這時，不知道哪裡傳來了手機的來電鈴聲。湯川從皮包裡拿出手機，看了液晶螢幕後，皺起眉頭，接起了電話。

「喂，我是湯川。」

對方似乎說了什麼，湯川挑動著眉毛。

「很抱歉，今天不行，請安排在明天之後……我正在做實驗。我在做物理實驗，所以今天不行，那就這樣。」

說完，他掛上了電話。

「是工作嗎？」恭平問。

「是德斯梅克的人打來的。雖然名義上是討論，但只是一邊吃飯，一邊聊一些沒有意義的話。這種的稱不上是工作。」

湯川準確計量了海水，倒進火箭的艙體內，噴射口裝了用水管開關改裝的特製開關，然後把整個火箭裝在自製的發射台上，用腳踏車的打氣筒為艙體內打氣，可以清楚看到寶特瓶鼓了起來。經過剛才的測試，已經瞭解了最佳海水量、空氣量和發射台的角度。和剛才唯一的不同，就是這次並沒有把重物放進去。

「好。」湯川說完，把打氣筒從火箭上拆了下來。接著，他從口袋裡拿出了剛才的手機。他用大拇指迅速操作後，把手機放在剛才放重物的位置。

「啊？你要把手機放進去嗎？」

當恭平驚訝地發問時，他的兒童手機響了。恭平正想要接電話，湯川叫了起來。

「等一下再接電話，開始倒數計時囉，三、二、一，發射！」

湯川按下發射台上的按鈕，火箭後方立刻噴出了大量海水。恭平立刻將視線移向前方，在藍天的背景下，透明的火箭筆直地向前飛，中途在陽光的照射下閃著光芒。

火箭在海上墜落時，飛得比剛才更遠。恭平看了電動捲線器的刻度，兩百二十五公尺，這是目前為止的最高紀錄。他興奮地告訴了湯川這件事。

「好了，」這位科學家的反應很平淡，「你趕快接電話。」

恭平聽了這句話，才發現自己的手機一直在響。他從口袋裡拿出手機，發現是視訊電話，他注視著液晶畫面，接起了電話。

「哇！」他忍不住叫了起來。

手機螢幕上出現了閃著鮮豔光芒的海底世界。紅色、藍色和綠色，彷彿有一塊巨大的彩色玻璃沉在海底。海水清澈，陽光的角度不同時，顏色不斷變化。

「怎麼樣？」湯川問他。

恭平默默地把手機螢幕出示在他面前，原本面無表情的科學家微微瞪大了眼睛，然後滿意地點了兩、三次頭，用沒有起伏的聲音說：「實驗很成功。」

16

縣警總部搜查一課這位姓磯部的警部不笑的時候就像在生氣，方正的臉，皮膚看起來很厚，眉毛和眼睛都細得像一條線。不說話的時候嘴角垂了下來，即使笑的時候，看起來應該也是充滿野心和企圖的狡猾表情。

磯部暫時先帶了三名下屬來到玻璃警察分局，「暫時」這兩個字出自他之口。

「如果最後決定成立搜查總部，我就會帶五十個人過來。」磯部微微挺起胸膛說。即使真的帶那麼多人來，也並不是全都是他的下屬，因為他的頭銜只是股長。

但是，刑事課長岡本臉上始終帶著諂媚的笑容，鞠著躬說：「到時候我們也會做好相應的準備工作，還請多多指教。」

磯部等人來這裡的目的，是針對在玻璃浦發現塚原正次的遺體一事，確認到目前為止已經掌握的情況。元山、橋上和西口三個人被叫去會議室進行說明。

元山向磯部等人說明了大致的情況，磯部抱著雙臂聽著他的說明。

「以上就是到目前為止所掌握的情況。目前尚不瞭解塚原先生和玻璃浦的關係，也不瞭解他為什麼對這次的海底礦物資源開發產生了興趣。」

磯部仍然抱著雙臂不發一語。因為他的眼睛很小，看起來好像在睡覺，但似乎並沒有睡著。

磯部低吟了一聲，稍微睜大了眼睛，掃視著轄區刑警問：「所以你們認為怎麼樣？」

「你是問？」元山問。

「你們認為是他殺的可能性有多少？」

「這個嘛……」元山瞥了身旁的岡本一眼，但岡本低著頭，似乎並不打算發言。元山無可奈何，只好繼續說了下去：「看現場的狀況，並沒有發現任何可疑之處，既沒有打鬥的痕跡，也沒有其他明顯的外傷。」

「但是，警視廳的管理官不是發現了什麼嗎？所以才提出要將遺體送回東京解剖。」

這時，岡本抬起頭說：「不，關於這件事，未必是這個原因……」

「那是什麼原因？」

「去世的塚原先生是管理官在警視廳的前輩，所以他說不解剖就埋葬有點於心不安，所以決定把遺體送回東京，請專業的醫師解剖。」

「這件事我也聽說了，我們今天才會來這裡，所以你們預料即使解剖，也查不出任何線索，只是一起意外嗎？」

岡本沒有回答，元山也沉默不語。磯部搖了搖頭，小聲地嘀咕，真是沒用。

「那個姓磯部的股長風評不太好。」橋上把手肘放在車窗的窗框上，看著車外的風景說。

「怎麼不太好？」西口問。他的手上拿著罐裝咖啡。

他們從中玻璃車站搭上了電車。電車上沒什麼人，他們面對面坐在四人座位上。

「聽說他心機很重，又很有野心，而且還很會拍馬屁。如果這次的事件是他殺，就是他立功的大好機會，所以他卯足了全力。」

「他那樣算是卯足了全力嗎？看起來只是臉很臭而已。」

橋上搖著手指，嘴裡發出嘖嘖嘖的聲音。

「那只是虛晃一招，他現在一定是回到縣警總部，口沫橫飛地向課長報告。」

如果橋上的想像成真，代表磯部很希望是他殺。他剛才對岡本和元山感到不耐煩，也許是因為無法從他們那裡聽到可以判斷為他殺的明確證據。

電車沿著海岸線輕快地行駛，很快就到了玻璃浦，但他們並沒有站起來下車。今天他們的目的地是更前面的東玻璃車站。

塚原正次參加了德斯梅克舉辦的說明會，目前已找到了載他到公民館的計程車。計程車司機說，塚原是透過無線電叫車，在東玻璃車站前上了車。如果要去公民館，玻璃浦車站最近，說明會的參加證上也明確寫了這件事，但塚原為什麼在東玻璃車站上車？唯一的可能，就是他在參加說明會之前，有其他事要先去東玻璃車站，於是西口和橋上就去東玻璃車站打聽這件事。

由於地形的關係，東玻璃車站建在離海邊有一段距離的地方，沿著車站前那條路一直走，就可以走到海邊。但走到海邊之前有幾條岔路，可以前往玫瑰園、音樂盒館和視覺藝術館之類的地方。也許是因為車站離海邊有點距離，之前在這裡興建了許多可望成為觀光景點的設施，不用說，現在都變成了蚊子館。

道路旁有一些小型商店，但大部分都拉下了鐵門。即使開著的店家，從外面看，也搞不清楚到底有沒有在營業。

「和這裡相比，中玻璃真是比上不足，比下有餘。」橋上邊走邊說，「至少還勉強有點活力，這裡路上根本看不到行人。」

但還是有幾家店在營業。他們拿著塚原正次的照片，分頭去向店家打聽，最後西口打聽到消息。一家海鮮乾貨店的老婆婆記得塚原正次的臉，說他前天曾經來過這裡。

「他問我要怎麼去海洋之丘。」

「海洋之丘？」

老婆婆笑得整張臉都皺了起來，搖著手說：

「那裡是別墅，很久以前造的，現在應該沒人住了。」

西口把橋上找了過來，向他報告了情況，然後向老婆婆請教了要怎麼去別墅。

從前往海邊的路走進岔路，沿著和緩的坡道往上走。應該是前面有別墅的關係，所以路面鋪了柏油。

「這麼一說，我以前好像聽說過，」橋上說，「很久之前，有一家大型不動產公司建了別墅想要賺錢，我記得好像叫玻璃海洋之丘，但最後只賣出幾戶而已，不動產公司也虧了一大筆錢。」

「原來是這樣。塚原先生為什麼要來看這種別墅？」

不一會兒，就看到了幾棟不難想像建造當時很豪華氣派的別墅，但現在每棟房子都破舊不堪。

路旁有一個男人在割草。年約五十歲，戴了一頂草帽。橋上向他打招呼。

男人說，不動產公司僱他來割草。

「這裡的別墅都在求售，只是遲遲沒有買家，但又不能讓它荒廢下去，所以至少找人把草割乾淨。」

橋上出示了塚原的照片。

「喔，我看過這個人啊，就在前天。」男人很乾脆地說，「因為他看著仙波的房子，所以我有點好奇。」

「先剎的房子？」

橋上問。男人指了指遠處說：

「那裡不是有一棟白色的房子嗎？建在高台的斜坡上，那裡就是仙波以前住的房子。」接著，他又補充說：「他是殺人兇手喔。」

17

「草薙先生，找到了。」聲音從後方傳來，草薙靠在椅背上，將整張椅子轉向後方。身穿褲裝套裝的內海薰拿著資料向他走來。

「喔，辛苦妳了，是怎樣的案件？」

「你自己看比較快。」

「細節部分我會自己確認，我想先知道大概的情況，妳簡單說一下。」

內海薰靠在旁邊的桌子上，低頭看著草薙說：

「你今天的態度真囂張。」

「那當然啊，我這次是奉管理官特命，也就是說，在這起案子上，我代表管理官。」

「我知道，但為什麼找我協助？」

「管理官和股長說，我可以找一個人協助。」

「我問的是為什麼找上我。」

草薙露齒一笑，抬頭看著後輩女刑警說：

「我剛才不是說了嗎？湯川就在那裡。」

「所以呢？我知道管理官是因為這個原因任命你。」

「妳應該知道，那個怪胎不可能輕易答應提供協助，如果他又囉哩叭嗦說一堆歪理，妳要負責說服他。」

內海薰生氣地說：「我不認為自己有辦法說服他。」

「別擔心，即使他會拒絕我的請託，只要妳苦苦哀求，他就無法拒絕。我可以保證。」

「我要苦苦哀求他嗎？」內海薰露出意外的表情。

「如果有必要的話。好了，廢話少說，趕快向我說明，不要浪費時間。」

內海薰嘆著氣，低頭看著手上的資料。

「姓名，仙波英俊，十六年前因殺人罪遭到起訴，被判處八年有期徒刑。行兇現場位在杉並區荻窪的馬路上。」

「馬路上？是打架嗎？」

內海薰搖了搖頭。

「被害人叫三宅伸子，當時四十歲。曾經在酒店當坐檯小姐多年，但被殺時沒有工作。她之前就認識仙波，遇害的前一天晚上，兩個人還一起去喝酒。當時，仙波要求她歸還以前積欠的錢，被害人裝糊塗說，不記得曾經向他借錢。於是，仙波隔天又約了被害人，拿出菜刀說，如果不還錢就要她的命，被害人非但沒有感到害怕，還嘲笑他，仙波惱羞成怒，拿了菜刀砍人——這就是案件的大致情況。」

草薙將雙臂抱在腦後，蹺起了二郎腿。

「這起案子很簡單嘛，完全沒有任何難處理的問題。那個姓仙波的兇手沒有馬上被抓到嗎？」

「不，在案發兩天後的晚上就逮捕了他。」

根據內海薰的說明，五月十日晚上十點左右，有人報案說，有一個女人倒在荻窪住宅區的路上。員警趕到時，女人已經死亡，腹部有遇刺的痕跡。根據女人的隨身物品，立刻得知她是三宅伸子，之前在酒店上班，而且還查到她在遇害的前一天晚上，和一名中年男子去一家以前經常光顧的店喝酒。那家店內很多人都記得他們在喝酒時發生了爭執，雖然男客人已經好久沒有去那家店，但店長記住了仙波這個姓氏。

在調查三宅伸子的住家後，找到了仙波以前的名片。他是伸子以前當坐檯小姐時的客人。仙波做生意失敗，搬去了太太的故鄉，之後又回到東京。當時他住在江戶川區一棟兩層樓的公寓。

去找仙波的資深刑警一看到他，就覺得他很可疑，於是提出希望看一下他的家裡，但仙波堅持不肯答應。刑警就轉身離去，但並沒有真的離開，而是躲在不遠處監視。

仙波很快就出了門，手上拎著一個小皮包。資深刑警看到他在附近的排水溝旁東張西望，就立刻上前叫住了他。仙波抱著皮包拔腿就跑，雖然差一點被他逃走，但最後刑警總算追上，這才逮到了他。

仙波的皮包裡有一把沾滿血的菜刀，很快就證明了那是三宅伸子的血。

「當時逮捕仙波的資深刑警就是塚原正次先生，多多良管理官的前輩果然厲害。」內海薰說。

草薙換了一隻腳蹺起了腿，偏著頭問：

「這有很厲害嗎？如果要求看嫌犯家裡遭到拒絕，大部分刑警都會懷疑啊。」

「雖然是這樣，但通常不會這麼順利啊。」

「妳還是菜鳥，不要說得好像自己很懂。」

內海薰微微瞪著眼睛問：「我還是菜鳥嗎？」

「在妳帶人之前，無論過了幾年都還是菜鳥。所以，當時也是由塚原先生負責偵訊嗎？」

「紀錄上顯示是這樣。」

「判了八年嗎？所以現在早就出獄了，塚原先生為什麼要去看他以前住的房子……」

差不多一個小時前，接到了玻璃分局的一個姓西口的巡查打來的電話。多多良已經通知那裡的分局，關於這個案子，由姓草薙的副警部負責聯絡工作。

西口說，塚原正次去參加在玻璃浦舉行的說明會之前，去了東玻璃町的別墅區，打量了一棟房子。曾經在東京殺人後遭到逮捕的男人以前住在那棟房子，但在案發當時，那棟房子已經在求售。因為是殺人兇手的房子，所以在當地很有名。

但是，那裡的警局當然沒有那起案件相關的資料，所以西口問草薙，是否可以把相關資料傳過去。

「是順便嗎？」內海薰問。

「什麼順便？」

「塚原先生去玻璃浦的目的，是為了參加在那裡舉行的說明會，所以就順便去看一下自己以前逮捕的兇手住的房子。」

「嗯，」草薙低吟著，「會有這種事嗎？如果當事人或是當事人的家屬還住在那裡，或許還說得過去，但現在根本沒人住，而且在案發當時，那棟房子已經在求售，會這麼念念不忘，還特地去看嗎？」

「的確……有道理。」內海薰難得很乾脆地接受了草薙的說法。

「算了，妳去辦一下手續，把這些資料傳過去，然後去調查一下他目前住的地址。」

「是仙波英俊的地址嗎？」

「對，妳很瞭解狀況嘛。」

「雖然我還是菜鳥。」

內海薰轉身離去。草薙目送著她的背影，手機響起了來電鈴聲。拿出手機，發現是一個陌生的電話。他接起了電話。

「喂？」

「我是多多良，現在方便嗎？」

「是，當然沒問題。」他情不自禁坐直了身體。

「剛才接到了委託解剖的法醫學研究室的電話，瞭解了詳細的死因。」

「是什麼原因？」

「太驚訝了，竟然是一氧化碳中毒。」

「啊！」草薙忍不住叫了起來，因為他完全沒有料到。

「因為遲遲無法確定死因，所以他們就徹底做了血液檢查，結果發現一氧化碳血紅素值超過了致死量，目前推測他在充滿高濃度一氧化碳的環境內，不到十五分鐘就死亡了，除此以外，還有服用睡眠導入劑的跡象。」

「一氧化碳中毒和睡眠導入劑嗎？」

這不是燒炭自殺的模式嗎？雖然草薙這麼想，但並沒有說出口。因為自殺的人不可能跌落堤防。

「我會和縣警聯絡，我也已經請法醫學研究室寄一份驗屍報告過去。如果對方打電話給你，你就這麼回答。」多多良在說話時，背後傳來嘈雜的聲音。他應該在某個搜查總部。

「管理官，我想請教一個問題。」

「什麼問題？長話短說。」

「十六年前，您和塚原先生在同一個股吧？」

「是啊，有什麼問題嗎？」

「您還記得當時逮捕的一個姓仙波的殺人兇手嗎？」

「仙波？你是說仙波英俊嗎？」

多多良的迅速反應讓草薙驚訝不已。以多多良的身分，應該接觸過很多殺人兇手，除非是印象特別深刻的命案，否則草薙沒有自信能夠在十六年後，還這麼清楚記得兇手的名字。

「是，就是殺了前坐檯小姐的男人。」

「他怎麼了？」

草薙簡單說明了從西口那裡聽到的情況，多多良沉默片刻後說：

「我現在在品川分局，麻煩你過來一趟。」

18

湯川要求晚上六點吃飯。成實在湯川平時用餐的宴會包廂內做準備，恭平走了進來。

「我也可以在這裡吃嗎？」

「在這裡嗎？」成實看著表弟的臉問：「你要和湯川先生一起吃嗎？」

「嗯，博士說沒問題，我可以自己搬過來。」

「這樣啊……那就沒關係。」

他們兩個人似乎情投意合，今天還一起玩到傍晚，兩個人的皮膚都曬得通紅。

為湯川準備好晚餐時，他剛好走進來，手上拎的塑膠袋裡似乎裝了煙火。

「哇，看起來很好吃。」湯川看著桌上的料理盤腿坐下，他似乎看到了使用了龍蝦的冷盤。

「不好意思，沒什麼可以招待。」

「妳太謙虛了，我還很擔心住在這裡期間會發胖呢。」湯川瞇起眼睛說。

恭平拿著托盤走了進來，托盤裡裝的是蛋包飯的盤子和湯。

「你的看起來也很好吃。」湯川說。

「要交換嗎？」

「今天就算了。」

這時，玄關傳來了電鈴聲。似乎有訪客。成實對湯川說了聲「請慢用」，就走出了包廂。

來到玄關，發現西口像昨晚一樣站在那裡。「嗨！」他舉手打招呼，但表情有點尷尬。

「是為了塚原先生的事？」成實問。

「對，想要請你們幫點忙。」西口舔了舔嘴唇繼續說道：「可以再讓我們看一下旅館內嗎？」

「塚原先生住的房間嗎？」

「不，不是，是整家旅館。」

「整家旅館？」成實忍不住皺起了眉頭，「為什麼？有什麼目的？」

西口一臉尷尬的表情瞥了門外一眼。成實跟著向門外一看，忍不住大吃一驚。因為門外站了一整排穿著深藍色制服的男人。

「這是怎麼回事？」她又問了一次。

「他們是縣警的鑑識小組，不好意思，我不方便透露詳細的情況，如果你們無論如何都不同意，那也不會勉強，但下次會申請搜索令再來，到時候就無法拒絕了。既然這樣，還不如趁今天速戰速決。」

西口語帶辯解地說，成實看著他的臉說：「我去問我爸媽，你稍微等一下。」說完之後，就走去旅館深處。

重治和節子正在客廳吃飯，聽了成實說的話，兩個人都放下了筷子。

「他們要調查什麼？昨天不是已經調查得很充分了嗎？」重治不滿地說。

「你對我說這些也沒用啊，該怎麼辦？」

重治和節子互看了一眼，然後「嘿喲」一聲站了起來。

「我也去。」節子說，結果三個人都走出了客廳。

來到玄關，發現幾個男人站在脫鞋處，所有人都戴著帽子，手上拿了各式各樣的東西。

重治要求說明，西口又重複了剛才的內容。其他人都仔細打量著旅館。

「你們具體要看什麼地方？希望不要給住宿的客人添麻煩。」重治說。

一個戴著帽子的男人向前一步說：「可以先看一下廚房嗎？」

「廚房在那裡。」重治指著櫃檯後方說。

「失禮了。」那個男人開始脫鞋子，其他鑑識小組的人員也都紛紛走進旅館。他們似乎認為重治已經答應了。

有幾個人走進了廚房，節子也跟了進去。

另一名鑑識人員看了看重治，又看了看成實問：「鍋爐室在哪裡？」

「在地下室。」重治回答，他拄著拐杖走到通往地下室的門前說：「就在這裡。」他打開了那道門。

另一個男人問成實：「可以看一下被害人住的房間嗎？」

他似乎要求成實帶他去看，成實走進櫃檯內找房間的鑰匙。

19

「高空煙火和蜂炮的基本原理雖然相似，但有微妙的差異。高空煙火就像是大炮，如果在那根吸管裡，」湯川用拿著筷子的手，指向恭平正在喝可樂的吸管，「把一小團面紙揉成一團後塞進去，再用嘴巴用力吹氣，面紙不是會用力從另一側噴出來嗎？把高空煙火裝進圓筒形的發射台時，會在下面裝發射用的火藥，爆炸時的衝擊力和氣壓可以把煙火打上高空，但蜂炮則是自己爆炸，在後方噴射火花的同時，藉由反作用力飛上天空，火藥發揮了寶特瓶火箭中的壓縮空氣和水的功能。」

湯川滔滔不絕地說話的同時，筷子和嘴巴也沒停。他有辦法一心多用。比起湯川說話的內容，恭平更佩服他可以一心多用。

「所以你剛才買的不是高空煙火，而是蜂炮。」

「沒錯。普通人沒辦法買到真正的高空煙火，因為爆竹煙火管理法規定，需要有煙火師的執照才能買。」

「這樣啊。」

從海邊回來的路上，他們去了便利商店買了煙火。並不是恭平要求，而是恭平和湯川聊起前天晚上和姑丈一起放煙火，湯川就說要去買。

恭平吃完蛋包飯，正在喝可樂，入口的紙拉門打開，一個戴著帽子，身穿深藍色衣服的男人探頭張望。

「啊，抱歉。」男人立刻把門關上了。

恭平眨了眨眼睛問：「剛才的人是怎麼回事？」

「那是警方鑑識人員的制服，可能又在調查什麼。」湯川說。

不一會兒，成實送茶進來，向湯川道歉說：「不好意思，剛才吵到你了。」

「警察好像又來了，他們在調查什麼？」

「我也不知道，但好像在調查火源。」

「火源？」

「剛才在確認廚房的瓦斯爐能不能點火。」

「太奇怪了，和岩石區的意外不是同一起案子嗎？」

「不，警察說就是那起案子，只是沒有告訴我們到底有什麼目的。」

「算了，反正他們就是這種人。」湯川喝著茶，心灰意冷地說。

晚餐後，他們決定直接去外面放煙火。走出宴會的包廂，看到好幾個和剛才的男人穿相同衣服的人在旅館內走來走去。

恭平和湯川一起走出玄關，他知道水桶在哪裡。

「恭平。」有人叫住了他。通往地下室階梯的門打開了，重治走了出來。「你們要放煙火嗎？」

「嗯，水桶借我們一下。」

「喔喔，這當然沒問題……」重治看著湯川手上的塑膠袋，「裡面好像有高空煙火？」

「正確地說，是蜂炮。啊，不行嗎？」

重治露出了苦笑，摸著光頭看著湯川說：

「雖然那天晚上我偷偷放了，但町內會之前決定，只能在海邊放煙火，而且消防局也來宣導過了。平時也就睜一眼閉一眼，但今天晚上有點……」

「我瞭解了，萬一飛去民宅就會釀成大禍。那我們就放棄蜂炮。」湯川說，恭平也點了點頭。

來到旅館外，他們繞到了屋後。那裡是一片空地，背後是一片樹林。

恭平立刻想要玩仙女棒，湯川制止了他。

「等一下，你知道煙火的原理嗎？」

「啊？不就是塞火藥嗎？」

「如果是這樣，一點火不就爆炸了嗎？好。」

湯川從口袋裡拿出白色的東西。恭平仔細一看，原來是棉花。湯川把棉花放在地上，從另一個口袋裡拿出釘子和砂紙。他用棉花擦釘子，棉花一下子就被鐵粉染黑了。

「我要點燃棉花。」湯川用拋棄式打火機點了火。

棉花立刻燒了起來，冒出了很多火星。

「哇！」恭平叫了起來。

「通常金屬無法燃燒，但像這樣具備條件後，就可以燒起來。煙火內裝的就是金屬，是用幾種不同種類的金屬組合而成的。」

「為什麼要用幾種金屬組合？」

「好問題。你現在可以點那個煙火了。」湯川把打火機遞給他。

恭平點燃了仙女棒，前端冒出火星的同時，發出了各種不同顏色的光，而且顏色會隨著時間發生變化。

「發出藍光的是銅，綠色的是鋇，紅色的是鍶，黃色的是鈉，這些都是金屬。某種金屬和金屬化合物在燃燒時會發出該物質特有的光，這稱為焰色反應。」煙火發出很大的聲音和璀璨的火光，但湯川的語氣很平淡，「煙花就是利用這──」湯川突然住了嘴，抬頭看著上方。

有兩個男人從位在旅館後方的逃生梯走下來。兩個人都穿著鑑識的制服，朝恭平他們的方向點了點頭。

「他們剛才在哪裡？我完全沒有注意到。」

「應該在屋頂吧，因為那裡有煙囪。」

那兩名鑑識人員中戴眼鏡的人走向他們。

「不好意思，打擾你們的興致。請問你們住在這家旅館嗎？」他問湯川。

「是啊。」

「可以請教你們幾個問題嗎？」那個人說著，想從口袋裡拿東西出來。

「只要看制服，就知道你們是警察。找我有什麼事嗎？」湯川問。恭平第一次聽他自稱的時候用「我（bo-ku）」這個字眼。

「你是從前天開始住在這裡吧？」

「是啊，前天傍晚辦理了入住手續。」

「原來是這樣，你在這家旅館有沒有發生什麼奇怪的事？」

湯川露出了聽不懂這句話的表情。

「我聽說有客人墜落岩石區死了這件事。」

「不，不是這件事，我是想請教這家旅館內是否有什麼奇怪的事。比方說覺得身體不舒服，或是有奇怪的氣味之類的事。」

「身體不舒服？奇怪的氣味？」湯川偏著頭說，「不，應該沒這種情況。」

「是嗎？我瞭解了，不好意思，打擾了。」男人正想要離開，湯川叫住了他。

「你不問他嗎？」

那個人驚訝地轉過頭，湯川看著恭平繼續說道：「不問小孩子一下太不合邏輯了。」

「喔，喔……」男人一臉困惑的表情走向恭平，「那你呢？有沒有發現什麼異常的情況？」

恭平默默搖了搖頭，男人點著頭，又向湯川點頭示意後離開了。

湯川抬頭看著建築物後點了點頭問：「我們剛才說到哪裡？」

「如果是煙火顏色變化的原理，你已經說過了。」

「好，那接下來再說蛇炮的原理。」湯川在塑膠袋裡找了起來。

20

成實在八點多走進這家經常光顧的居酒屋，澤村正在店內看著筆電等她。

「不好意思，讓你久等了。」成實邊道歉，邊拉開了椅子。他們約好今天要總結說明會和討論會，她也事先聯絡了澤村，說因為警察上門，她會晚一點到。

「沒關係，他們呢？」

「剛才走了。」

「他們到底來調查什麼？」

澤村訝異地問，成實又重複了一次剛才對湯川說的話。澤村皺起了眉頭。

「到底是怎麼回事？那個人不是跌落堤防撞到頭死了嗎？為什麼要調查這些事？」

澤村語帶責備地問，但成實只能偏著頭，不知該如何回答。澤村似乎察覺了這件事，笑著向她道歉說：「對不起，問妳這個問題，妳也很傷腦筋吧？」

「我也完全搞不清楚是怎麼一回事，但我猜想應該不是什麼大事。」

「為什麼？」

「我只是剛好聽到——」

她為湯川收拾好碗盤，準備走進廚房時，聽到裡面有幾個男人在交談，說這裡沒有什麼特別情況，這家旅館沒有問題。他們離開之前，西口也對她咬耳朵說：「我相信這下子應該沒問題了。」
澤村聽了之後，鬆了一口氣，但仍然難以釋懷，小聲嘀咕說：「搞不清楚警察到底在想什麼。」
接著，他們準備總結會議的資料，但兩個人都無法專心。澤村說：「今天就算了。」然後關掉了電腦。
「暑假結束之後，妳家有什麼打算？很多旅館都沒有生意。」
這是個頭痛的問題。成實說了父母打算讓旅館歇業的事，也許澤村也料想到了，所以並沒有感到驚訝。
「是嗎？果然很辛苦啊，那妳的工作怎麼辦？」
「我打算去找工作，反正原本就打算秋天時去找工作。」
「既然這樣，要不要當我的助理？」澤村露出了嚴肅的眼神看著她，「妳願不願意考慮看看？」
「啊？」成實瞪大了眼睛，「助理是？」
「自由撰稿人的工作需要四處走動，但我同時也是環保人士，經常需要和各方聯絡，也就是需要有一個人在辦公室留守。我打算把家中一部分改建成事務所，如果妳能來幫我就太好了。當然，我也會支付相應的薪水。」
成實坐直了身體，低頭看著桌子，對澤村唐突的要求感到不知所措。
她知道對自己來說，是一個良好的機會，不僅如此，更是自己求之不得的機會。既可以不必離開這裡，也可以專心投入守護海洋的運動，但她更在意澤村提出這個要求背後的想法。

「怎麼樣？」澤村對她露出了微笑，「我經常說，妳是人才，可以成為我良好的夥伴，我也有自信可以成為妳的最佳夥伴。只要我們在一起，就天下無敵了，妳不認為嗎？」

成實露出了微妙的笑容，微微偏著頭。

澤村每次都說這種模稜兩可的話。到底是指環保活動的最佳夥伴，還是於公於私都是最佳夥伴？他每次都不說清楚，不，是自己不讓他說清楚。

在一起投入運動後不久，成實察覺到澤村對她有好感，但她假裝沒有發現。因為成實雖然尊敬他，但並沒有把他視為戀愛的對象。

從某個時期開始，澤村開始說一些可以解讀成告白的話，他似乎覺得只要經常說這種話，成實就會漸漸把他當異性看待。

「可以讓我考慮一下嗎？」

澤村聽了成實的回答，澤村得意地點了點頭。「當然，妳可以慢慢考慮。」

成實也對他展露了微笑，但覺得自己心情變得沉重起來。

回到旅館後，發現湯川正在大廳打轉，手上拿著紅酒的酒瓶。

「妳來得正好，我想借一下開瓶器。」

「這瓶葡萄酒哪來的？」

「我請人從大學寄來的，因為我還會在這裡住一陣子。」

原來那個紙箱裡裝的是酒。成實恍然大悟，也想起紙箱上貼了「易碎物品」的貼紙。她從廚房拿了開瓶器出來，湯川問她：「妳要不要喝一點？」

「可以嗎？」

「兩個人喝酒絕對比一個人獨飲開心啊。」

成實走回廚房，從櫃子裡拿出為數不多的葡萄酒杯。

他們面對面坐在大廳的桌子旁乾了杯。成實喝了一口，令人想起木桶的木頭香氣在嘴裡擴散，然後留下了甜味。她情不自禁地又喝了一口。

酒瓶上的標籤寫著「SADOYA」幾個字。湯川說，那是一家位在山梨的公司。

「我完全沒想到國產的葡萄酒這麼好喝。」成實表達了內心真實的感想。

「日本人太不瞭解日本的優點了。」湯川轉動著杯子，「很多人都沒有注意到地方縣市的努力，無論釀出多麼美味的葡萄酒，很多人還沒喝，只要一聽到是國產葡萄酒，就不感興趣。即使你們捨命守護玻璃浦，外人卻很冷淡，覺得到處都有美麗的大海。」

「所以你的意思是，我們的運動根本沒有意義嗎？」

「我不是這個意思，而是說你們的努力應該得到回報。今天中午的時候，我和恭平一起去看了海底的景色，據說那是玻璃浦這個名字的由來，實在太美了。」

湯川的話聽起來不像是敷衍，成實覺得也許他真的不是自己的敵人。

這時，櫃檯後方的電話響了。成實看著時鐘站了起來。已經快晚上十點了，很少有人這麼晚打電話來。

「你好，這裡是『綠岩莊』。」

「不好意思，這麼晚打擾，」電話中傳來一個男人的聲音，「我姓草薙，想找投宿在貴旅館的一位姓湯川的人。」

21

「……檢查了『綠岩莊』的所有暖氣設備和廚房內器具等用火的設備，都沒有發現任何異常，雖然所有器具的使用期間都很長，甚至有超過二十年的東西，但並沒有任何問題。我們也詳細調查了塚原正次先生投宿的房間，完全沒有燒炭的痕跡，產生一氧化碳的可能性極低。報告完畢。」

縣警鑑識課的股長淡淡地說明了情況。西口在會議室的角落聽他報告時，暗自鬆了一口氣。他昨晚因為不安，根本沒有睡好。他陪縣警鑑識小組的人員調查，將近八點才離開「綠岩莊」，但鑑識小組的人並沒有向他說明詳細的見解，只是從他們的言談之中，猜想應該沒有太大的問題。離開「綠岩莊」時，為了讓川畑成實安心，他告訴她應該沒問題，所以他一直很擔心萬一鑑識人員在今天的會議上指出「綠岩莊」有問題，他到底該怎麼辦。

「所以和旅館無關嗎？也沒錯啦，如果客人發生一氧化碳中毒，一定會先叫救護車。」說話的是縣警搜查一課的穗積課長。他有一頭濃密的黑髮，鷹鉤鼻下方的鬍子有點花白。

東京送來的驗屍報告的內容，讓玻璃分局和縣警總部都不敢大意。塚原正次在墜落岩石區之前就已經死了，而且死因是一氧化碳中毒，和當初認為喝醉酒後從堤防跌落的見解完全不一樣。

但是，目前也缺乏決定性的證據顯示是他殺。為此，目前還沒有正式成立搜查總部。

「現在應該已經可以排除意外的可能性了吧。」穗積自言自語地說。

「也不可能在堤防上中毒，」鑑識股長說，「我看了第一波偵查的紀錄，當時並沒有發現燒東西的痕跡，即使在戶外燒炭，也不會引起中毒。」

「會不會是在其他地方吸入一氧化碳中毒，走到堤防時斷了氣呢？因為我之前曾經聽說，中毒之後，會晚一步出現症狀。」

「啊，關於這個問題，」坐在穗積旁邊的磯部輕輕舉起了手，「昨天我叫手下的年輕人去請教了專家的意見──喂！」他瞪著坐在遠處的年輕刑警。

那名下屬翻開記事本站了起來。

「我請教了縣立大學醫學院的教授。正如課長所說，過去曾經發生過有人以為是輕症，但之後出現意識障礙，甚至可能會出現人格變化。當血液中的一氧化碳血紅素的濃度超過百分之十以上時，之後很可能會出現這些症狀，必須特別小心。但是，驗屍報告中的數值遠遠超過百分之十，不可能自行走路到其他地方，所以應該認為是在中毒的地點死亡。」

磯部聽了下屬的報告後，滿意地點了點頭，對穗積說：「情況就是這樣。」

「所以顯然是在其他地方中毒死亡。有哪些方法可以故意讓別人中毒身亡？」

鑑識課的股長回答了這個問題。

「最傳統的方法就是在密閉的狹小空間，比方說車子內燒炭。有一段時間，網路上很流行這種不會造成痛苦的自殺方法。」

「我也記得這件事。」穗積的鬍子抖動著，「驗屍報告顯示，還在屍體身上檢驗出睡眠導入劑。原來如此，讓被害人上車，再用某種方法讓他吃藥睡著，最後燒炭。」

「確認中毒死亡之後，再把他從堤防推下去。」磯部接著說道，「兇手開車逃逸。如果是這樣，就很合乎邏輯了。」

穗積點了點頭。

「的確很合乎邏輯，但問題是沒有明確的證據。目前也無法判斷是他人故意造成他中毒身亡，還是基於本人的意志。」

「聽說被害人手機的紀錄也沒有任何可疑的通話紀錄。」

「是啊。因為有可能被人清除，所以也請電信公司出具了詳細的紀錄，也都沒有問題。」

西口忍不住想，今天的會議到底是怎麼回事？雖然在玻璃分局內開會，但都是縣警總部的人發言。不光是元山股長和刑事課的岡本課長，就連富田分局長也一反常態地畏畏縮縮。

「我聽說對被害人的行蹤有了新發現，好像去了以前逮捕的人的家。」雖然穗積不可能聽到西口內心的想法，但他轉頭問轄區警局的人。

「是啊，關於這件事，請西口向各位報告。」元山說完，向西口使了眼色。

西口站了起來，打開了記事本。

「被害人曾經前往東玻璃町別墅區的一棟房子。那棟房子當初求售時，由仙波英俊購買，不知道從什麼時候開始作為住居，但之後又出售，仙波因為工作的關係前往東京，卻在東京殺了人，遭到了逮捕。當時就是塚原先生負責這起案子。關於案件的詳細情況，已經向警視廳調閱了資料，也寄給磯部股長了。」

磯部打開了自己的檔案夾，遞給了穗積。

「鄉下人跑去東京，刺殺了原本的酒店小姐嗎？這起犯罪簡直衝動得令人感到悲哀。」穗積用沒有太大興趣的口吻說道。

「我和塚原太太通了電話，」磯部插嘴說，「據說塚原先生一直很在意以前逮捕的人，所以這次來玻璃浦時，也順便去看了一下。」

穗積摸著下巴，點了點頭。

「有不少刑警都會這樣，但那些人也可能懷恨在心啊。先去調查一下這個姓仙波的人目前在哪裡做什麼。」

「瞭解了。」磯部說完，向下屬使了一個眼色。

「富田分局長，你認為如何？」穗積對自始至終不發一語的分局長說，「我回去縣警總部之後會和上面討論，但不妨先以棄屍案件的名義成立搜查總部。」

富田露出回過神的表情，微張著嘴，連續點了好幾次頭。

「是，是，有道理，這也許是好方法。」

「那就在今天之內做好事先的準備，磯部那一股的人都先派來這裡，如果還有需要，會再增派人手，這樣沒問題吧？」

「是，瞭解了，請多指教。」

西口看到分局長拚命鞠躬的樣子，忍不住輕輕嘆了一口氣。

這時，他放在上衣內側口袋的手機震動起來，手機似乎收到了電子郵件。他悄悄拿出手機，藏在桌子下確認。一看到寄件人的名字，忍不住有點激動，因為是川畑成實寄來的。

22

草薙把愛車 Skyline 停在路旁，比較著衛星導航系統的畫面和周圍的風景。彎曲的道路兩旁都是房子，房子之間有樹林和巴掌大的農田。

「應該就在這一帶。」因為房子都蓋在比道路稍低的地方，所以不容易看到門牌。

「我去看看。」內海薰打開副駕駛座旁的車門下了車。

草薙拉出菸灰缸的盤子，叼著香菸。因為是自己的車子，所以抽菸也很輕鬆。打開車窗時，悶熱的空氣飄進車內。

他們來到了埼玉縣鳩谷，塚原正次的家就在這附近。

昨天，多多良把他找去品川分局後，劈頭對他說：「這件事不單純。」草薙搞不清楚他在說哪件事，愣在那裡，多多良說：

「就是仙波英俊。塚原先生即將退休時，我們兩個人一起去喝酒。當時我曾經問他，到目前為止偵辦的案子中，最印象深刻的是哪一起。我只是隨口問問，因為塚原先生記性很好，只要是他經手的案子和兇手，他都會記得細節，所以我原本以為他會說，沒有哪一件印象最深刻，每一起案件印象都很深刻。」

塚原正次的回答出乎了多多良的意料。

「仙波英俊——塚原先生在沉思片刻後，幽幽地提到了這個名字。老實說，我有點困惑，因為我完全不記得了。他告訴我，是在荻窪殺了以前酒店小姐的那人，我才終於隱約想了起來。因為那起案子很快就偵破了，在法院審理時也完全沒有問題。於是我問他，為什麼對那起案子印象特別深刻。」

但是，塚原沒有回答這個問題。

「沒事沒事，」塚原搖了搖頭後對多多良說：「我只是隨口說說，你忘了這件事。」

「只要當刑警就知道，無論案子大小，只要是自己偵訊的兇手，就會一直記在腦海中。很多時候，刑警也不知道為什麼會記住，所以我也就沒有多問。但是，既然塚原先生去了那裡，情況就不一樣了，你一定要徹底調查清楚。」

草薙接到指示後，打算立刻去見仙波，卻遲遲找不到他的下落。內海薰在調查後發現，仙波刑滿出獄後，在以前朋友的介紹下，去了足立區的一家廢品回收公司，但那家公司很快就倒閉了，之後仙波就下落不明。

塚原呢？既然他這麼關心仙波，會不會在他出獄後，也持續保持聯絡？草薙很想調查塚原的記事本和手機，但這些都在玻璃分局。

內海薰跑了回來。

「找到了，在前面，那裡也有停車的地方。」

「太好了。」草薙放下了手煞車。

塚原正次的家是一棟樸素的木造兩層樓房子。他的太太早苗親切地接待了他們，請草薙和內海薰坐在可以看到小型後院的和室。雖然有佛壇，但還沒有放塚原的遺照。

「已經請葬儀社明天去領取遺體。」早苗身材纖瘦，說話的聲音也很輕。

草薙表達哀悼後表示，塚原的死很可能並不是意外，早苗並沒有很驚訝，多多良似乎已經打電話把解剖結果告訴她了。

「在接到他去世的通知時，我就覺得其中有隱情，因為他不可能喝醉酒跌落岩石區摔死……」早苗搖了搖頭，「我覺得絕對不可能有這種事。」

雖然早苗的語氣很平靜，但話語中充滿了強烈的確信。她多年來一直在背後默默支持能幹的刑警，內心一定具備了從外表看不出來的堅強。

草薙告訴早苗，塚原去了仙波家的事，問她是否有什麼頭緒。早苗微微皺著眉頭，搖了搖頭。

「那裡的警察也打電話給我，問了這件事。我老公會一直很掛念自己偵辦案件相關的人，所以我認為即使有這種事，也並不意外。但我沒有聽過仙波這個名字，所以他們應該沒有通信。」

「塚原先生有沒有留下以前當刑警時的偵查資料。」

早苗聽了草薙的問題，搖了搖頭。

「這些東西在他退休時，應該全都燒掉了，因為他說自己已經不需要了，而且也涉及別人的隱私。」

「原來是這樣。」由此可以瞭解到塚原一絲不苟的頑固性格。

「但是書房內可能還有些什麼，你們要不要去看一下？」

「請務必讓我們看一下。」

書房位在二樓，是差不多三坪大的和室。木製書桌放在窗邊，書桌旁有一個書架。書架內放著司馬遼太郎和吉川英治的作品，完全看不到任何一本警察相關的書籍。最下面那一層有一本很厚的電話簿。

在徵求早苗的同意後，打開書桌的抽屜看了一下，沒有發現任何可能和這起案件有關的東西。

樓下的電話響了，早苗說了聲「我失陪一下」，走出了書房。

草薙偏著頭，從書架上拿出了電話簿。

「電話簿有什麼問題嗎？」內海薰問。

「那個年紀的人不是都習慣把電話簿放在電話旁嗎？但這裡連無線電話的子機也沒有。」

「啊，對啊。」

「而且這是東京都的電話簿，是一年前發行的。他已經從警視廳退休了，為什麼還需要這種東西？」

草薙把電話簿放在桌上，隨手翻了起來，發現有一頁的角落折了起來。他翻開那一頁，發現是簡易旅社的號碼。幾乎都是在台東區或荒川區，很多地址都在南千住，那是在淚橋附近。

草薙和內海薰互看了一眼之後，把折起的部分攤平，闔起了電話簿。把電話簿放回書架時，聽到有人走上樓梯的聲音。

「是玻璃分局打來的，說今天晚上有縣警的人會來這裡瞭解我先生的情況，我該怎麼回答？」早苗問。

「就和對待我們一樣，一切照實回答就好。」草薙說。

「也對——你們有沒有找到什麼？」

「不，很遺憾。」草薙搖了搖頭，站了起來，「不好意思，打擾了，那我們就告辭了，但可不可以借一張妳先生的照片？最好是臉拍得很清楚的照片。」

「你為什麼沒有把電話簿的事告訴塚原太太？」草薙把車子開出去後不久，內海薰問道。她似乎一直很想問這個問題。

「因為現在還不知道和案件有沒有關係，不能把尚未證實的事告訴家屬。這是身為刑警的原則。」

「但是你認為有關係的可能性很高。」

「不知道欸，妳呢？」

「我認為可能性很高。」

草薙瞥了副駕駛座一眼，「妳回答得毫不猶豫嘛。」

「既然塚原先生在退休後取得了那本電話簿，到底有什麼目的？如果是在查簡易旅社的電話號碼，我認為只有一個目的。」

「什麼目的？」

「找人。」內海薰再次迅速回答，「塚原先生可能在找居無定所的人，那個人為什麼居無定所？」

「因為有前科，找不到固定工作，所以也無法租房子嗎？」

「這樣的推理太跳躍了嗎？」

「不，我認為很合理。雖然不知道仙波實際有沒有住在這種旅社，但塚原很可能在退休之後仍然寶刀未老，用以前的方式查訪。」

「所以只要循著這條線追查下去，或許可以找到仙波——草薙這麼認為。

「我可以請教一個問題嗎？」

「什麼問題？」

「你不把這件事告訴那裡的警察嗎？如果告訴他們，他們也會幫忙找仙波。」

「他們對這裡不熟，我們自己查更快。」

「你果然不想告訴他們。你也不打算把管理官告訴你，塚原先生在回想留下深刻印象的事件時，提到了仙波的這件事告訴他們吧？」

草薙皺起了眉頭。

「妳是怎麼回事？為什麼故意找我麻煩？」

「管理官不是指示，要向縣警提供最大限度的協助嗎？」

草薙撇著嘴角，嘆了一口氣。

「因為我認為只是把線索交給他們，根本對破案沒有幫助。」

「什麼意思？」

「我昨天為了聯絡湯川打電話去『綠岩莊』。」

「你打去旅館嗎？為什麼不打他的手機？」

「我打了，但打不通，他說好像是做了什麼實驗，結果手機壞了，還說什麼防水功能有問題。這種事不重要，反正他當然也知道住在那裡的客人死了，但除此以外，似乎並不知道更多詳細的情況。於是我就簡短地把至今為止的情況，以及我被任命為聯絡窗口的來龍去脈告訴了他。」

「湯川老師一定很驚訝吧？」

「不，並沒有太驚訝，他說果然是這樣啊。他雖然不知道死者以前是刑警，但他懷疑應該是他殺。」

「老師這麼懷疑嗎？難道有什麼可疑的地方嗎？」

「木屐。塚原先生穿的木屐也一起掉落在岩石區，湯川說，那個堤防有點高，穿著木屐應該爬不上去，所以他有點在意，但他覺得日本的警察很優秀，不需要他這個外行插嘴，所以就沒說。」草薙在說話時，想起了湯川充滿諷刺的語氣。

「很像是老師會說的話，你請他協助調查時，他說什麼？」

草薙踩了煞車。因為前方的號誌燈變成了黃色。他把車子停在停車線前後，轉頭看向副駕駛座說：「問題來了。妳猜他怎麼說？」

內海薰看向左上方說：「我再也不要協助警察了……是不是？」

「妳是不是也這麼認為？我也作好了聽到這種回答的心理準備，沒想到他一口答應，說雖然無法提供什麼像樣的線索，但會盡力協助——」

內海薰的眼珠子又骨碌碌地轉動起來。「真的嗎？」

「雖然是我拜託他，不該說這種話，但我太吃驚了，忍不住想問他，到底是怎麼回事？但又怕不小心惹惱了他，所以就沒吭氣。」

「太英明了，但這件事和你不把線索透露給縣警有關係嗎？」

前方的號誌燈變成了綠色，草薙看向前方，把車子開了出去。

「在掛斷電話之前，湯川小聲地說，這可能是一起非常棘手的事件。我問他是什麼意思，他顧左右而言他。我立刻靈機一動，他除了木屐的事以外，一定還發現了什麼。不，也許還不到這個階段，但他絕對對這起事件產生了好奇。妳和湯川說話時，也有相同的印象吧？」

「老師對犯罪偵查的觀察很敏銳這點，我是自認很瞭解……」

「不僅是對事物的觀察，對人的觀察力也很強。他會對這起案件產生興趣，就代表關鍵人物在他身邊。所以我認為不需要靠縣警，利用湯川才是迅速破案的捷徑。」草薙瞥了副駕駛座一眼，「妳怎麼認為？我的想法有錯嗎？」

「不，我完全瞭解你的用意，事實上，湯川老師的確協助我們偵破了很多案子，但即使這樣，不把線索分享給縣警還是有問題吧？」

「我並不是完全不和他們分享，而是視實際情況。妳仔細想一想，我們警視廳的人對湯川另眼相看，但他在其他縣警的眼中，就是普通老百姓，根本不會想請他協助辦案。湯川具有天才級的推理能力，但如果沒有推理的材料，他就無法發揮這種能力。只有我們能夠向他提供這些，所以對縣警有點不好意思，但我們必須搶先掌握有用的線索。這樣妳能接受了嗎？」

草薙在眼角掃到內海薰點了點頭。

「湯川老師在自己有十足的把握之前，完全不會透露推理內容，而且會突然要求我們去查一些莫名其妙的事，也許真的只有我們有辦法和他打交道。」

「我們就為他跑腿，支援他的頭腦，就像之前一樣。」

二十分鐘後，草薙把車子停在明治大道旁。

「有關仙波英俊的資料都帶齊了嗎？也有仙波的照片吧？」

「有他出獄前的照片。」

「這就足夠了，然後再帶上這個。」草薙從內側口袋裡拿出了塚原正次的照片，「那就交給妳了。」

內海接過照片後，茫然地坐在那裡。草薙看著她，指了指前方說：「妳在發什麼呆啊？妳以為這裡是哪裡？」

前方的十字路口的牌子上寫著「淚橋」。周圍到處都是簡易旅社的招牌。

「啊！」內海薰叫了一聲，拿起了肩背包，打開了副駕駛座旁的門。

「無論是誰，都要讓他們仔細看照片。」草薙指示道。

內海薰用力點頭回應，然後用力關上了車門。

23

西口在下午三點多時，帶著磯部和他的兩名下屬來到「綠岩莊」。因為已經事先通知，所以川畑夫婦和成實在大廳等他們。原本他們三個人就很緊張，看到一臉兇相的磯部，臉上的表情更加凝重。

磯部詳細詢問了塚原正次從旅館離開那天晚上的情況。雖然已經回答過多次，但三個人還是仔細說明。他們說明的情況沒有任何矛盾之處，也沒有任何不自然的地方。西口對這些內容也早就聽膩了，所以從中途開始，就怔怔地打量著成實端正的臉龐。

「我們可以看一下塚原先生之前住的房間嗎？」磯部大聲問道。

節子站了起來，「我帶你們去，請跟我來。」

磯部和兩名刑警跟著節子去看房間，重治也說：「那我也去。」然後拄著拐杖走向電梯。

只剩下西口和成實兩個人時，西口說：「不好意思，一次又一次打擾。因為好像不是單純的意外，所以也擴大了偵查的規模，每次都會有新的成員加入，我們也很傷腦筋。」

成實淡淡地笑了笑，搖了搖頭說：

「沒關係，你別放在心上，但我才覺得不好意思，你正在忙的時候，傳了奇怪的電子郵件給你。」

西口慌忙搖著手說：

「完全沒有問題，雖然真的很忙，但我做的都是一些雜事，妳說要問我的是什麼事？」

今天早上，西口在開會時接到了她的電子郵件，上面寫著「我有事想問你，可以在哪裡見面嗎？如果你覺得打電話比較好，請告訴我方便的時間」。

「嗯，不瞞你說，」成實說完這句話後，舔了舔嘴唇，似乎在思考該怎麼開口，「你上次不是借走了我們旅館住宿客人的名冊嗎？說要瞭解塚原先生為什麼會來投宿我們這種旅館。那件事有沒有查出什麼眉目？」

「喔，原來是那件事。不好意思，那本名冊可以再借用一段時間嗎？目前還沒有完全清查完。」

「這當然沒問題，所以目前並沒有從名冊上查到什麼嗎？」

「是啊，至少這兩年期間的住宿客當中，沒有發現和塚原先生有交集的人。話說回來，塚原先生挑選這裡可能並沒有什麼特別的原因。玻璃浦的旅館同業工會經營的旅宿網上，也介紹了這家『綠岩莊』。」

「是喔。」成實看著斜下方，點了點頭，她似乎在考慮其他的事。

「有什麼在意的問題嗎？」西口問。

「也不是在意……」成實露出不置可否的笑容，微微偏著頭，「你應該知道，現在有一個姓湯川的大學老師住在我們這裡吧？昨天有人打電話找他，我並沒有特別偷聽，但因為他在櫃檯那裡說得很大聲，所以我就聽到了……」

西口感到有點困惑。他雖然從偵查資料中得知有一個姓湯川的住宿客，但從來沒有和湯川說過話。雖然好像在哪裡看過，但並沒有明確的記憶。對他來說，湯川只是路人甲而已。

「好像是警視廳的人打電話給他。」

成實壓低嗓門說道，西口猛然坐直了身體，「警視廳？」

「湯川先生對著電話說，你這個警視廳的人，為什麼要打電話來向我打聽這裡發生的案件？之後，他可能覺得大聲說話不太妙，所以我就沒再聽到他說什麼。我在事後問他，他說是他的大學同學打來的，但並沒有告訴我他們聊了什麼。」

「這樣啊，大學老師和警視廳的人……」

西口也讀過大學，但他回想著老同學的臉，沒有任何人在大學教書。

「即使是朋友，你不覺得警視廳的人特地打電話給毫無關係的湯川先生很奇怪嗎？所以我在想，是不是在打聽我們家的事……像是旅館的事，或是我爸媽，還有我的事。」

「怎麼可能？」西口笑了起來，「雖然我不太瞭解警視廳的狀況，但我想應該不是妳想的那樣，應該只是剛好知道朋友住在這裡，所以就順便問一下這裡的情況——八成就是這樣。」

「是嗎？」成實一臉難以釋懷的表情。

「妳為什麼這麼擔心？雖然住在自家旅館的客人離奇死亡，當然會有點擔心，但無論怎麼看，你們都沒有過失啊。雖然如果因此造成負評，導致客人不再上門很傷腦筋，但目前並沒有這種跡象，所以妳就繼續保持旁觀者的態度就好。」

在西口用力說完這句話後，電梯門打開了，磯部等人走出電梯。磯部仍然板著臉，但並沒有什麼特別的變化。

就在這時，成實看向玄關，說了聲「你回來了」。西口轉頭一看，一個戴著眼鏡的高個子男人正在脫鞋子。這個人似乎就是湯川。

磯部看到湯川後，問了節子什麼問題，然後小聲嘀咕說：「那剛好。」

「不好意思，可以打擾一下嗎？」磯部向湯川出示了警察徽章。

「有什麼事嗎？」湯川露出冷漠的眼神問道。

「我想請教一下三天前晚上的事，請問當時你在哪裡做什麼？」

湯川瞥了成實他們一眼後開了口。

「從八點左右到十點多，在碼頭附近的一家居酒屋內，點了毛豆、鹽辛花枝和里霧島的純酒。前半段和這裡的老闆娘在一起，後半段是她女兒和我一起喝酒。」

湯川口齒流利，回答的內容也和之前的偵查資料一致。

「你去那家居酒屋和回來的路上，有沒有看到可疑的車輛？」

「怎麼個可疑法？」

「比方說停在路上，車上有人之類。」

湯川偏著頭說：「我沒注意。」

「這樣啊。謝謝你的協助。」磯部鞠了一躬。

「我可以請教一個問題嗎？」

「什麼問題？」

「有沒有找到一氧化碳的來源？」

磯部聽了湯川的話，瞪大眼睛問：「你怎麼……？」

「只要看鑑識人員昨晚的行動就知道了。目前找到來源了嗎？」

「這……無可奉告，因為偵查不公開。」磯部抿著嘴，垂著嘴角。

「原來是這樣，我瞭解了。」湯川笑了笑，走向電梯。

24

只差一點就可以過關時，聽到了敲門聲，結果稍微分了心，敵人從意想不到的地方衝了出來。恭平慌了神。

「啊，慘了！」

他立刻操作搖桿控制器，但還是晚了一步。隨著一聲好像在嘲笑玩家的音樂聲，他失去了一條寶貴的生命。

「呿！什麼嘛！」恭平瞪著螢幕嘟起了嘴，對著門口大叫一聲：「誰啊？門又沒鎖。」

門靜靜地打開了，湯川探頭進來。

「原來是博士。」恭平把搖桿控制器放在一旁，「有什麼事嗎？」

「我可以進來嗎？」

「可以啊。」

湯川面無表情地走了進來。他穿著白襯衫，手上拿著上衣和公事包。

「你工作結束了嗎？」

「今天算是結束了。」湯川說完，走到窗邊說：「但收穫幾乎等於零，只完成了和德斯梅克共同實驗的手續。一些不必要的人都跑來管東管西，那個技術管理課長是怎麼回事啊？出一張嘴，卻完全沒有任何建設性的意見，他到底來幹什麼，成事不足，敗事有餘。」湯川數落了一陣後，突然回過神，轉過頭說：「啊，對不起，你突然聽我說這些抱怨，應該也很困擾吧？」

「我倒是無所謂，看來你也有很多不愉快啊。」

「有一點，和別人合作，或多或少都會有一些壓力。」

「我懂，我懂，和朋友一起玩遊戲時，如果有合不來的人，就不想一起玩協力合作遊戲。」

「協力合作遊戲？」

「就是三、四個人一起玩同一個遊戲，但每個人都需要一個搖桿控制器。」

「是喔，」湯川看了看恭平，又看著電視螢幕說：「你打電動很厲害嗎？」

「滿厲害的啊。」

「你很有自信嘛。」湯川注視著電視螢幕說：「那你玩給我看看。」

「現在嗎？」

「對啊，你剛才不是在玩嗎？」

「我不喜歡別人看著我玩，尤其是大人。」

「你不要裝模作樣了，趕快、趕快。」湯川在恭平身後盤腿坐了下來，還抱起了雙臂。

恭平無可奈何，只好拿起搖桿控制器開始打電動。想到湯川在自己身後，就覺得有點在意，但玩了一會兒之後也習慣了，就專心玩了起來。

他順利過了剛才失敗的那一關，把遊戲暫停，轉頭對湯川說：「差不多就是這種感覺。」

「原來是這樣，」湯川小聲嘀咕說：「看起來你的確像是很會玩。」

「什麼意思嘛！」

「我是實話實說啊，因為我不知道這個遊戲的難易度，也不知道其他人的程度，我缺乏足夠的資訊判斷你的實力。」

「那你可以自己玩一下啊。」恭平把搖桿控制器遞給他。

湯川露出困惑的表情說：「不用了。」

「為什麼？」

「因為我喜歡在現實世界探索，對虛擬世界沒有興趣。」

「別說這種我聽不懂的話。我知道了，你沒有自信，所以想要逃避。」

湯川生氣地說：「我才沒有逃避。」

「那你就玩看看啊，你才不要裝模作樣。」恭平把搖桿控制器塞到湯川手上說：「來吧，來吧。」

湯川很不甘願地接過搖桿控制器說：「我不知道怎麼玩。」

「你玩了就知道了。」恭平啟動了遊戲。

「喂，等一下，怎麼突然就開始了。」湯川瞪大了眼鏡後方的雙眼，凝視著電視螢幕，慌忙拚命操作搖桿控制器。在一旁的恭平也知道他使出了渾身解數。

原本有三個遊戲角色，沒想到一下子都死了。恭平笑得在榻榻米上打滾。

「太遜了，我媽也玩得比你好，這是怎麼回事啊？我從來沒有看過玩得這麼爛的人。」

湯川面無表情地放下了搖桿控制器。

「我現在稍微瞭解了，你在打電動方面很有實力。」

恭平躺在榻榻米上，身體向後仰，「不好意思，我可不想讓你評論我的實力。」

「先不說這些，這是什麼？」湯川看著矮桌問。

恭平坐了起來，皺著眉頭說：「看就知道了啊，這是國文和算術習題。」

「喔，原來你在做暑假作業。」

「不是只有這些而已。」

恭平把原本放在壁龕內的紙箱拉了過來。他來這家旅館的隔天，宅配就送了這箱過來。裡面是換洗衣服、遊戲機，還有暑假作業。

「首先是生活作息表。要寫每天的計畫，然後確認有沒有按照計畫完成。做這個超麻煩。還要看書，寫閱讀心得，還有自由研究，我哪知道要研究什麼，為什麼大人喜歡叫小孩做這種事？暑假的時候就應該讓小孩子好好玩啊。」

湯川拿起算術習題翻了起來。

「你幾乎都沒寫嘛，這樣來得及嗎？」

「應該來不及，只能等到開學之前，讓媽媽邊罵邊幫我寫了。因為我媽媽每次都會一邊罵，一邊會幫我。」

恭平每年都是靠這種方法寫完暑假作業。

「你媽媽不是在幫忙，而是在阻礙你，阻礙你學習能力的進步。」

「你別說這種話。如果不寫的話，會被學校的老師罵。」

「就該讓你被罵啊，這才是為你好。」

「什麼嘛，說什麼風涼話。」恭平想要從湯川手上搶過習題集，但湯川把習題拿開了。

「我來幫你，這種習題集兩、三天就可以搞定了。」

恭平猛然坐直了身體問：「博士，你要幫我寫嗎？」

「我不是幫你寫，是教你寫，指導你在每一題都寫上正確答案。」

「就像家教一樣？」

「簡單來說，就是這樣。」

「啊？」恭平皺起眉頭，「為什麼來這裡還要寫功課？」

「反正遲早都要寫，」湯川翻開習題，「求十八角形的內角總和——你遲早要靠自己解這個題目。如果一直到長大了還不會解，就會在很多事上吃苦頭。既然這樣，還不如現在好好學，而且你已經在我的協助之下，完成了一項暑假作業。」

「啊？你在說什麼？」

「就是火箭啊，你不是靠寶特瓶火箭看到海底的玻璃了嗎？那是很出色的自由研究，我手上有所有的數據資料，你只要整理一下就完成了。」

「太好了！」恭平拍著手，「但那是你做的實驗，這樣算不算造假？」

「你讓媽媽幫你寫習題完全沒有罪惡感，卻在這件事上這麼一板一眼。你也參加了火箭實驗，這不算造假。」

「太好了，那我就完成了一項暑假作業了。」

「要不要順便把習題也寫完？」

湯川拿起了習題集。

恭平皺起鼻子，抓了抓頭之後，點了點頭。

「好吧，那我就來寫看看。如果你教我寫，應該會很好玩。」

「你不要抱有太大的期待。對了，有一件事想和你商量，我教你寫功課，你可以幫忙我一件事嗎？」

「什麼事？」恭平緊張起來。

「你知道通用鑰匙嗎？就是在這種旅館和飯店，可以打開所有房間的萬能鑰匙。」

「是不是在姑丈他們房間？我看到成實從抽屜裡拿出來。」

「應該就是了。我想借用一下，當然，只是一會兒而已。」

「好啊，我去幫你借。」恭平準備站起來，但湯川按住了他的肩膀。

「不必現在，而且也不是要去借。」湯川舔著嘴唇，壓低聲音繼續說道：「你要偷偷把鑰匙偷出來。」

25

磯部等人要回縣警總部，西口和他們道別後，晚上八點多才回到玻璃分局。分局內一片忙亂，目前已經正式決定要成立搜查總部，沒有其他事的人都要幫忙做準備工作。

西口走去分局內最大的大會議室，看到同事正紛紛把電腦和影印機搬進會議室。

有人從後方拍了他的肩膀。回頭一看，橋上一臉陰鬱地站在那裡。

「你站在這裡發呆，會被叫去幫忙。你還沒吃飯吧？我們一起去吃飯。」

「不幫忙沒關係嗎？」

「接下來還怕縣警不使喚你嗎？能偷懶的時候就先偷懶一下。」

橋上轉身邁開步伐，西口也跟在他身後。

他們一起走進分局附近的定食餐廳。西口點了燒肉定食，因為聽到橋上說接下來會被使喚，覺得必須補充一下體力。

「真傷腦筋，原本以為是單純的意外，沒想到越搞越大，都怪警視廳那個管理官小題大作。縣警那些傢伙說得好像是我們第一波搜查有問題，在那種情況下，誰都會判斷只是意外而已。如果那種屍體也要送去解剖，挨罵的是我們。」橋上用筷子夾著燒肉抱怨道。

「橋上，你今天去了哪裡？」

「東玻璃，陪著縣警的人查訪，但其實我只是帶路而已。」

「去那個海洋之丘的別墅區嗎？」

「也去了那裡，但是在另一個住宅區查訪。仙波死去的老婆以前的娘家在那裡，現在變成了停車場。」

「仙波的老婆是東玻璃人嗎？」

「好像是這樣。」橋上放下筷子，從掛在旁邊椅子上的上衣中拿出了記事本，「根據警視廳傳來的資料，仙波來自愛知縣豐橋市，畢業後在東京找到了工作，就去了東京。在三十歲時，和公司的同事結了婚，對方是東玻璃的人。」

橋上出示的記事本那一頁上寫著「悅子 婚前姓日野」。

「他老婆的娘家在那裡，他還在附近買別墅嗎？」

「不，他們結婚時，他老婆的娘家已經拆掉了。他老婆只是在高中之前住在東玻璃，之後因為她父親調職，搬去了橫濱。和仙波結婚之後，當然就住在東京。仙波在三十五歲時自立門戶，開了一家維修家電的公司。當時住在東京目黑區，公司的業績順利成長，他在四十六歲時購買了海洋之丘的別墅。因為他太太之前一直說，很希望住在故鄉可以看海的房子，所以他很希望實現他太太的心願——他因為殺人遭到逮捕之後，在接受偵訊時說了這些話。」橋上闔起了記事本，拿起筷子。

「原來是這樣，光聽你說的這些，會覺得他人不壞啊。」西口吃著燒肉說道。

「他應該就是一時衝動。雖然公司的生意曾經做得很不錯，所以買了別墅，但小公司只要走錯一步，就可能完全變了樣。仙波的公司也一樣，他當初勉強投資了新的生意，沒想到變成了公司的累贅，轉眼之間就債台高築，最後破產了。幸好還有目黑的住宅和海洋之丘的房子，結果他老婆又生了病。我記得是癌症。」

「癌症？」西口皺起眉頭，「這也太……」

「真的很倒楣。」橋上把燉菜送進嘴裡，「為了籌措治療費，他們賣了目黑的房子，夫妻兩人一起搬回海洋之丘，以諷刺的方式實現了他老婆的夢想。只不過這種生活也沒維持太久，他的老婆很快就死了，只剩下仙波一個人。」

「一個人住在那種地方很痛苦。」西口想起了像廢墟般的別墅。

「他獨自在那裡住了一陣子，但沒有收入的日子不好過，於是他又去了東京，開始在電器行上班，他就是在那個時候引發了那起案件。」

「之後的內容我從資料上瞭解過了，他刺殺的對象是以前的酒店小姐。」

「他們為了有沒有借錢的事發生了爭執，最後他惱羞成怒，刺殺了對方。他身無分文，老婆又死了，仙波應該也迷失了自己。如果說他腦筋不清楚，還真的是腦筋不清楚，但也有點同情他。」

西口聽了橋上的話，停下了手。

「不知道塚原先生是不是也這麼想，是不是也很同情仙波。」

橋上露出了沉思的表情，「應該是這樣吧。當初是塚原先生負責偵訊，應該也是他把剛才提到的仙波為了老婆買海洋之丘的房子這件事留在筆錄上，可能希望在審判時，法官對仙波有良好的印象。」

「如果是這樣，仙波可能並不憎恨塚原先生。」

「我想也是，」橋上說，「那裡還有幾戶人家和他老婆的娘家有來往，我們也向那幾個老鄰居打聽了一下。據說仙波住在海洋之丘之後，經常會去看他們，每個人都說，從來沒有看過像仙波這麼心地善良的人，一定是有很大的理由，他才會行兇殺人。因為這樣，所以塚原先生來這裡時，才會想去看看他以前住的地方吧。」

「所以這次的事件和仙波英俊……」

橋上搖了搖頭說：

「沒有關係，縣警的人似乎也失去了興趣。」

26

電視上正在播放諧星挑戰危險遊戲的綜藝節目。恭平並不想看，但仍然抱膝坐在那裡，假裝看得津津有味。節子端了一盤切好的梨子走了進來，放在矮桌上說：「來吃吧。」

「謝謝。」雖然節子也拿來了叉子，但恭平直接用手抓著吃。

今天晚上，他沒有和湯川一起吃晚餐，而是和重治他們一起吃。吃完晚餐後，仍然留在他們的房間看電視。

重治在旁邊喝茶看書，成實吃完晚餐後就出門了。

「恭平，你今天做了什麼？好像沒看到你走出房間。」重治問。

「嗯，我在做暑假作業，然後又玩了一下遊戲。」

「你寫了暑假作業嗎？太了不起了。」

「才剛開始寫而已，博士說，遇到不懂的地方，他會教我。」

「博士？」

「就是湯川先生。」節子站起來時說，她走出了房間，可能是去廚房。

「喔，原來是這樣。不知道那個老師會住到什麼時候。」重治偏著頭說。

「他說他也不知道，」恭平說：「他還抱怨說，德斯梅克的人都很笨，研究完全沒有進展。」

「是這樣啊。他是帝都大的老師，倒是不擔心他不付住宿的費用。」重治摸著頭髮稀疏的頭頂後，看著恭平問：「他有沒對這次的案件說什麼？」

「哪方面？」

「任何方面都可以，有沒有說，有人死了很可怕，或是怎麼死的之類的話？」

「他什麼也沒說，只說警察一直上門，有點靜不下心。」

「這樣啊。」重治點了點頭，用力嘆了一口氣說：「恭平，你的運氣也真不好，難得來這裡一次，就被捲入這種麻煩事。說好要帶你去海邊，到現在也沒去，姑丈真的覺得對你很不好意思。」

「沒關係，反正什麼時候都可以去海邊。」

「是嗎？」重治在回答時，放在房間角落的無線電話子機響了，但鈴聲很快就中斷。母機放在櫃檯，應該是節子接起了電話。

恭平看向時鐘，已經快晚上九點了。綜藝節目已經結束，他拿著遙控器，正在思考要用什麼藉口繼續留在這裡。重治應該很快就會去泡澡了，所以只要再撐一下。

他胡亂轉著台等了一會兒，看到一齣偶像明星主演的電視劇開始了。雖然他以前從來沒有看過這齣電視劇，但他假裝就在等這個節目，又重新坐了下來。

「恭平，原來你喜歡看這種節目。」重治有點意外地說。

「是啊。」恭平頭也不回地回答。如果姑丈覺得這種節目太難看了，他就達到目的了。

這時，電話子機又響了，但這次的鈴聲不一樣，似乎是內線電話。

「喔，到底是怎麼回事？」雖然重治這麼說，但他並沒有接電話。

走廊上傳來小跑過來的腳步聲，不一會兒，節子走了進來。

「恭平，你爸爸打來的。」她說著，又接起了電話，「喂？可以聽到嗎？……那我現在叫他聽電話。給你。」她把電話子機遞到恭平面前。

「爸爸？」

「對，他從大阪打來的。」

恭平拿起電話放在耳邊。

「是我。」

「嗨，我是爸爸，你還好嗎？」電話中傳來敬一開朗的聲音。

「嗯，很好啊。」

「是嗎？我剛才聽姑姑說，那裡好像出了什麼大事，你為什麼沒有告訴媽媽？昨天晚上，媽媽不是有打電話給你，問你有沒有什麼問題？你回答說沒有問題。」

因為我覺得很麻煩。恭平很想這麼說，但還是忍住了。

「因為我覺得不是什麼大事。」

「怎麼不是大事？有人死了，這件事還不大嗎？所以你沒問題嗎？」

「有什麼問題？」

「就是警察進進出出，不是會感到很煩嗎？你也沒辦法出去玩，或是沒辦法寫功課，有沒有這種情況？」

「沒有啊，我想玩就玩，也做了一點暑假作業。」

「是嗎？如果你覺得住在那裡不方便，就要老實說。」

「嗯。」恭平在回答時，忍不住想，如果自己真的覺得住在這裡不方便，爸爸打算怎麼處理，難道要叫自己去大阪嗎？當初不就是因為沒辦法帶自己去大阪，所以才把自己送來姑姑家嗎？

「所以，你還要繼續住在那裡嗎？」

「嗯。」

「好，我知道了，那你叫姑姑聽電話。啊，你稍微等一下，媽媽說有話要對你說。」

「不用啦，昨天才剛說過。」

恭平把子機交給節子，節子和敬一聊了兩、三句之後，就掛上了電話。

「敬一很擔心嗎？」重治問。

「好像也沒有，他只能專心做一件事，現在應該滿腦子都想著工作吧。」節子說完，看著恭平說：「你可以一直住在這裡，但如果你想去找爸爸他們，隨時告訴姑姑，姑姑會馬上打電話給爸爸。」

「嗯。」恭平點了點頭。

「好，那我就去洗澡了。」重治終於站了起來。

節子也走去廚房，房間內終於只剩下恭平一個人。這是他等待已久的一刻。

他打開門，確認走廊上沒有人後，打開了電視旁櫃子的抽屜。裡面放了一把掛在大木牌上的鑰匙。他拿出鑰匙，放進了短褲的口袋。

他關掉電視，走出了房間，沒有穿拖鞋就跑過走廊，穿越大廳，搭上了電梯。他的心臟噗通噗通直跳，應該不只是因為奔跑的關係。

來到三樓，他敲了敲「雲海間」的門。不一會兒，就聽到門鎖打開的聲音，隨即打開了門。湯川站在門內。

「這個。」恭平說完，拿出了通用鑰匙。

「辛苦你了，有多少時間？」

「我想在姑丈泡完澡之前放回去，大約二十分鐘左右。」

「有這些時間就足夠了，我們走吧。」湯川走出房間，他也沒有穿拖鞋。雖然旅館內目前沒有其他客人，不必擔心有人聽到他們的腳步聲，但可能是為了以防萬一。

湯川沒有搭電梯，沿著樓梯上樓，但是來到四樓後，走去和恭平原本想像相反的方向。

「博士，你要去哪裡？」恭平問，「『彩虹間』在那裡啊。」

湯川停下了腳步問：「『彩虹間』？」

「你不是要看那個死去的叔叔的房間嗎？」

湯川要他去偷通用鑰匙時，他曾經問了原因，湯川回答說，他想去看一個房間。恭平以為他要去看在岩石區摔死的客人之前住的房間。因為他也想去看看，但在警察的命令下，貼了一張「禁止進入」的紙，所以他更加好奇了。

沒想到湯川搖了搖頭說：「我不是想去那個房間。」

「那你要去哪個房間？」

「你跟我來就知道了。」

湯川邁開步伐，最後在名叫「海原間」的房間前停下了腳步。

「這裡嗎？」

「對。」湯川從口袋裡拿出什麼東西說：「你把這個戴上。」

那是一副白手套。因為是大人用的手套，恭平戴在手上很大。

「我剛好沒有兒童用的手套，你盡可能……不，絕對不要碰房間內的東西。」

「你到底想幹什麼？」

湯川想了一下，沒有說話，然後對恭平說：「我想要做一點調查。」

「調查？調查什麼？」

「也許可以說是物理學的調查，這棟建築物的構造很奇特，可能對我的研究有幫助，所以我想調查一下。」

「那你可以這麼拜託姑丈啊。」

「那不行，警察整天上門，如果你的姑丈告訴他們，他們一定會一直追問我為什麼要來看這個房間。我才不想遇到這種麻煩事——鑰匙借我一下。」

「沒想到學者這麼辛苦。」恭平把通用鑰匙交給了他。

「真理得之不易啊。」

湯川打開了門鎖，把門打開，摸索著打開了電燈的開關，然後走了進去。恭平也跟在他身後。因為房間內沒有開冷氣，所以很悶熱。

這個房間的格局和大小和恭平目前住的房間相同。湯川站在門口，仔細打量房間之後蹲了下來。他摸了摸榻榻米，然後注視著手套。

「你在幹什麼？」

「沒什麼重要的意義。只是我覺得如果很少有人住的房間，榻榻米會很髒，但似乎打掃得很乾淨。」

湯川走進房間深處，打開窗戶的窗簾。恭平也站在他的身後向窗外張望，看到了之前放煙火的後院。

「你之前說，你和姑丈一起玩蜂炮。」

「對啊，好像五個都飛上天了。」

「當時，這一側房間的窗戶全都關著嗎？」

「對，全都關著。」

「你確定嗎？」

「絕對是啊，因為萬一煙火飛進房間就慘了，所以我和姑丈兩個人確認了有沒有窗戶關著。除了窗戶以外，還把所有煙火可能會飛進去的地方全都蓋上了蓋子。」

「這樣啊。」湯川點了點頭，「這個房間有開燈嗎？」

「燈？」

「你們在確認有沒有窗戶打開時，這個房間有沒有開燈？」

「呃……」恭平沒有想到湯川會問這個問題，「我不太清楚。」

「那天晚上應該和今天一樣，這一側的房間都沒有人使用，所以從後院看上來，應該所有的窗戶都是黑漆漆的。」

恭平充分瞭解了湯川的意思，但當時並沒有想到這件事。有房間亮著燈嗎？他記得好像有，但又記不清楚。

他無可奈何地據實以告，湯川默默點了點頭，把窗簾拉了起來。然後，他在室內走來走去，打量著牆壁，不時用拳頭敲著牆壁聽聲音。

「這棟房子真老舊啊，是什麼時候建的？」

「我不太清楚具體的時間，但應該有三十多年了，這是姑丈的爸爸建的房子，姑丈在十五年前左右才繼承。」

「十五年？你姑丈幾歲？」

「呃，他說雖然還沒有到七十歲，但四捨五入就七十歲了。」

「看起來差不多，但他太太看起來很年輕。」

「姑姑說，她還差一點，四捨五入就六十歲了。」

「六十？還差一點的話，那就是現在是五十三、四歲嗎？看起來完全不像。」湯川好像突然想起似地低頭看著恭平問：「你爸爸幾歲？」

「四十五歲。」

「他們姊弟差這麼多歲。」

「那是因為他們是不同的媽媽。姑姑的媽媽很早就死了，爸爸是第二個媽媽生的。」

「原來是這樣，他們是同父異母的姊弟。」

「姑姑年輕時離開家裡，一個人住在東京，所以爸爸也說不太有姊弟的感覺，反而覺得像是親戚的阿姨。」

「這種說法太過分了，先不管這些，所以你姑丈是在五十多歲時才繼承這家旅館。他以前是做什麼的？」

「好像在引擎的公司上班。」

「引擎？」

「聽說經常調職，也曾經一個人被派到外地。以前住在東京時，幾乎都是姑姑和成實兩個人。」

「東京？對喔，原來他們一家人是從東京搬來這裡。」

「有什麼問題嗎？」

「不，沒有問題。」

湯川打開了壁櫥，壁櫥內放著白色的被子。湯川打量了幾秒鐘後，把被子搬了出來，鑽進壁櫥的上層，一下子敲了敲壁櫥內的牆壁，一下子又輕輕摸著牆壁。

「博士。」恭平叫了一聲，因為他突然感到很不安。

湯川從壁櫥內走了出來，把被子放了回去，拉上了拉門。

「好，走吧。」

「調查結束了嗎？」

「目的已經完成了，和我想的一樣。」湯川伸手關了燈。在房間變成一片黑暗前，恭平看到了物理學家的臉，發現他露出了從來沒有見過的嚴肅表情。

27

草薙在晚上將近十點時，接到了內海薰的電話，那時候他正在阿佐谷。他把愛車Skyline停在路旁，接起了電話。

「妳可以聯絡得更頻繁點嗎？妳知道離我在山谷讓妳下車到現在，已經幾個小時了嗎？」

「對不起，因為我忙著打聽，忘了時間。」

「妳一直在打聽到現在嗎？」

「對，我去清查了這一帶所有的簡易旅社，累死我了。」雖然她這麼說，但聲音聽起來很有精神。草薙忍不住佩服她的毅力。

「妳打聽了這麼久，應該有收穫吧。」

內海薰停頓了一下後回答說：「對，應該算是收穫。」

「好，妳人在哪裡？」

「我正準備去淺草。」

「淺草？去那裡幹嘛？」

「我想去吃晚餐，因為剛才一直沒時間吃。淺草有一家很好吃的定食餐廳。」

「好，妳把那家店告訴我，我也去那裡，晚餐我請客。」

「真的嗎？既然你要請客，那可不可以換別家？」

「妳不要得寸進尺！趕快把店名告訴我。」

草薙聽了店名後，用衛星導航系統確認了位置，發動了引擎。

內海薰告訴他的那家店位在吾妻橋旁，位在江戶大道和隅田川之間的一條小路旁，而且店門前剛好有投幣式的停車位。

他們兩個人面對面坐在將巨大的圓木橫切成圓片做成的桌子旁。內海薰大力推薦這家店的牛舌定食，草薙也點了一份。

「那就馬上來聽聽妳的成果。」草薙把菸灰缸拉過來，點了菸。

內海薰從側背包中拿出深藍色的記事本。

「你的推理完全正確，塚原先生果然在找仙波英俊。他拿著仙波的照片四處打聽，有沒有認識這個人。光是今天，就有九家旅社證實塚原先生曾經上門。還有幾家旅社雖然無法確認是塚原先生，但都說有一個六十歲左右的男人正在找人。」

草薙對著天花板吐著煙。

「看來似乎沒錯，之後的情況呢？塚原先生有沒有找到仙波的下落？」

原本看著記事本的內海薰抬起頭，搖了搖頭說：

「應該沒有找到，所以他才會去那麼多家旅社。」

「也就是說，有好幾個人曾經目擊塚原先生出現在淚橋附近，但並沒有人看到仙波。」

「我給很多人看了照片，但沒有人看過仙波。」

「果然沒錯，我就猜想是這樣。」

定食送了上來。大盤子上有七片牛舌，周圍放了裝山藥泥的碗、麥飯、沙拉，還有牛尾湯。

草薙捻熄了香菸說：「看了就讓人流口水啊。」

「你認為在山谷無法找到仙波的下落嗎？」

「是啊，即使仙波居無定所，我猜想他也不會去那種地方。因為以前的人才會在沒有房子住時，去山谷的簡易旅社投宿，現在已經成為那些花小錢也可以享受日本旅行的外國背包客落腳的地方，住宿的費用也變貴了。沒有工作的人不可能住在那種地方。塚原先生已經好幾年沒有辦案了，也許不瞭解這些狀況。也可能雖然知道，但還是去調查一下。聽說他以前是一位能幹的刑警，所以可能不願錯過任何可能性。」他吃了一口牛舌，忍不住驚叫：「太好吃了。」嚼勁和味道搭配得剛好，「媽的！我真想喝啤酒。」

「果然在現在這個年代，都是會去住網咖嗎？」

草薙把山藥泥加在麥飯上點著頭。

「當然啊，無論是年輕人還是老人，一旦落魄了，都會去網咖，住在網咖比住去山谷的簡易旅社便宜多了，還可以沖澡——喔喔，這裡的山藥泥麥飯也很好吃。」

「那我從明天開始調查網咖，但塚原先生為什麼要找仙波？」

草薙喝了一口牛尾湯，好吃得忍不住咂嘴後，伸手拿起放在椅子上的上衣，從口袋裡拿出記事本翻了起來。

「我去了荻窪分局，調查了仙波犯案時的紀錄。因為是殺人命案，所以當時成立了搜查總部，塚原先生的搭檔是姓藤中的巡查部長。這個藤中目前仍然在荻窪分局，但生病在家中療養。我請分局的人幫我打電話問了一下，他說和人見面沒問題，我就去了他家。妳聽了別驚訝，他住在摩天公寓大樓的三十樓，說是他太太開按摩店賺了不少錢。因為我們白天才去過塚原先生家，所以讓我覺得刑警的人生真是大不相同。」

藤中博志雖然才五十五、六歲，卻因為很瘦的關係，看起來像老人。他有心臟病，但並不是因為這個原因這麼瘦，而是原本就是易瘦體質。

「我清楚記得那起案件。雖然我和塚原副警部一組，但在破案之前，我幾乎沒有幫上什麼忙，所以留下了印象。」藤中說完這句話，瞇起了眼睛。他說話像學校的老師一樣彬彬有禮。

「塚原先生逮捕仙波時，你並沒有在現場，對嗎？」

「是啊，我在其他地方。真是太可惜了，如果我跟著塚原先生，就可以看到逮捕那一刻了。」

他似乎完全沒想過要親手逮捕嫌犯。草薙忍不住感到納悶，原來還有這種刑警。

「你說在破案之前沒有幫任何忙，之後你們在工作上有交集嗎？」

「所謂交集也只是帶路而已。那起案件很單純，兇手的供詞可信度很高，而且也掌握了證據，只是有一點很匪夷所思。」

「哪一點？」

「就是地點。」藤中毫不猶豫地回答，「被害人的遺體在荻窪的路上被人發現，那裡是很普通的住宅區。仙波供稱，他們在附近的公園談事情，被害人嘲笑他之後打算離開，他追上去刺殺了被害人。」

「我從資料中看到了這些內容，哪裡讓你們覺得匪夷所思？」

藤中挺直了身體說：「就是為什麼會在那裡？被害人三宅伸子住在江東區木場，仙波當時住在江戶川區的公寓內，距離不到十公里，他們為什麼會約在完全不同方向的荻窪見面。」

「仙波對這個問題供稱，他要約三宅出來，三宅說她人在荻窪，如果有事，就去荻窪找她。」

藤中點了點頭。

「仙波說，他並不知道三宅當時為什麼會在荻窪，他當時滿腦子都想著要她還錢，覺得這種事並不重要。於是我們決定調查三宅的行蹤，瞭解她和仙波見面之前在哪裡，在荻窪做什麼，我們來回查訪了很久喔。雖然很快就逮捕到兇手，但之後又查了很久。不，雖然調查了很久，卻什麼都沒查到，直到最後，都一直無法瞭解這件事。」

「這件事有這麼重要嗎？」

「說實話，我並不認為有多重要。因為兇手坦承了犯行，內容沒有矛盾之處，即使有些地方不瞭解也沒有太大的問題，但是塚原先生難以接受。他除了和我一起去查訪以外，還獨自調查了被害人很久。在判決出爐後，他曾經來向我打招呼，看他臉上的表情，似乎仍然難以釋懷。我記得當時還覺得原來這種人就是別人口中骨子裡就是刑警的人，和我根本屬於不同的人。」藤中好像退役軍人在緬懷過去般說著，臉上露出了平靜的笑容。

草薙說完之後，內海薰再度拿起了剛才放下的筷子。

「塚原先生不是對仙波的行為，而是對被害人的行為產生了疑問嗎？」

「聽藤中先生說的話，似乎就是這樣，所以我很好奇為什麼塚原先生在意這件事。雖然的確需要瞭解事件的背景，但並不是所有的事都能夠清楚瞭解。更何況照理說被害人在案發之前的行動和案情並沒有關係，即使如此，塚原先生仍然這麼在意，顯然有什麼理由。」

「這個理由是……」

「難道塚原先生認為，如果不查清楚這件事，就無法釐清真相嗎？也就是說，他覺得仙波並非所有的供詞都說實話，仙波說了謊——他在寫筆錄時，應該產生了這種想法。」

「有什麼根據？」

「不知道，也許是刑警在偵訊過程中的直覺。」

「如果他認為仙波在說謊，為什麼不問清楚呢？」

「我猜想應該是沒有證據。因為供詞的內容並沒有矛盾之處，而且也有證據可以證實，就根本無法追究。我在看紀錄的過程中，也認為整起案件沒有任何可疑的地方。唯一的疑問，就是被害人為什麼在荻窪，但即使仙波無法說明，也完全沒有任何問題。」

草薙把已經有點冷掉的牛舌送進嘴裡，扒了幾口山藥泥麥飯。他太專心說話，根本沒時間好好品嘗料理的味道。

「要不要調查一下被害人三宅伸子？」內海薰問。

草薙喝了一口牛尾湯，把嘴裡的食物吞下去後點了點頭。

「我也正在這麼想。明天就開始調查，但事情恐怕沒這麼簡單，因為塚原先生當時應該也調查過三宅。」

「我繼續追查仙波的下落。」

「妳打算拿著塚原先生和仙波的照片去網咖找人嗎？」

「不行嗎？」

草薙噘著嘴，偏著頭說：「也不是不行……」

「怎麼了？」內海薰露出挑釁的眼神看著他。

「不是有更快的方法嗎？想要找居無定所的人，比起去網咖一家一家找，還不如在這種人聚集在同一個地方的時候去找更簡單。」

「聚集在同一個地方？」

「即使是沒有穩定工作，也居無定所的人……不，正因為是這種人，不是才會聚集在那種地方嗎？有不少街友也因為有這些地方，才勉強能夠活下來。」

內海一臉嚴肅的表情陷入思考後，突然睜大眼睛說：「你是說有些善心人士為街友煮食供餐嗎？」

「答對了。」草薙笑了笑，「我記得有好幾個公益團體都會定期煮食給街友吃。」

「好點子，那我就借用了。我等一下馬上來查。」內海薰在記事本上寫著什麼。

「我又該怎麼辦呢？被害人好像是千葉人，但她幾乎沒有和老家還有親戚聯絡。雖說以前是坐檯小姐，但她上班的店應該早就倒閉了。即使沒有倒閉，也沒有人會認識幾十年前的坐檯小姐。」

根據當時的紀錄，因為犯案動機涉及金錢，所以也調查了三宅伸子的經濟狀況。她在銀行幾乎沒有存款，而且欠了很多卡債。在案發之後，也找到好幾個曾經借錢給她的人。

「在案發的前一天晚上，被害人不是和仙波一起去喝酒嗎？那是他們以前就常去的店，那家店的店長認識仙波，所以才順利逮捕到他。要不要去那家店問看看？」

「有道理，真是好主意。但已經是十五年的事了，不知道有沒有倒閉。」

「和比被害人以前上班的店相比，至今仍然存活的可能性比較高一點。」

「那倒是，我也借用妳這個點子。我記得那家店在銀座，等一下順便去看一下。」

內海薰笑著說：「那我們就互不相欠了。」

「開什麼玩笑，就這點小事。」草薙叼起了菸。

走出定食餐廳，站在投幣式停車位的自動投幣機前時，手機響了。對方是從公用電話打來的。

「應該是他。」草薙對內海薰說完後，接起了電話，「喂？」

「我是湯川，現在方便嗎？」

「剛吃完飯，內海也在。有什麼事嗎？」

「有一點進展。現在還無法透露詳細情況，但我已經鎖定了可能和案件有密切關係的人。」

草薙握緊了電話，「我可以認為是嫌犯嗎？」

湯川停頓了幾秒鐘後說：「要用什麼字眼是你的自由。」

「ＯＫ，是誰？」

湯川又沉默了片刻說：「這家旅館的經營者。」

「啊？」草薙忍不住叫了起來，「旅館是那家……呃，叫什麼？」

「『綠岩莊』。經營者名叫川畑重治，在從他父親手上繼承這家旅館之前，是在東京的公司上班。我希望你調查這個人……不，要調查這個人和他的家人。」

28

「早安。」成實把料理排放在餐桌上時，湯川走進來向她打招呼。
「啊，早安，昨晚睡得好嗎？」
「雖然睡著了，但睡得不太好，可能喝太多葡萄酒了。」湯川的氣色看起來的確不太好。成實為他在杯子裡倒了茶，他說了聲「謝謝」，伸手拿起了茶杯。
「湯川老師，你今天也要去參觀船嗎？」
湯川聽了她的問話，露出了納悶的表情看著她問：
「妳問我『也要去』是什麼意思？還有誰要去嗎？」
跪坐的成實挺直了身體，微微挺起胸膛說：
「我們也要去。」
「你們？喔，原來是這麼一回事。」湯川點了點頭，似乎終於瞭解了。
今天，德斯梅克的海底資源調查船將抵達玻璃浦港。成實和澤村等人很久之前就申請參觀，昨天下午，澤村終於接到了德斯梅克的通知，同意他們上船參觀。
「我認為你們現在去參觀，也沒有任何幫助。」湯川說完，喝著味噌湯。
「是嗎？我認為瞭解用什麼機械和裝置，怎樣調查海底，對我們來說很重要。」
「你們不是想看這些機器是否會破壞海底嗎？」

「沒錯。」

「既然這樣，」湯川說，「根本不需要去看，這些機器絕對會破壞海底。你們去看這些只會讓自己生氣，但如果你們是從把科學的發展和人類的未來，與環境保護的問題放在天秤上衡量的角度看問題，情況又不一樣了。」

「我們並不是沒有從這個角度看問題，但我們認為不是要放在天秤上衡量，而是要兩者兼顧。」

「兩者兼顧嗎？」湯川噗哧一聲笑了起來。

「有什麼好笑的？雖然你會說這只是理想論——」

「追求理想是一件好事。」湯川一臉嚴肅看著成實，「但妳剛才說的話完全沒有說服力，也感受不到對學問的謙虛。」

成實瞪著這位物理學家問：「為什麼？」

「妳或許是環保方面的專家，但在科學方面是個外行吧？妳對海底資源開發的問題瞭解多少？如果你希望兩者兼顧，就必須在這兩個方面都具有相同的知識和經驗，認為只需重視其中一方就足夠的態度是傲慢。只有尊重對方的工作和想法，才有可能兩者兼顧。」湯川說完，把攪拌好的納豆倒在白飯上問：「難道妳不這麼認為嗎？」

成實無言以對。她很懊惱，但湯川的話說對了。

「那我該怎麼辦？難道不去參觀嗎？」

「如果妳仍然抱有目前的想法，即使去看了也無濟於事。」湯川用筷子靈巧地剔除了烤魚的骨頭說，「但如果妳有心想瞭解對方，妳絕對應該去參觀。我剛才雖然說沒有幫助，但無論參觀任何東西，都不可能沒有意義。看到海底資源開發相關的各種技術，我相信一定可以對妳日後有幫助。」

成實雙手握拳。當初計畫去參觀時，滿腦子只想著要去找出開發的問題，完全沒有想過要去肯定對方的高度技術。

「我聽恭平說，妳父親以前在公司上班？」

「是啊，有什麼問題嗎？」

「是在什麼公司上班？」

「『有間發動機』。」

「那是引擎方面的頂尖廠商，既然妳父親以前在那裡上班，妳不是應該更肯定日本技術人員的工作態度嗎？」

「這是兩回事。」

「沒這回事，靈活運用所有的經驗，參觀才有意義。」這時，湯川看向成實的後方，說了聲「早安」。

成實回頭一看，發現恭平剛好走進來。手上拿著優格。

「啊，恭平，早安。」

恭平看了看她，又看了看湯川問：「要去參觀什麼？我也可以去嗎？」

「去參觀船喔。」

湯川回答，恭平立刻露出傷心的表情說：「啊，原來是船，那算了。」他自己拿了坐墊，盤腿坐在上面。

成實站了起來，「湯川先生，那就一會兒見。」

「妳要去參觀嗎？」

「當然啊，而且你提供了這麼好的建議給我。」

成實正打算走出去，突然想到了一件事，轉過頭問：

「那次之後，你和警視廳的朋友說了什麼嗎？」

湯川停下了筷子問：「說什麼？」

「就是關於塚原先生去世的事，他不是為了這件事打電話給你嗎？我記得是一位草薙先生。」

「妳很在意嗎？」

「有點……因為是住在我們旅館的人，塚原先生以前是警視廳的人，而且聽說是搜查一課的人。」

湯川轉身面對著她，抬起頭說：

「妳知道得真清楚，我記得電視和報紙並沒有報導這件事。」

「我的高中同學是警察，他一開始就參與了這起事件，他昨天白天也來了這裡，你回來的時候，他也剛好和我在一起。」

「妳這麼一說，我想起的確有一名年輕的刑警。」

「你也是從警視廳的朋友那裡聽說了塚原先生的事嗎？」

「是啊，草薙目前在警視廳搜查一課，也就是塚原先生的後輩。」

恭平似乎聽不懂他們對話的意思，一臉納悶地輪流看著他們兩個人。成實察覺到他的眼神，仍然繼續問道：

「警視廳是怎麼看這次的事件？那位草薙先生為什麼要聯絡你？」

湯川拿著筷子，不知道為什麼露出了苦笑。

「草薙為什麼聯絡我嗎？要解釋這個問題不太容易，簡單地說，就是他想瞭解這裡的情況，但他經常別有居心，不，十之八九是別有居心。」

成實皺起眉頭，搖了搖頭說：「我聽不懂你的意思。」

「對不起，忘了我說的別有居心。妳問警視廳怎麼看這起案件，很可惜，我這個老百姓並不知道，因為草薙也不可能向我透露這些事，但似乎認為這件事不單純。比方說，塚原先生來玻璃浦的理由，只是為了參加海底資源開發的說明會嗎？會不會是另有主要目的，然後順便去參加說明會。」

「主要目的是什麼？」

「妳那位警察同學沒有告訴妳嗎？塚原先生去參加說明會前，曾經去了位在東玻璃的一個什麼別墅區，塚原先生曾經逮捕的殺人兇手以前就住在那裡。」

「殺人兇手……」成實大吃一驚，「叫什麼名字？」

「我沒有問名字，如果妳想知道，下次我幫妳問一下？」

「不，我並不是這個意思。」

「這樣啊。總之，我祈禱可以趕快偵破這起案子。本地的警察整天上門，東京的刑警朋友也打電話找我，我根本沒辦法專心研究——科學家遇到瓶頸時，通常不是研究本身的問題，而是環境和人際關係這些和研究無關的事。」後半句話不是對成實說，而是告訴恭平。

「是喔。」恭平語帶佩服地點了點頭，成實看了恭平一眼，走了出去。

29

縣警總部搜查一課的刑警翻開記事本站了起來。

「昨天晚上，我們去了被害人位在埼玉縣鳩谷的家中，向塚原太太瞭解了塚原正次先生最近的狀況。塚原先生在去年春天退休之後，並沒有再出外工作，而是享受他喜歡的電影和閱讀，有時候一個人出門旅行。塚原太太有製作和服的工作在身，所以經常不在家，不太瞭解塚原先生安排時間的詳細情況。從退休至今，並沒有發生過任何大問題，在金錢方面也不曾和任何人有糾紛，在男女關係上也沒有發生過問題。」

「這只是他太太的說法，」搜查一課的穗積課長插嘴說，「無法照單全收。」

「是，接下來打算向被害人以前的同事瞭解情況，也會確認這些問題。我們也向塚原太太打聽了仙波英俊的事，關於這件事，磯部股長已經打電話詢問過，塚原太太說，並沒有什麼頭緒，我們當面詢問的結果也一樣。塚原正次先生似乎對每一個自己親手逮捕的人都很在意，但並沒有提及個別的名字，塚原太太也沒有聽過仙波這個名字。在塚原太太的同意之下，我們也去看了塚原先生的書房，但之前偵辦事件的相關資料都已經銷毀了，當然也沒有任何有關仙波那起事件的資料。警視廳的刑警曾經在我們之前上門，塚原太太說，並沒有說比告訴我們更多的內容，他們也沒有帶任何東西回去。報告完畢。」刑警說完後，坐了下來。

會議室內排放了很多桌椅。背對著牆壁坐在中央的是穗積率領的搜查一課的幹部。玻璃分局的富田分局長，和刑事課的岡本課長也坐在一起，但看起來有點坐立難安。數十名刑警整齊地坐在他們對面。玻璃浦棄屍案搜查總部已經正式成立了。

西口坐在後方的座位上，聽著其他人的報告，不時做著筆記。這是他第一次加入這麼大規模的偵查工作，所以有點搞不清楚狀況。

坐在穗積身旁的磯部掃視了所有人後開了口。

「東玻璃町的查訪結果如何？」

「是！」坐在橋上旁邊的刑警站了起來。他也是縣警搜查一課的人。

他報告的內容和昨天橋上告訴西口的一樣。仙波死去妻子的娘家老鄰居都說仙波不是壞人，同時還補充說，仙波已經服刑期滿，但東玻璃町沒有人看過仙波。

磯部看著身旁的穗積問：「課長，你覺得仙波這條線如何？」

「嗯。」穗積皺起了眉頭，「目前還很難下定論，關鍵的仙波目前下落不明，不是嗎？」

「是，他的親戚住在愛知縣的豐橋，但在案發之後，就沒有再和他聯絡。」

「這是當然的啊，誰都想和殺人兇手的親戚斷絕關係。」穗積用指尖抓著鷹鉤鼻下方的鬍子，「看當時的辦案紀錄，仙波看起來並沒有憎恨被害人，所以可能和這次的事件無關，但凡事都要以防萬一，所以要繼續打聽現場周圍有沒有人看到像是仙波的人。」

「瞭解。」磯部點頭後，又掃視了所有人，「接下來是關於可疑車輛的目擊情況。」

「是。」另一名刑警站了起來。

鑑識小組認為，如果是他人刻意讓塚原正次中毒身亡，很可能使用了車輛，因此得出了這樣的結論。兇手用安眠藥讓被害人睡著之後，在車上燒炭。根據血液中一氧化碳血紅素的濃度，研判很可能在極短的時間內中毒身亡。於是就一直清查現場周圍是否有人看到可疑的車輛，但目前並沒有打聽到任何有力的線索，那名站起來的刑警報告的內容也乏善可陳。雖然有幾個人看到了停在路旁的車子，但都無法確認是否和事件有關。

磯部面色凝重地低吟著，再度看著身旁的課長問：「該怎麼辦？」

穗積抱著手臂說：「目前只能針對有人看到的車輛逐一清查車主的身分，同時要繼續打聽車輛的事。讓被害人中毒身亡的地點並不一定在現場附近，很可能帶去其他地方殺害之後，又載到那片岩石區棄屍，所以要擴大查訪的範圍。」

「瞭解了。」磯部恭敬地回答。

西口看著偵查會議的進行，有點事不關己地想，不知道這起事件最後會如何解決。雖然不知道會如何解決，但他猜想會以和自己無關的方式解決。只不過他參與這起事件也有好處，他因此和川畑成實重逢，也打算在破案之後，約成實吃飯。不知道去哪家餐廳比較好？她是東京人，如果是上不了檯面的餐廳，可能會被她看不起吧。

磯部不知道大聲說著什麼，西口回過了神，看到其他人紛紛站了起來，他也慌忙站了起來。

「敬禮。」

隨著磯部一聲令下，西口鞠了一躬。

30

澤村開的車子抵達玻璃浦港時，海底資源調查船已經停在碼頭。成實坐在副駕駛座上看著調查船，發現比自己想像中更大，忍不住瞪大了眼睛。

「好大啊。」澤村在一旁小聲嘀咕。

車子駛入碼頭前的停車場，停在另一輛車子旁後，所有人都一起走向碼頭。除了成實和澤村以外，還有另外五個人，所有人都參加了之前的說明會，那天晚上一起去居酒屋的那對正在交往的年輕男女也一起來了。

走到船邊，更加體會到調查船的巨大。長度有將近一百公尺。如果只說大小，絲毫不比豪華遊輪遜色，但走近一看，就可以看到船身上的髒污和老舊。甲板上的起重機等裝備一看就是工業用船。

「這麼大的船竟然能夠駛入玻璃浦港。」

「這個港口以前是火山口，自然狀態下的水就很深，所以德斯梅克才想要利用這個港口。」

成實聽了澤村的說明，才恍然大悟。

兩個男人走過來，向成實他們打招呼。成實看過其中一個人，接過名片後，發現自己果然沒有記錯。他是德斯梅克公關課的桑野，在第一天說明會時擔任司儀。另一名年輕男人是桑野的下屬。

「今天歡迎各位，請各位參觀到滿意為止。」桑野擠出親切的笑容，一副討好的樣子。

他們立刻上了船。最先來到駕駛艙。桑野口沫橫飛地介紹了船身的尺寸、總噸數和最高速度，以及續航距離，澤村在中途打斷了他。

「這些不重要，因為和海底資源開發並沒有直接的關係。」

「喔，這樣啊，也對，不好意思。」桑野誠惶誠恐地說。

他們也跳過了機艙、無線電室和海圖室，但看到一道門上寫了「沙龍」兩個字，澤村立刻有了敏感的反應，提出無論如何都想要參觀一下。

那個房間內放著桌子和沙發，還有液晶螢幕和影音設備，可以讓十幾個人在這裡休息。

「原來納稅錢都用在這種地方。」澤村語帶嘲諷地說。

「因為長期間的調查時，可能會被關在這個狹小的船艙內好幾個月，所以也需要這種設施……」桑野謹慎地辯解著。

成實等一行人又來到研究室。從第一到第五，總共有五個研究室。

「第一研究室負責控制多音束測深儀等各種音響探測儀器，監視側掃聲納等拖曳式聲納，以及遠距離操作絞車。」桑野站在一整排監視螢幕和操作盤前說明起來，看起來比剛才得意，「為了防止受到水中雜音的音響，本船都將各種音響儀器設置在中央前方的特設聲納罩內——」

「為什麼會這樣？」

突然傳來一個聲音，說明到一半的桑野張著嘴，愣在那裡。然後眨了眨眼睛，四處張望了一下，閉上了嘴。

「我不是說了嗎？我準備了兩種線圈，還為此修改了程式。」

聲音從一個巨大機器的後方傳來，但成實知道說話的人是誰。

她從機器後方探頭張望，果然看到了湯川的臉。他和德斯梅克的職員在桌子前討論，桌上除了筆電以外，還攤著檔案和圖紙。

「我試圖聯絡你好幾次，但你的手機都打不通……」德斯梅克的職員拚命辯解。

「我的手機壞了。手機也會壞掉啊，你可以打電話到旅館啊。」

「我打了，但他們說你沒有住在那裡……說是你在當天臨時取消了。」

「我的確取消了，住去其他旅館了，也通知了你們的窗口。」

「但窗口並沒有通知我，太奇怪了，為什麼要換飯店？」

「這和你沒有關係。」

「喔，對，是啊。」對方的男人拚命鞠躬。

這時，突然有一隻手放在成實的肩上。成實回頭一看，發現澤村站在那裡。

「走囉。」

「好。」成實點了點頭，轉身離開了。

桑野帶他們參觀完所有的研究室後，來到了上甲板，說明船上的各種觀測儀器。對成實來說難度太高了，她甚至無法理解一半的內容。澤村不停地發問。

「如果使用自由落下抓斗採樣，靠抓斗自己的重量沉入海底之後採取樣本時，就會自動地捨棄落錘上升，那個落錘怎麼辦？就棄置在那裡嗎？」

「呃，是啊，即使沉入海底，也沒有問題。」

「不，這可不能這麼說。因為本來海底並沒有這種東西，如今正在呼籲各個領域不要將廢棄物丟進大海，你們仍然採用這種棄置落錘的裝置，不是大有問題嗎？」

「嗯。」桑野露出了為難的表情，「但這個方法在全世界都認為沒有問題……」

「我認為兩者沒有關係，我們國家的海洋，就要由我們國家來考慮。」

「是。」桑野縮著脖子，成實覺得他有點可憐。

雖然成實不瞭解專業領域的知識，但聽了剛才的說明，可以充分瞭解到德斯梅克的研究人員運用了科學技術，積極投入未知領域的開發工作。她不由得感到佩服，原來現代科學這麼厲害。也許湯川說得沒錯，必須正確瞭解對方，才能展開有意義的討論。

桑野說明完所有的裝備後，看著手錶說：

「以上就是希望你們參觀的內容，等一下請你們去會議室看試驗挖掘的紀錄影片，但需要一點時間準備，在此之前，請各位自由活動，但如果要離開這裡，請向我們打一聲招呼。」說完，他鞠了一躬。

雖然桑野說可以自由活動，但在船的甲板上沒什麼事可做。澤村坐了下來，不知道熱心地寫著什麼，其他人都無所事事。那對正在交往的情侶看著大海談笑風生，成實只好去看剛才已經介紹過的觀測儀器。

甲板上放了兩台後方有葉輪，外形像魚雷般的東西。雖然剛才聽了說明，但她還是搞不太清楚。

「這是核子歲差磁力計。」旁邊傳來說話聲，轉頭一看，湯川正向她走來，「相距數百公尺就可以檢測到海底熱水礦床等造成的些微磁力異常。」他在成實身旁停下腳步，「你們的參觀活動似乎很順利。」

湯川似乎發現他們來船上參觀了。

「你剛才很大聲說話，是發生了什麼問題嗎？」

湯川皺起眉頭說：

「他們準備的裝置和我做的線圈規格不相符。每次做一件事，就會發生兩、三個問題。我能夠接受物理現象造成的弊害，但人為的疏失影響研究會讓人壓力很大。」

「真傷腦筋啊，你認為把寶貴的海洋交給經常犯這種錯誤的人，真的沒問題嗎？」

湯川有點生氣，但立刻就很不甘願地點了點頭。

「很遺憾，我無法反駁妳這句話，我也會轉達給他們。先不說這些，寶貴的海洋嗎？聽說妳是在東京長大，為什麼這麼熱心守護海洋呢？」

「想要守護美麗的東西不行嗎？」

「並不是這個意思，只是我覺得凡事都有契機。」

「我也有契機啊，就是搬來這裡之後。我搬來這裡，看到這片大海，然後就很感動。」

「是喔。」湯川的表情一副難以釋懷，「妳在十四、五歲之前，不是都住在東京嗎？難道妳從來沒有想要回去嗎？」

「完全沒有。」

「這樣啊，我認為對十幾歲的人來說，城市的生活更刺激，你們以前住在哪裡？」

「……住在王子。」

「原來是北區。」

「所以並不是刺激的環境吧？」

「的確是這樣，但只要搭電車，就可以去澀谷、新宿。」

成實看著湯川的臉，緩緩地搖了搖頭說：

「並不是所有年輕女生都喜歡那種地方，也有些人適合大海美麗的城鎮。」

湯川用指尖推了推眼鏡，目不轉睛地看著成實。

「怎麼了？」

「根據我的觀察，」湯川露出好像在觀察的眼神，靜靜地繼續說道：「妳並不屬於這種類型。」

成實忍不住睜大了眼睛。

「為什麼？你不要亂說。湯川老師，你瞭解我嗎！」成實火冒三丈，忍不住大聲說道。

「成實，」澤村跑了過來，看了看她，又看了看湯川問：「怎麼了？」

「對不起，」成實小聲地說，「沒事。」

澤村露出訝異的表情看向湯川問：「你對她說了什麼？」

冷靜地陷入沉默的湯川開了口。

「我並不認為自己說了什麼不該說的話，但如果讓妳不舒服，我道歉。對不起。」

成實沒有回答，只是低著頭，湯川說：「那我就先告辭了。」轉身離去。

「那傢伙是怎麼回事啊。」澤村不悅地說完後問成實：「妳沒事吧？他到底說了什麼？」

成實無法一直都板著臉，於是擠出了笑容。

「沒什麼，對不起，你不必放在心上。」

「那就好……」

澤村一臉難以釋懷地說這句話時，聽到桑野開朗的聲音：

「讓各位久等了，目前已經準備好了。請各位來會議室，已經為各位準備了飲料。」

31

那棟大樓位在麻木十番車站旁。那家店掛著「KONAMO」的招牌，戶外的樓梯通往店門口。這家專賣文字燒和大阪燒的店名是不是來自「粉物」，也就是麵粉做的食物的意思？

草薙抬頭打量時，一個年輕男人從店裡走了出來。年輕男人繫著紅色圍裙，所以應該是店員。他把掛在入口的牌子翻了面，再度走回店裡。

現在是兩點多，看起來像是最後客人的兩名女子從店裡走了出來。草薙目送她們離開之後走上樓梯。店門口的牌子寫著「準備中」。

他推開門，頭上傳來鈴鐺的聲音。

剛才的年輕店員在收銀台前抬起頭說：「啊，不好意思，午餐時間已經結束了。」

「我知道，我不是客人。請問室井先生在嗎？」草薙在問話的同時打量著店內，店內排放著附有鐵板的桌子。

一個滿頭白髮的男人正背對著這裡，坐在草薙眼前的座位上看報紙。他似乎聽到了草薙的聲音，轉過頭。雖然他的臉上有不少皺紋，但因為曬得很黑，所以看起來比較年輕。他也繫著紅色圍裙。

「你是哪一位？」男人問。

草薙出示了警察的徽章和身分證明走了過去，「你就是室井先生嗎？」

男人的臉上露出了困惑的表情，「我就是，有什麼事嗎？」

「我想請教你關於以前在『卡爾文』時的事。」

「『卡爾文』？真是陳年往事了，我離開那裡已經十幾年了。」

「我知道，昨天我去了那家店，店裡的人說明了你的情況。」

「卡爾文」位在銀座七丁目角落的一棟大樓內，店內的裝潢很華麗，放著看起來很高級的皮革沙發，仍然保留了日本景氣良好時代的氣氛。

十六年前，仙波英俊和三宅伸子一起去那家店喝酒。隔天，仙波成為殺人事件的加害人，三宅伸子成為被害人。當時在「卡爾文」擔任店長的室井雅夫作證，成為仙波落網的關鍵。他認識那兩個人，也知道仙波的名字。

草薙說，想請教他關於當時那起案件的相關情形，室井誇張地瞪大了眼睛。

「這又是更久之前的事了。為什麼現在來問這件事？啊，該不會——」室井胡亂地折起報紙，重新在椅子上坐好，「該不會是那個人……仙波出獄了？所以對我懷恨在心？」

草薙苦笑著說：

「並不是你想的這樣，仙波英俊早就服刑期滿了，他從來沒有來找過你吧？」

「的確沒有，這樣啊，原來他早就出獄了。」

「你和他們兩個人很熟嗎？」

的事。」

「也沒有很熟，那天晚上，他們都是隔了很久才來店裡，沒想到隔天就發生了那樣

「根據資料顯示，他們前一天晚上的氣氛就很緊張。」

「那不算是氣氛緊張，但的確不太尋常……」室井遲疑了一下後繼續說道：「因為仙波先生哭了。」

室井問草薙有沒有吃午餐，草薙脫口回答說還沒有。室井說，要為他煎大阪燒，草薙雖然推辭，但室井很堅持。草薙盛情難卻，在桌子旁坐了下來。

「我雖然是在東京長大，但因為家裡的緣故，中學時代搬去大阪。那時候，附近有一家很好吃的大阪燒，多年來，我的夢想就是有朝一日，要開一家那樣的店。但如果在東京開店，如果不同時賣文字燒有點說不過去。所以我辭去『卡爾文』的工作後，又去月島打工學藝。文字燒的話，我從小就很有研究，所以很有自信。」室井開心地聊著，手一直動個不停。攪拌碗內食材的動作的確很有架式。

「你在『卡爾文』工作了多少年？」草薙問。

「剛好滿二十年。在我三十五歲時，去那家店當酒保。在那之前，輾轉在好幾家店工作，那家店工作起來最舒服，但我覺得不能一輩子都為別人打工，所以在十年前開了這家店。別看我這樣，我做事很踏實，開店當時也沒有借很多錢。」室井開始煎大阪燒，發出了滋滋的聲音，油在鐵板上跳動。

「仙波英俊經常去那家店是在什麼時候？」

室井抱著雙臂，偏著頭思考了一下。

「那是什麼時候呢？應該是我在『卡爾文』上班還不到十年的時候，所以大約是二十二、三年前。」

「所以……」草薙在腦袋中計算起來，「是那起案子發生的六、七年前嗎？」

「嗯，對，差不多就是那時候。那時候仙波先生手頭很寬裕，開了一家小公司。」室井提起仙波時，都會在他名字後加上「先生」兩個字，可見他當年是很好的客人。「結果從某一個時期開始，就沒有再來店裡。當他再次出現時，就是那天晚上。雖然這麼說不太好，但總覺得他變得很落魄，身上的衣服也都是便宜貨。」

當時仙波公司倒閉，存款幾乎都花在妻子的治療費上。他在失意中想要重新站起來，於是來到了東京。外人覺得他很落魄也很正常。

「三宅伸子呢？聽說她也很久沒有去那家店了。」

「是啊，但沒有仙波先生那麼久。那天晚上大約才兩、三年沒見而已。理惠在辭去那家店之後，就沒有再來過。」

「理惠？」

「喔，那是她的花名，正式的花名好像叫理惠子。她以前在坐檯的時候，經常在下班後帶客人來喝酒，仙波先生也是她帶來的客人。」

「你知道理惠……三宅離職的原因嗎？」

草薙問，室井停下了正在確認大阪燒的手，微微探出身體說：「我聽說了一些傳聞。」

「什麼傳聞？」

「她不是主動辭職，而是引發了糾紛，被店裡開除的。」

「什麼糾紛？」

室井聳肩笑了笑說：

「我聽說的是多次向客人借小錢詐騙。」

「那很惡劣啊。」

「一下子說去收錢遇到搶劫，或是欠了酒錢的客人失蹤，店家要求她付錢，向一些恩客借十萬、二十萬，有點像現在那種騙認識的人匯款的詐騙行為。結果很多客人都向店裡投訴，最後她就被開除了。」

「那她辭職之後靠什麼生活？」

「不知道，她也上了年紀，應該很缺錢吧。」

三宅伸子遭到殺害時四十歲。如果室井的話屬實，她在三十七、八歲時被店家開除。除非她手上有許多出手闊綽的客人，否則恐怕很難繼續當坐檯小姐。

「聽說她之前就在金錢方面手腳不乾淨，所以當時聽說這起事件時，我也沒感到意外。因為以前仙波先生經濟狀況好的時候，很可能曾經借錢給理惠。」

「你剛才說，仙波英俊在哭……」草薙壓低了聲音，「這件事屬實嗎？」

室井在確認大阪燒的同時說：「不是只有我看到，其他店員也都在悄悄議論，那個男客人哭了，不知道他們兩個人在聊什麼，所以我記得很清楚。」

「你記得他們在聊什麼嗎？」

「不，這就……」室井苦笑著在臉前搖著手，「如果是年輕的女客人在哭，或許會產生好奇。一對中年男女中的男人在哭，誰都不想靠近，而且也覺得他可能只是愛哭鬼。」

草薙點著頭，在腦海中想像著當時的情景。一對多年未見的中年男女，男人曾經事業很成功，但最後失去了一切；曾經是坐檯小姐的女人則因為發生糾紛，如今一貧如洗。他們之間到底發生了什麼事？他們到底談了什麼，男人才會在喝酒的時候流下眼淚，隔天那個男人殺了女人？

「你認識和他們很熟的人嗎？無論是三宅或是仙波都沒關係，或是他們除了『卡爾文』以外，還有沒有其他經常會去的店？」

「嗯，我不太清楚，」室井歪著頭，「因為真的是陳年往事了，我雖然和他們很熟，但也沒有聊過太多話。」

「這樣啊。」

草薙把做記錄的記事本放回了口袋。任何人被問及二十多年前的事，都很難立刻想到什麼。

「煎好了，請趁熱吃。」室井把醬汁抹在大阪燒上，撒了青海苔和柴魚片之後，在鐵板上切成小塊，「啊，對了，忘記拿生啤酒給你。」

「不，不要啤酒。那我就不客氣了。」草薙拿起免洗筷，吃了一口大阪燒。表面煎得微焦，裡面很鬆軟，材料也很入味。他忍不住說：「太好吃了。」

草薙的話聽起來不像是奉承，室井開心地瞇起了眼睛。

「經常有關西人來店裡，他們也稱讚說做出了道地的味道。家鄉味果然令人懷念。」室井說到這裡，突然露出一臉正色，然後露出凝望遠方的眼神說：「啊，對了。」

「怎麼了？」

「不，呃，」室井好像頭痛般用食指按著自己的太陽穴，似乎努力回想著什麼，「我記得他們兩個人也曾經聊過這件事。」

「他們兩個人是指？」

「就是理惠和仙波先生，他們經常聊家鄉味，我記得他們曾經送了我什麼。」

「送了你什麼？」

「對，我記得好像是哪裡的土產，到底是送了我什麼？」室井抱著雙臂，發出了低吟，最後放棄似地搖了搖頭，「不行，完全想不起來，只記得好像曾經送了我什麼。」

「如果你想起來時，可不可以打這個電話？」草薙寫下了自己的手機號碼，放在鐵板旁邊。

「我瞭解了，但請你不要抱太大的希望。我沒有自信可以想起來，而且即使想起來，應該也不是什麼重要的東西。」

「沒關係，那就拜託了。」草薙再度拿起筷子，吃起了大阪燒。這時，口袋裡的手機發出了收到電子郵件的通知。他偷偷確認了手機，果然是內海薰傳來的。

走出「KONAMO」之後，他確認了電子郵件的內容，發現上面寫著：「我確認了有間發動機的名冊，的確曾經有川畑重治這個人。」

草薙打電話給內海薰。

「喂，我是內海。」

「幹得好，妳是怎麼確認到的？」

「我去了新宿總公司的人事部，請他們給我看員工名冊。」

「他們竟然這麼乾脆給妳看。」

有不少企業把員工名冊當作保密資料，說是為了保護個資，不願意給外人看。

「他們要我在寫了不會用於偵查以外的目的，也不會對外洩漏的保證書上簽了名，還要我寫下主管的名字，所以我就寫了你的名字。」

「沒關係，這樣就能夠搞定真是太幸運了。」

「然後他們還追根究柢地問了半天，想要知道是調查什麼案子。」

「喂！」草薙忍不住大聲問道：「妳應該沒有告訴他們吧？」

「當然啊，不要真的把我當菜鳥。」

「聽妳這麼說，我就放心了。所以員工名冊上有川畑重治的名字嗎？」

「有。在十五年前離職之前，都在名古屋分公司的營業技術部的技術服務課，當時的頭銜是課長。」

「名古屋？不是在東京嗎？」

「員工名冊上是這樣寫，但地址是東京。」

「東京？這是怎麼回事？」

「我也不知道，地址是在北區王子本町，最近的車站是王子車站，地址後面用括號標註了『公司宿舍』幾個字，應該是『有間發動機』的員工宿舍。」

他的地址在東京，卻是在名古屋上班——原來是一個人調去那裡工作。草薙猜想到。

「員工名冊上除了住家地址和任職的部門以外，還寫了什麼？」

「首先是員工編號，編號根據進公司的年度等決定。名冊按照員工編號的順序排列。除此以外，還有畢業的學校、家裡的電話。據說員工名冊每年都會更新，所以在隔年的名冊上，川畑重治的名字就被刪除了。」

「有沒有和川畑同一年進公司，也是和他同一所學校畢業的人？」

原本期待如果有這樣的人，應該會和川畑很熟悉，可惜內海薰回答說：「很可惜，並沒有這樣的人，但我影印了和他同一年進公司的五十個人的資料。另外，川畑重治當時有四名下屬，我也影印了他們的資料，所有人都住在愛知縣。」

「我知道了，那就先去查員工宿舍。那個員工宿舍還在嗎？會不會已經拆掉了？」

「聽說還在，只是已經很舊了。」

「ＯＫ，妳剛才說，最近的是王子車站吧？那我們在車站前會合。」

草薙掛上電話，大步走了起來。從麻布十番只要一班地鐵就可以到王子。

沿著通往地鐵的階梯往下走時，他想起了湯川昨天深夜打來的電話。他說希望草薙調查「綠岩莊」的老闆和他的家人。根據湯川的推理，老闆很可能和這起案件有密切的關係。當草薙問「是否可以把他視為嫌犯」時，湯川回答說「這是你的自由」。由此可以瞭解湯川對自己的推理充滿自信。

只不過那位物理學家一如往常，在現階段不願說出他的推理，甚至沒有說明要求調查川畑重治等人的根據，而且他還對草薙說：

「我很信任你們，而且需要你們的協助，才能夠解決這個問題，才會告訴你們這些。這絕對不是向警方提供情報，希望你瞭解這一點。」

草薙說聽不懂他拐彎抹角說的話，湯川又繼續說道：

「幾乎可以確定，川畑一家和這起案件有關，但希望你暫時不要把這件事告訴這裡的警察。如果可以，希望由我們查明案件的真相。如果縣警用粗糙的手法粗暴地揭露真相，很可能會造成無可挽救的結果。」

湯川說的話很奇怪。草薙問他，會對什麼造成無可挽救的結果，湯川回答說，是對人生。

「如果這起案件處理有誤，很可能會對某個人的人生造成極大的扭曲，無論如何都必須避免這種情況發生。」

湯川直到最後，都沒有透露那個人到底是誰，但他語重心長地說：

「很抱歉，我提出這些一廂情願的要求，但是，我向你們保證，一旦我查明真相，會最先告訴你們，至於要如何處理真相，也交由你們決定。」

湯川會說這種話，必定是有什麼特殊的原因。草薙以前就知道，遇到這種情況時，即使再怎麼追問也無濟於事。於是他只回答說「我知道了，我們會努力調查川畑一家人的事」，然後就掛上了電話。

但是，玻璃分局完全沒有傳來任何有關川畑重治的相關情報。仔細想一想，就覺得情有可原，因為玻璃分局認為提供這些情報根本沒有意義。但草薙也不能去主動打聽川畑重治和他家人，一旦這麼做，玻璃分局就會反問為什麼想瞭解他們的情報。只要稍有不慎，玻璃分局就會懷疑到川畑一家的頭上，這就違反了和湯川之間的約定。

要怎麼調查川畑一家的過去呢？他正在為此煩惱，今天早上，湯川又提供了很有幫助的線索。他問了川畑的女兒，得知川畑重治以前在製造引擎的「有間發動機」任職，於是草薙立刻派內海薰前往新宿的總公司調查。

草薙在搭地鐵時，忍不住覺得事情越來越有趣了。這起案件發生在玻璃浦這個鄉下地方，但偵破這起案件的關鍵都在東京，而且搜查總部幾乎沒有人發現這件事。

那傢伙在玻璃浦到底見到了哪些人？他都在那裡幹什麼？——草薙看著車窗外流動的灰色牆壁，想起了老朋友的臉。

32

突然有小魚從岩石後方出現，戴著蛙鏡的恭平忍不住瞪大了眼睛。小魚的身體大約有五、六公分，全身是鮮豔的藍色。他忍不住伸出手，但當然不可能抓到。小魚迅速游動，恭平用目光拚命追著牠的身影，結果藍色的魚再度躲到了岩石後方。恭平等了一會兒，但因為呼吸管的前端已經完全浸沒在水中，所以他已經無法呼吸了。

他立刻浮了上來，從海面探出頭，拿下蛙鏡，擦了擦臉。他開始仰泳，只有雙腳朝向海灘游了起來。游泳是他的強項。

當水深只到腰的高度時，他開始走路。剛才周圍很熱鬧，現在只有幾個人在海裡，沙灘上的帳篷和陽傘也都收掉了。

他穿上剛才脫在沙灘上的沙灘拖鞋，走在被太陽曬得滾燙的沙子上。有一張沙灘椅放在陽傘下，重治躺在沙灘椅上，攤開的雜誌放在他像太鼓一樣的肚子上。

「姑丈。」恭平叫了一聲，重治似乎並沒有睡著，立刻睜開了眼睛。

「怎麼了？要回去了嗎？」

恭平點了點頭，從放在一旁的攜帶式冰桶裡拿出了寶特瓶裝的水。

「我累了，而且肚子也餓了。」

「這樣啊。」重治坐了起來，看了看手錶說，「啊，已經三點多了，那我們回家吃西瓜。」

「嗯。姑丈，我剛才看到有藍色的魚，顏色很漂亮，差不多這麼大。」他用手指比了五、六公分的大小。

「是喔，嗯，應該會有這種魚吧。」重治似乎沒什麼興趣。

「不知道那叫什麼魚。」

「不清楚。」重治偏著頭，從海灘椅上站了起來，「你可以問成實，她對這裡的魚很瞭解，什麼都知道。」

「姑丈，你不是在這裡長大的嗎？卻不知道大海和魚的事嗎？」

「是啊，因為我只有在高中之前住在這裡，而且我爸爸也不是漁夫。」

「你是去東京讀大學，對嗎？我媽媽說，重治姑丈是好大學畢業的精英上班族。」

「沒這回事，我只是普通的上班族，你媽媽在和你開玩笑。先不說這些，你趕快去換衣服。」

「嗯。」恭平拿起裝了衣服和毛巾的塑膠袋。

恭平沖了澡，在更衣室換好衣服後，回到了剛才的地方。重治拿出手機，按了幾個按鍵後放在耳邊。

「喔，是我。我們要回去了……嗯，那就在剛才的地方。」

重治掛上電話後，收起了插在沙灘上的陽傘。

陽傘和海灘椅都是租的，恭平拿著自家帶來的攜帶式冰桶，兩人一起邁開了步伐。

重治拄著拐杖，拐杖的前端都埋進了沙子，所以走起來很不方便。

今天警察沒有上門，所以重治終於帶恭平來海水浴場，但重治並沒有下海，恭平在游泳的時候，他在海灘上看管衣物，但恭平還是很高興休息的時候有人可以聊天。

他們來到馬路旁，在一家小型便利商店門口等了片刻，一輛白色廂型車駛到他們面前。車身旁印了「綠岩莊」三個字。節子開車來接他們，剛才也是她開車送他們來這裡。

重治費力地坐上了後車座。恭平和來的時候一樣，坐在副駕駛座上。

「怎麼樣？好玩嗎？」節子問他。

「嗯。」恭平回答，「這下子就不必擔心別人在我面前吹噓了。」

「吹噓？誰會在你面前吹噓？」

「班上的同學，還有補習班的同學。如果我沒有去海邊玩，這些去過海邊的人就會在我面前得意地吹噓，我很受不了他們。我又不想說謊，所以最好真的來玩一次。」

「原來你是因為這個原因想來海邊，」後車座傳來重治的聲音，「並不是真的想游泳。」

「我當然想游泳啊，如果不游泳，不就沒有意義了嗎？但在哪裡游泳很重要，如果只是去家裡附近的游泳池就不好玩了。」

「是喔。」重治似乎難以理解，節子邊開車，邊哈哈大笑起來。

車子經過玻璃浦港旁，今天早上來這裡時看到的那艘大船還停在那裡，應該是德斯梅克的船。

恭平將原本看著船的視線移向前方時，發現了走在路旁的人影。

「啊！」他叫了一聲，用手一指說：「那是博士。」

那個把淺色上衣搭在肩上，拎著公事包走在路上的背影就是湯川。

「啊喲，真的是他。」節子踩了煞車，放慢了車速，慢慢靠近湯川。他走在馬路的右側。

節子打開車窗，車速配合湯川走路的速度行駛在他身旁。物理學家可能正在想事情，表情一臉嚴肅地低著頭，完全沒有看車子。

「湯川先生。」節子叫了他一聲，他這才把頭轉了過來。

「嗨！」他停下了腳步，節子也把車子停了下來。

「你的工作結束了嗎？」

「對，是啊。」湯川看向副駕駛座。

恭平解開安全帶，把臉靠向駕駛座旁的車窗。

「我剛才去海邊，姑丈帶我去了。」

「原來是這樣，那真是太好了。」

「湯川先生，如果你要回旅館，要不要一起上車？我們正要回去。」節子問湯川。

「可以嗎？」

「當然可以。」

湯川猶豫了一下說：「那我就不客氣了。」說完，他過了馬路，繞到車子的左側，把滑門打開，坐在後車座上。他坐在重治身旁時，說了聲「你好」。

「博士，德斯梅克的人今天也很笨嗎？」恭平扭著身體問。

「雖然不能說是笨，但今天也讓我很煩躁。他們的組織太複雜了，根本是典型的艄公多撐翻船。」

「什麼意思？他們要把船弄翻嗎？」

「不是這個意思，而是說發號施令的人太多，反而讓事情朝向可怕的方向發展——對了，這輛車是你們旅館的嗎？我看到車身上有旅館的名字。」

「是啊。」重治回答，「以前都會開車去車站接送客人，但最近很少開，只有我出門時，她會開車送我而已。」

「老闆，你不開車嗎？」

「之前也開啊，只是現在這種身體就沒辦法開了，就連踩煞車也很困難。」

「這樣啊。」湯川打量著車內問，「警方有沒有問關於這輛車子的事？」

「什麼意思？」

「今天我聽德斯梅克的人說，警察正在調查案發那天晚上，停在這附近所有的車輛。除了調查車主，有時候還會詳細檢查車內的狀況。」

「喔喔，原來是這樣啊。」重治回答，「前天晚上，警方的鑑識人員來過家裡，當時也查了這輛車子，但我不知道他們在調查什麼。」

「我猜想他們應該在找一氧化碳的來源。昨天白天的時候，不是有縣警的刑警來旅館嗎？他們也問了我的不在場證明，當時我問他們，有沒有找到了一氧化碳的來源，看起來像是負責人的人手足無措。我猜想在岩石區發現的那具屍體死因可能是一氧化碳中毒，但因為警方不知道他什麼時候、在哪裡中毒身亡，所以在全面清查車輛。」

「博士，」恭平叫了一聲，「一氧化碳是什麼？和二氧化碳不一樣嗎？」

湯川可能沒有料到恭平會問這個問題，他愣了一下，但立刻恢復了平靜，點了點頭，看著重治說：

「關於這個問題，你姑丈應該可以說明得更清楚，因為聽說他以前是這方面的專家——今天早上我聽成實說，你以前在『有間發動機』工作。」

「那是很久以前的事了。」重治露出很不自在的笑容，然後轉頭看著恭平說：「所以你知道二氧化碳？」

「這我知道，是造成地球暖化的原因。」

「沒錯，是燒東西時產生的氣體，但如果燃燒不完全，就會產生不同的氣體，那就是一氧化碳。」

「吸了一氧化碳就會死嗎？」

「也可能會死。」

「是喔，好可怕，但為什麼會和車子有關？」

「這是因為……」重治舔了舔嘴唇後開了口：「車子不是會排出廢氣嗎？廢氣裡也含有一氧化碳。」

「啊，原來是這樣。」恭平點了點頭，看著湯川。

「不愧是專家，說明得太清楚了。」湯川看著重治說。

「不，這種程度……」重治語尾含糊起來。

「但我要補充一點，」湯川將視線移回恭平身上，「我猜想警察調查車子，除了廢氣以外，還有另外的原因。」

「什麼原因？」

「你姑丈剛才不是說，燃燒不充分時，會產生一氧化碳嗎？怎樣會導致燃燒不充分呢？簡單地說，就是氧氣不足的情況下。大人有沒有告訴你，不要在密閉室內長時間使用取暖器？如果在狹小的車內燒炭，就會立刻造成燃燒不充分，產生一氧化碳。目前警方可能懷疑，在岩石區發現的那具屍體是因為這個原因中毒身亡，所以才會清查所有的車輛。」

「這樣啊。」恭平點了點頭，但又想到了新的疑問。

「但是，如果那個叔叔是這樣死的，為什麼會倒在那片岩石區呢？」

湯川露出嚴肅的眼神後，揚起了嘴角。他瞥了一眼坐在身旁的重治後，微微偏著頭說：「到底是怎麼回事呢？我也不知道這個問題的答案。」

重治不發一語看著窗外，臉上帶著讓人不敢找他說話的凝重表情。恭平以前從來沒有看過姑丈露出這樣的表情。

恭平重新在副駕駛座上坐好，看著正在開車的節子，忍不住大吃一驚。因為節子的表情也和重治一樣陰沉。

33

海報上曬了一身小麥色的美少女抱著一籃熱帶水果，露出了微笑。後方是一片蔚藍的大海，還可以看到椰子樹。這張充滿夏天感覺的海報下方，貼了一張紙，上面寫著「今年營業到八月三十一日為止，感謝各位。店主」雖然上面寫著「今年」，但本地人都知道，這家店要收掉了。

成實和其他人來到海水浴場附近的這家披薩店。他們在參觀完德斯梅克的調查船後，有人提議一起去喝咖啡，但這裡幾乎沒有咖啡店。

成實也清楚記得這家披薩店開張時的情況。在此之前，這裡並沒有這種五顏六色的房子。除了用玻璃牆圍起的店內，戶外的露台上也放了餐桌，可以感受著海風，享受披薩和啤酒的美味，這也成為這家店的賣點。當初這家店的營業期間從海灘開放的日子到九月底，但之後每年的營業期間都越來越短。

「我覺得是經營方式有問題。」坐在成實對面的澤村說，他也看著那張紙，「即使開了一家很花俏的店，客人也不會來這裡。如果想要吸引遊客，必須所有店家都一起合作。話說回來，玻璃浦唯一的賣點就是大海，公所的那些人都搞不清楚狀況，他們有時間向德斯梅克卑躬屈膝，就應該致力發展觀光事業。」

「即使想要致力發展，也無從發展。」說話的是在學校教社會的老師，「我也贊成你說海洋是最大的觀光資源這一點，但無論再怎麼宣傳這一點，遊客也不會來這裡，因為有太多類似的地方了。」

「我覺得這裡的大海和其他地方不一樣。」成實反駁道。「我也這麼認為，但在其他地方的人眼中，就會覺得根本沒什麼兩樣。而且，在都市人的眼中，美麗的大海到處都一樣，重要的是地名。很多人都去沖繩，是因為想要去沖繩踩點。如果來玻璃浦，沒有任何人會羨慕，遊客也不覺得自己完成了一趟美好的旅行。」社會老師說話毫不留情面。

成實皺起了眉頭。

「你不需要這麼說自己出生和長大的地方吧。」

「我只是在冷靜分析，這次難得回來這裡後很驚訝，這裡根本稱不上是觀光勝地，無論是旅館還是餐廳，所有的設備都又舊又破。去沖繩時，會讓人覺得是度假享受，但來這裡的人應該會有相反的感覺，難得的假日竟然只能來這種地方，會覺得自己很沒出息。」

「喂！」澤村叫了一聲站了起來，一把抓住社會老師的衣領，「你也說得太過分了！」

社會老師雖然面露怯色，但仍然反駁說：「我只是實話實說，有什麼不對嗎？」他的聲音也有點緊張。

「你們別吵了。」成實微微站起，抓住了澤村的手。「澤村，你不要激動，不要動粗。

女店員一臉不安地站在旁邊。

「討論事情就好好討論，不要太激動。」

澤村鬆了手，重新坐了下來。社會老師一臉鐵青，喝著杯子裡的水。

最後一句話似乎奏了效，澤村回過神看向周圍。雖然只有成實他們這一桌客人，但

「不要造成店家的困擾。」

兩個人聽了成實的話，都輕輕點頭。

「對不起。」社會老師率先道歉，「我可能說得太難聽了。」

「不，我不該動手，對不起。」澤村也低頭道歉。

店內再度恢復了平靜，店員似乎也鬆了一口氣。

「我能夠理解你說的意思，」澤村繼續說道：「事實上，這裡的商店和旅館都很破落，但沒有人認為這樣沒問題，誰都想改建或是重新裝潢，只不過沒有資金。大家都是捱過一天是一天，成實的家裡……」

社會老師聽了澤村的話，眨了幾下眼睛後看著成實說：

「對喔，妳家也在開旅館，真是太失禮了，我完全沒有貶低任何人的意思。」

「我知道，我們家也打算要收掉了。」

「這樣啊，生意真的不好做。」社會老師垂下了雙眼。

劍拔弩張的氣氛雖然消失了，但氣氛變得很凝重。

「那我們就解散吧。」澤村說，大家都表示同意。

走出披薩店，澤村說要送成實回家，於是她就坐在他車子的副駕駛座上。今天澤村開的不是小貨車，而是掀背型的小客車。

「我剛才太丟臉了，真不好意思。」澤村把車子開出去後說道。

「原來你也會那麼激動。」

「因為我覺得他說話太過分了。他內心其實很期待海底資源開發，聽說他父母在這裡有很多土地，但妳今天也看到了調查船的裝備，那種機器在海底挖掘，怎麼可能維持原來的環境？而且如果還在這裡建造冶煉工廠，當然會導致水質污染，光是想像就會起雞皮疙瘩。」

「是啊。」成實在回答時，覺得自己在聽澤村說話時很冷靜。她漸漸覺得並不是一味挑剔對方，而是帶著中立的態度，雙方攜手合作，努力尋找對雙方都能接受的方向也很重要。

成實對自己的變化感到驚訝，絕對是那位物理學家讓自己產生了這樣的改變。如果沒有遇到他，自己不可能這麼想。

根據我的觀察，妳並不屬於這種類型——她突然想起湯川在調查船上說的話。當成實說，比起都市生活，有些人適合大海美麗的城鎮時，湯川這麼回答。他為什麼會說那種話？

「對了，那件事妳考慮好了嗎？」澤村用略微嚴肅的語氣問。

「哪件事……」雖然成實知道他在提哪一件事，但故意裝糊塗。

「就是當我助理的事。我上次不是說，等我有了自己的事務所，希望妳來幫我嗎？那次之後，妳有沒有稍微考慮過？」

「啊，對不起，最近太忙了，沒有時間好好思考，可以過一段時間再答覆你嗎？」

「當然沒關係，因為我不會再找其他人，如果不是妳，就沒有意義了。」澤村又說這種模稜兩可的話，成實很希望他說話可以像湯川一樣明快。

澤村開的車子駛上陡坡，即將抵達「綠岩莊」。

「喔，那個是……」澤村小聲嘀咕。

湯川和恭平在旅館前，正用木棒在泥土地上不知道畫什麼。

恭平似乎聽到了車子靠近的聲音，轉頭看了過來，大叫一聲：「啊，成實！」

湯川也看了過來，成實覺得他的眼神比平時更加冷漠。

澤村把車子停在他們兩個人的身旁，打開了駕駛座旁的車窗，對湯川打招呼說：「剛才真不好意思。」他應該是說剛才在船上的事。

「你們參觀有成果嗎？」湯川問。

「有很多收穫，更強烈地認為必須好好監視才行。」

「原來是這樣。對了，這是你的車子嗎？」

「是啊，有什麼問題嗎？」

「沒有啦，因為上次聽說你是開小貨車。」

「喔。」澤村點了點頭，「那是店裡的車子，我家開電器行。」

「原來是這樣。你去找塚原先生時，開的就是那輛小貨車吧？」

「是啊。」澤村輕聲回答，臉上露出了訝異的表情，「有什麼問題嗎？」

「不，我只是在想，萬一找到塚原先生的話，不知道你會怎麼辦。」

「那還用問嗎？當然是帶他回旅館啊。」

「怎麼帶他回來？」湯川問，「小貨車不是只能坐兩個人嗎？『綠岩莊』的老闆不是坐在副駕駛座上嗎？」

成實在一旁聽了，忍不住倒吸了一口氣。因為她覺得湯川問得很對。

「這……但也沒辦法啊，如果不讓老闆坐在車上，我不知道客人長什麼樣子，而且我當時只開了小貨車。」澤村有點結巴起來。

「但這家旅館不是有廂型車嗎？我剛才坐了那輛車，為什麼沒有開那輛廂型車去找人呢？」湯川偏著頭，但看起來是很刻意的動作。

「你現在問我這種問題，我也很傷腦筋啊。只能說，當時沒有想到那麼多。但是，如果找到了塚原先生，應該會想辦法解決。也許可以請老闆先留在原地，我把塚原先生送回來之後再去接他。」

湯川一臉難以接受，但還是點了點頭。

「的確可以有很多方法，也可以讓其中一人坐在車斗上。」

澤村抬眼瞪著湯川問：「你到底想說什麼？」

「不，沒什麼，那我就不打擾了，我正在教我的小助理算術。」湯川走回恭平身旁，澤村表情一臉可怕地目送他的背影。

「澤村，」成實叫了他一聲，「怎麼了？」

「啊？不，沒事，只是覺得這個人說話很奇怪。」

「他這個人真的很奇怪，你不要放在心上。」

「也許吧，今天辛苦了，參觀報告我們日後再討論。」

「好，謝謝你送我回來。」她對著澤村鞠了一躬，然後下了車。

湯川和恭平站在地上畫的圖形兩側，不知道正在說什麼。成實的眼角掃到了他們，目送澤村的車子離去。

「湯川先生，如果你有什麼話想說，就請你說清楚。」

「不要踩。」

「啊？」

「我說請妳不要踩到我們的教材，我正在教他圓的面積為什麼是『半徑 x 半徑 x 圓周率』。」湯川指著成實的腳下，地上畫的是將一個圓分割成很多小扇形的圖。

「我並不希望博士教我這些。」恭平很無奈地說。

「把數字套進公式只是計算問題，你不要忘了，我們正在研究圖形的問題。」

「你剛才為什麼說那種話？」成實問，「難道澤村和那起案件有關嗎？」

「沒有人這麼說，我只是問了單純的疑問。」

「但是……」

「妳不必擔心。他——我記得他姓澤村？他和塚原先生的死沒有關係，因為他不是有不在場證明嗎？塚原先生離開旅館時，他和你們在一起。」

「是啊……」

湯川看了手錶後對恭平說：「我想起我還有事，等吃完晚餐後再繼續教你。」

「有什麼事？」

「我要趁天黑之前去一個地方，希望可以攔到計程車。」湯川拿起搭在腳踏車把手上的上衣，對成實說了一句「麻煩六點半開始晚餐」，然後就走下了坡道。

34

「村畑先生？喔，原來是川畑先生。我不清楚，有這個鄰居嗎？」四十多歲的主婦摸著臉頰，偏著頭說道。

「那是十五、六年前的事，因為我聽說你們當時就已經住在這裡了。」草薙說。

「對，沒錯，我們搬來這裡已經十七年了，應該是住最久的，但是真的對不起，我不記得有姓川畑的人家。」

「他們住在三〇五室。」

「三〇五？那就更不可能認識了，因為我們和他們走不同的樓梯，樓梯不同的話，很少有機會碰到面，所以也不會打招呼。」這個主婦得知刑警上門，起初感到很好奇，但現在顯然想趕快結束談話。

「這樣啊，不好意思，打擾了。」草薙鞠躬時，玄關的門已經關上了。

「有間發動機」的員工宿舍位在很少有車輛來往的路旁，這棟四層樓的舊公寓沒有電梯，總戶數應該是三十出頭。

草薙和內海薰分頭行動，挨家挨戶查訪，試圖找到認識川畑重治和他家人的住戶，結果卻不如人意。當時的住戶幾乎都搬走了。

草薙用原子筆的筆尾搔著頭，走下樓梯時，聽到樓下傳來了叫聲。「草薙先生。」

內海薰站在人行道上，抬頭叫著。

「喔，是不是有什麼發現？」他走下樓梯，不抱希望地問。

「我查到了以前住在二〇六室的住戶目前的住址，一〇六室的太太剛好知道。他們在八年前建了自己的房子，所以就搬走了。那戶人家姓梶本，目前住在練馬區小竹町，就在西武線江古田站附近。」

「二〇六室和三〇五室使用同一個樓梯，那戶姓梶本的人家是從什麼時候開始住在這裡？」

「正確的時間不太清楚，當他們搬走的時候，好像說過在這裡住了將近二十年。」

「如果是這樣，絕對曾經和川畑一家住在這裡的時間有交集。」草薙打了響指，「好，那我們馬上去江古田。」

剛好有一輛計程車駛來，草薙用力揮手攔了下來。

兩人坐上計程車，車子出發沒多久，內海薰的手機響了。內海薰看了來電顯示，「啊」了一聲，接起來電話。

「喂，我是內海。今天早上謝謝……啊，找到了嗎？……是……是。不好意思，可以麻煩她來聽電話嗎？啊，原來是這樣，好，我知道了，那我晚一點再打電話過去，謝謝妳的協助。謝謝。」內海薰掛上電話後，轉頭看著草薙，臉頰有點紅暈。

「誰打給妳的？」

「是一個公益團體，專門為街友煮食，協助街友的生活，他們的辦公室在新宿。我在去『有間發動機』之前去了一下，因為主要的工作人員不在，所以我就影印了仙波英俊的照片留在那裡。」

「然後呢？」草薙催促她說下去，因為他預感會有好消息。

「剛才去事務所的一名女性工作人員說，曾經見過仙波，而且見過很多次，都是在他們煮食的時候。」

「什麼時候的事？」

「最後一次看到他是在一年前左右，那個女性工作人員現在有事出去了，一個小時後會回來。」

「司機先生，請你停車。」草薙說，司機慌忙踩了煞車。

「怎麼了？」內海薰問。

「妳還問我怎麼了，這麼重要的線索，當然要馬上追查啊。妳馬上去事務所等那個女性工作人員，司機先生，請把門打開，有人要下車。」

35

已經傍晚五點多了，氣溫仍然沒有下降。雖然地面反射的陽光變得柔和了些，但中午被烤得滾燙的柏油路面冒著蒸氣，持續散發熱氣。

西口和縣警總部的巡查部長野野垣一起來到了東玻璃町，來找塚原吃午餐的店家。根據驗屍報告，塚原的腸胃內有尚未消化的麵。「綠岩莊」那天晚上的晚餐並沒有麵，從消化狀態判斷，很可能是中午吃的。

雖然目前還不瞭解塚原的蹤跡，但已經確定他在去公民館之前，曾經在東玻璃町。從時間上判斷，認為他應該是在這裡吃午餐。

在分析詳細的成分後，發現麵條很有特徵。除了麵粉和食鹽以外，還加了海苔、海帶苗和昆布粉末。這是玻璃浦的名產之一——「海藻烏龍麵」。

他們事先打了電話，找到了在東玻璃町供應「海藻烏龍麵」的店家。總共有三家，都是小型食堂。第一間毫無斬獲，西口和野野垣正在去第二間的路上。雖然這點距離不需要開車，但沒走幾步，汗水就噴了出來。西口來這裡之前，加入了清查玻璃浦周圍的食庫和車庫的工作，試圖找到產生一氧化碳的地點，當然目前還沒有找到。在查訪的中途，接到了指示，要求他們找出塚原吃午餐的店家，所以就由西口為縣警總部搜查一課的人帶路。

第二家店位在小山丘半山腰的路旁，前面是禮品店，後面才是食堂。馬路對面有一張長椅，可以眺望下方的大海。

店裡沒有客人，只有一名中年女人在顧店。西口向她打招呼後，出示了塚原的照片。中年女人很乾脆地回答：「有啊，他曾經來過。」

縣警總部的巡查部長立刻臉色大變，把西口推到一旁，一口氣問了很多問題。那個人感覺怎麼樣？有沒有在和別人通電話？看起來是不是像在等人？看起來心情很好嗎？但中年女人只是露出困惑的表情，完全無法回答任何問題。她說因為當時店裡還有其他客人，所以她並沒有看清楚。這也情有可原。

「有沒有什麼令妳印象深刻的事？」野野垣用心灰意冷的語氣問道。

「有啊，他吃完飯之後，坐在店門前的長椅上。」

「坐在長椅上？然後呢？」

「就這樣而已，他坐在長椅上看海之後就走了，應該是走去車站。」

「大約是幾點的時候？」

「我記不太清楚了，應該是一點多。」

西口在一旁聽他們談話時想，塚原在一點半時在東玻璃車站前搭上計程車前往公民館。他應該是去看了海洋之丘之後，在這家店吃了午餐，接著又回到了車站。

他們道謝後走了出去，野野垣用力咂著嘴。

「一無所獲，只是午餐吃了『海藻烏龍麵』而已啊。」

「接下來該怎麼辦？繼續在這周圍查訪嗎？」

「嗯。」野野垣皺起眉頭低唸了一聲，「從時間上來看，被害人離開這裡之後就直接去了車站，所以繼續查訪也是浪費時間。」說完，他拿出了手機。他似乎想請教磯部的意見。

野野垣打電話時，西口站在塚原曾經坐過的長椅旁打量著周圍。下方是一片舊房子的屋頂，填滿房子縫隙的樹木很綠。他雖然在玻璃浦出生、長大，也經常來這裡，但覺得這裡幾十年來都沒有變化。也許是因為自然環境受到保護的關係，但也因此沒有明顯的發展。他也不知道這樣到底算是好或不好。

西口所站的位置十公尺下方也有一條路，一個男人面對大海站在那條路上。當那個男人把搭在肩膀上的衣服換手時，西口看到了他的側臉。因為他認得那個人，所以有點驚訝。

「西口，」野野垣走了過來，「我要先回搜查總部，和股長討論一下，你有什麼打算？」

聽他的語氣，顯然不希望轄區分局的年輕人加入他們的討論。

「我在這附近打聽一下，」西口說，「因為這裡有一些我認識的朋友。」

「是嗎？這裡是你的地盤啊，那就交給你了。」野野垣把手機放進懷裡，沒有看西口一眼就轉身離去。

等到縣警的巡查部長離開之後，西口沿著旁邊的樓梯走了下去。剛才的男人仍然站在那裡，看起來似乎在沉思。

「你好。」西口從背後打招呼，但那個男人似乎沒有聽到，完全沒有反應。

「打擾一下。」西口稍微大聲地說。

男人緩緩轉過身，眉頭深鎖，似乎在說，誰打斷了我的思考？

「呃……你是湯川先生吧？」

「是啊。」男人注視著西口的臉後，似乎想到了什麼，眨了眨眼說：「我們昨天在『綠岩莊』見過，你是刑警。」

「我姓西口。」

湯川用力點頭，指著西口的胸口說：

「而且你不是普通的刑警，是『綠岩莊』成實的同學，對不對？」

「沒錯，你說對了。她曾經向你提過我嗎？」

「只是聊天時剛好提到。」

西口很好奇成實怎麼提起自己，正在思考該怎麼問，湯川說：

「你不必擔心，她沒說什麼，只說她的同學在分局，就這樣而已。」

「喔，原來是這樣。」西口有點失望。「聽說你也有朋友在警視廳。」

「是啊，所以這次的事，他也向我打聽很多事，讓我傷透腦筋。我只不過是和被害人住同一家旅館而已。」

「請問警視廳怎麼看這起案件？你有沒有聽說什麼？」

湯川誇張地聳了聳肩，苦笑著說：「我是普通老百姓啊。」

「但是你朋友……」

「我相信你也知道，刑警都很自私，不管是朋友還是家人，能利用的都不會放過，卻完全不肯透露偵查的內容。話說回來，即使他告訴我詳細情況，我也很傷腦筋。」

西口聽到他口若懸河的回答，不知道該不該相信他的話。雖然身為警察，即使是朋友，也不能透露案情，這是警察的常識。

「你在這裡幹什麼？」西口決定改變問題。

「沒有特別幹什麼，只是在看海。」

「為什麼會來這裡？這裡離玻璃浦很遠啊。」

「是啊，我來這裡之後，第一次搭到了計程車，搭計程車也要二十多分鐘。」

「請你回答我的問題，你來這裡幹什麼？」西口又繼續問道。他覺得不能讓這個人小看自己，所以更用力瞪著湯川。

但是，湯川拿下了眼鏡，從懷裡拿出一塊布擦拭鏡片，似乎不想正面回應。

「因為我聽說這裡的風景很棒，網路上介紹，從東玻璃眺望玻璃浦的大海最美。」

湯川說完，又戴上了眼鏡。

「哪一個網站？」西口從口袋裡拿出記事本和原子筆，「請你告訴我，我來確認一下。」

「我記得網站的名稱叫『My Crystal Sea』，是成實經營的網站。」

「啊……」西口聽到意想不到的回答，忘記做筆記了。

「西口先生，我這樣叫你沒問題吧？」湯川直視著他，「她以前就是這樣嗎？我覺得她好像為了守護玻璃浦的大海，作好了不惜放棄一切的心理準備。」即使湯川戴著眼鏡，也可以察覺到他雙眼發出銳利的眼神。

「她剛來這裡時，並沒有像現在這麼積極，」西口回答說，「她是從夏天之後才積極投入環保活動，但是，在那之前，應該對大海也有很深的感情。我經常看到她在學校旁的瞭望台看著大海。」

「喔，從瞭望台看大海啊。」湯川露出了思考的表情。

「怎麼了？她不能守護大海嗎？」

「沒這回事，我覺得很了不起，這不是普通人能夠做到的。」

「雖然你們可能覺得她很礙事，但我打算支持她，因為我認為她在做對的事。」

湯川點了點頭，笑了笑說：「這樣很好啊，如果你沒有其他問題，我就先告辭了。」

西口目送湯川離去時，發現自己反而回答了湯川的問題。他清了清嗓子，把記事本和原子筆收了起來。

36

兒童手機的鬧鐘響了。恭平確認時間後，關掉了鬧鐘，現在是六點半。他看了一眼作業簿，忍不住嘆著氣。因為國文的作業完全沒寫，只有抄了幾個生字而已。湯川會協助他寫算術作業，但國文只能靠自己想辦法。他很清楚這一點，所以很不甘願地開始寫國文，卻完全無法專心，很想去拿遊戲機玩。好不容易忍住沒玩遊戲，卻打開了電視，剛好看到在演動畫節目，是以前從來沒有看過的節目。雖然並不怎麼好看，但他還是看完了，結果三十分鐘就這樣過去了。之後關了電視，還是提不起勁來寫功課，老實說，他一直在等待鬧鐘的鈴聲響起。

恭平走出房間，來到一樓。在去宴會包廂前去大廳張望，發現湯川在那裡。湯川抱著雙臂站著，目不轉睛地看著牆上那幅畫。就是那幅大海的畫。

「博士，」恭平叫了一聲，「你又在看這幅畫嗎？」

「我在想，不知道這幅畫是從什麼時候開始掛在這裡。」

「嗯。」恭平低吟了一聲，「很久以前就有了，我兩年前來這裡的時候，應該就已經有了。」

「我想也是。」湯川笑了笑，看著手錶說：「那來吃晚餐吧。」

成實正在宴會包廂內張羅湯川的晚餐。今天的晚餐和平時一樣，使用了大量的海鮮。

對面也放了恭平的晚餐。川畑家今晚的晚餐是漢堡排。

「每天的晚餐看起來都很好吃。」湯川盤腿坐了下來。

「不好意思，都沒什麼變化。」

「沒這回事，每天都有不同的魚，不愧是海鮮的寶庫。」

「對了，」恭平叫了起來，「成實，我想問妳一件事。今天我去海裡看到很漂亮的魚，是藍色的小魚，我問了姑丈，姑丈叫我來問妳。」

「藍色的小魚嗎？差不多五公分左右？」

「沒錯沒錯，」恭平點著頭，「像熱帶魚一樣漂亮。」

「應該是霓虹雀。」

「叫霓虹雀？牠不是魚嗎？」

成實笑著說：

「正確的名字是霓虹雀鯛，是玻璃浦很常見的魚。體驗潛水的人都是在看到霓虹雀時產生最初的感動。我第一次看到時，也覺得簡直就像是移動的寶石。」

「我也很驚訝，很想抓住牠，但抓不到。」

「當然抓不到。雖然現在那麼漂亮，但冬天時，就會變成黑黑的。」

「原來是這樣，但是沒關係，反正冬天又不會潛水。我先開動了。」

恭平合起雙手後，拿起了刀叉。漢堡排的表面煎得微焦，用刀子切開時，滲出的肉汁和多蜜醬汁混合在一起，冒著熱氣。

「你的也每次看起來都很好吃啊。」湯川說。

「我可以分一口給你，但要和你換生魚片。」

「這個交易不錯，我考慮看看。先不說這個——」湯川拿起筷子，看著成實說：「我也想請教一個問題。」

「什麼問題？」她緊張地坐直了身體。

「關於掛在大廳的那幅畫，那是誰畫的？」

成實的胸口微微起伏。恭平覺得她在深呼吸。

她搖了搖頭說：「我不知道，怎麼了嗎？」

「不，我只是有點在意。上次我和恭平在聊，不知道那幅畫是畫哪裡的大海，至少不是這家旅館附近看到的大海。」

成實把耳朵上方的頭髮撥到耳朵後方，微微偏著頭。

「我也不太清楚，因為很久以前就掛在那裡了，我也沒有太注意。」

「很久之前？妳是說妳搬來這裡之前嗎？」

「對，我聽爸爸說，好像是有人送給爺爺，然後就掛了起來，爸爸也就沒有去動，所以我爸爸應該也不知道。」

成實拿起放在托盤上的點火槍，準備把前端伸進湯川面前的桌上型酒精爐。

「不，我自己來點就好。」湯川說，「妳把點火槍放在那裡就好。」

成實露出了不知所措的表情，但說了聲「好」，把點火槍放回了托盤，「那就請慢用。」成實站了起來，準備走出去。

「那幅畫上的大海——」湯川說到這裡，看著她的後背說：「是從東玻璃的山丘看到的那片海，我剛才去確認了。」

成實停下了腳步。不僅是腳步，她的全身都僵住了。然後，她轉動了脖子，但動作就像生了鏽的機器人一樣僵硬。

「是喔。」她無力地說，臉上帶著不自然的笑容，「東玻璃嗎？原來是這樣。」

「妳真的不知道嗎？」湯川問。

「因為我從來沒想過。」

「我認為妳即使不需要想，也一眼就可以看出來了。妳不是比任何人更瞭解玻璃浦的大海嗎？還成立了個人網站。」

「我很少去東玻璃。」

「是嗎？妳沒有在部落格上寫過『從東玻璃看玻璃浦的大海最美』之類的文字嗎？」

成實露出可怕的眼神，「我沒寫過。」她的語氣也變得尖銳。

湯川苦笑著說：「這不需要生氣吧。」

「我並沒有生氣……」

「如果妳沒有寫，應該是我誤會了。我該道歉嗎？」

「不，沒這個必要，還有其他事嗎？」

「不，沒有了。」湯川把啤酒倒進杯子。

「失陪了。」成實走了出去，她的背影看起來很沒精神。

「你剛才說的是真的嗎？」恭平問湯川，「你找到了那幅畫上的大海在哪裡嗎？」

「是啊。」湯川簡短地回答後，把醬油倒進小碟子內，用筷尖夾了一小坨芥末，放進醬油。他的動作看起來也很有科學家的味道。

「你還特地去看，你真的很在意啊。」

「在意就是知性的好奇心受到了刺激，不理會內心的好奇心是一種罪惡，因為好奇心是人類成長最大的動力。」

為什麼這個人只會說這種話？恭平雖然心裡這麼想，但還是點了點頭。

湯川伸手拿起了放在托盤上的點火槍，喀答一聲打開開關後，點火槍前端冒著火。恭平家也有相同的點火槍，是之前為了烤肉買的，但只用了一次而已，因為他的父母工作太忙了，沒時間去烤肉。

湯川用點火槍點燃了桌上型酒精爐下方的固態燃料。

「你知道現在在燒的容器是用什麼做的嗎？」

桌上型酒精上面有一個白色容器，但那不是普通的容器。恭平注視著容器說：「看起來好像紙。」

「沒錯，就是紙，所以這個容器叫紙鍋，但是，你不覺得奇怪嗎？為什麼紙不會燒起來？」

「是不是有什麼特別的設計？」

湯川用指尖撕下紙鍋的邊緣，用免洗筷夾起，左手操作著點火槍，把火靠近了紙屑。紙雖然沒有馬上燒起來，但漸漸變成了黑色的灰，當免洗筷快要燒起來時，湯川才停了下來。

「如果是普通的紙，一下子就燒起來了，所以的確加工成比較不容易燃燒，但是並不是完全不會燃燒，你的說法無法完全說明。」

恭平放下刀叉，爬到湯川旁邊問：

「那為什麼不會燒起來？」

「你看一下紙鍋內，除了蔬菜和魚以外還有高湯，高湯就是水，水是在幾度的時候沸騰？你讀五年級，應該已經知道了。」

「我知道啊，在一百度時沸騰，四年級的時候做過實驗。」

「是不是在燒杯裡裝了水，邊加熱邊測量溫度？」

「對，快一百度的時候，水就噗嚕噗嚕冒泡了。」

「之後溫度計的數值怎麼樣？會一直上升嗎？」

恭平搖了搖頭說：「完全都沒上升。」

「沒錯，因為水在一百度就變成了氣體，反過來說，只要保持液體狀態，溫度就不會繼續上升。同樣地，只要紙鍋裡的湯汁還沒有燒完，下面的部分再怎麼加熱，都不會燒起來。因為紙在三百度左右才會燃燒。」

「原來是這樣。」恭平抱著雙臂，注視著酒精爐的火。

「那我們來做下一個實驗。」

湯川移開了裝啤酒的杯子，拿起下面的杯墊。那是一張圓形的紙杯墊。

「你覺得把杯墊放在固態燃料上，會有什麼結果？」

恭平看了看杯墊，又看了看湯川的臉，戰戰兢兢地回答：「會燒起來。」因為他覺得這個問題可能有陷阱。

「應該會燒起來。」

恭平聽了湯川的回答，洩氣地說：「搞什麼嘛，這算哪門子實驗。」

「你不要急，那接下來呢？」

湯川拿起放在旁邊的水壺，把裡面的水倒在杯墊上。杯墊立刻濕透了。榻榻米也濕了，但物理學家並不在意。

「如果把這個放在固態燃料上會怎麼樣？」

恭平思考著，這個答案應該不簡單，也許紙鍋的問題是提示。他在腦海中回想著湯川說的話。

「我知道了。」他說，「應該會燒起來，但不會馬上燒起來。」

「為什麼？」

「因為紙被水淋濕了，在完全乾之前不會燒起來，乾了之後才會燃燒。」

「原來是這樣。」湯川面無表情地問，「這是你的最終答案嗎？」

恭平點了點頭說：「是最終答案。」

「好。」湯川說完後，把濕透的杯墊放在燃燒的固態燃料上。燃料放在一個小筒子內，所以杯墊好像為筒子蓋上了蓋子。

恭平注視著杯墊，猜想中間很快會變黑，然後整個杯墊燒起來，但過了一會兒，仍然沒有看到變化。

湯川拿掉了杯墊，發現固態燃料的火滅了。

「啊！」恭平叫了一聲，看著湯川問：「為什麼？」

「關鍵在於固態燃料放在筒子內。無論是固態燃料還是紙，都需要氧氣才能燃燒，但筒子被杯墊蓋住之後，氧氣不容易進入。如果杯墊沒有濕，在火滅掉之前，也許就會把杯墊燒起來，氧氣就可以進入，但杯墊濕了，就像你剛才說的那樣，沒有馬上燒起來，而且濕的紙比乾的紙更能夠隔絕空氣。」

湯川用點火槍點燃了固態燃料，然後又把濕透的杯墊放上去，又馬上拿了下來。沒想到這麼短的時間，火就熄滅了。

「好像在變魔術。」恭平說。

「學校有沒有教過，當平底鍋的油燒起來時，不可以慌忙加水？這種時候，要用濕的布蓋在油上，就可以隔絕空氣。任何東西都需要有氧氣才能夠燃燒，如果沒有氧氣，火就會熄滅；氧氣不足時，就會不完全燃燒。」

「不完全燃燒？就是白天說的？」

「沒錯。」湯川再度點燃了固態燃料，「就是會產生一氧化碳氣體的不完全燃燒。」

恭平想起了白天坐廂型車回來時的事。為什麼重治會露出那麼可怕的表情？而且不只是重治，節子的表情也很陰沉。

「怎麼了？你不吃嗎？」湯川問他，「這麼好吃的漢堡排都冷掉了。」

「啊，喔，我要吃啊。」恭平又爬回去原來的座位。

37

草薙正在江古田車站北口附近的一家自助式咖啡店內。這家咖啡店很小，面向馬路的吧檯席只有三個座位，他坐在中間的座位，邊喝水，邊打發著時間。他的咖啡在十分鐘前就喝完了。

他看到手錶指向七點整時，立刻站了起來。他收好杯子和托盤，走出了咖啡店。店門前的路也很狹窄，而且彎彎曲曲，當然是單行道。路旁有不少小店，可以看到拉麵店、居酒屋和小酒館的招牌。

他終於走到稍微寬敞的路，但路中央仍然沒有分隔線，速限只有二十公里。穿越商店街，來到了有許多公寓、華廈的區域，草薙兩個小時前已經來過這裡。他小心謹慎地確認，以免走錯路。他剛才來的時候轉錯了一個彎，結果花了好大的工夫才終於抵達目的地。

他靠著幾個記號繼續往前走，走進住宅區後，道路變得更加複雜，幾乎沒有筆直的十字路口，而且小路錯綜複雜，他忍不住開始同情從來沒有見過的練馬分局的刑警，覺得他們辦案時應該很辛苦。

當他看到在路燈下的白色瓷磚房子時，終於鬆了一口氣。那就是梶本修的住家。

他按了對講機的門鈴，聽到梶本太太的聲音，他立刻報上自己的名字。他在傍晚造訪時，已經交代自己晚一點會再來。當時他知道屋主梶本不在家，但為了讓他們認為是重要的事，所以特地跑了兩趟。

玄關的門打開，一個身穿短袖 Polo 衫，身材很瘦的男人站在門內。他的臉很長，眼睛很大，長得有點像馬。

「請問是梶本先生嗎？不好意思，打擾你休息的時間。」草薙恭敬地鞠了一躬。

「那倒是沒關係。」梶本說著，請他進屋。他一定很納悶，刑警上門到底有什麼事。剛才草薙只告訴他的太太，想要打聽以前住在王子員工宿舍時的事。

梶本帶他來到將近十坪大的客廳，矮櫃上堆放了雜亂的東西，地上也放了不少東西。八年前剛搬進來時，應該有想要保持房子乾淨。隨著時間的流逝，對這棟房子的愛惜和緊張感也漸漸淡薄，但草薙仍然奉承說，他們的房子很漂亮。

「已經舊了，我們正打算要好好整理一下。」梶本雖然嘴上這麼說，但看起來很得意。

「你們搬來這裡之前，住在王子的員工宿舍，對嗎？」草薙立刻進入了正題。

「對，住了十八年……不，應該有十九年，住了很多年。因為我很早就結婚了。」

他二十四歲結婚，然後就搬進了員工宿舍。

「你們是住在二〇六室吧？你還記得住在三〇五室的同事嗎？是一位川畑先生和他的家屬。」

「川畑先生嗎？」梶本微微張著嘴，緩緩點著頭。「有，的確有——妳也記得吧？」

後面這句話是問坐在餐桌旁的妻子。

「我們在那裡住了很多年，我記得他們也住了很久。」

「是啊——我們搬進去的時候，川畑先生應該已經住了四、五年了，而且川畑先生和我相反，很晚才結婚，我記得當時還很驚訝，竟然有資深的同事也住在那裡。因為晚結婚的人通常不會住在員工宿舍。」

「根據我的調查，你們家和川畑先生家同時住在那裡的時間超過十年，在那段期間內，你們有來往嗎？」

「嗯。」梶本抱著雙臂，「像是大掃除或是夜間巡邏等員工宿舍的活動時會打交道，但並沒有很熟，畢竟我們年紀相差很多歲。」說完，他露出試探的眼神看著草薙問：「請問為什麼現在來打聽川畑先生的事？他出了什麼事嗎？」

草薙料到他會問這個問題，於是輕輕笑了笑說：

「雖然無法告訴你詳細的情況，但目前基於某種需要，正在調查某個時期從王子本町搬去其他縣市的人，川畑先生搬離王子員工宿舍的時期剛好包含在這段期間內。」

「原來是這樣，所以並不是針對川畑先生進行調查。」

「對，到目前為止，我一個人就調查了……」草薙扳著手指，「差不多有二十個人。」

梶本瞪大了眼睛，身體向後仰，「你們的工作真辛苦啊。」

「因為只有四處查訪這點能耐，所以，怎麼樣？你對川畑先生有沒有什麼印象？有沒有發生過什麼糾紛？或是和誰吵架？」

「不，」梶本用力搖著頭說，「他應該不是會引發這種問題的人。」

他太太皺著眉頭，看著丈夫說：

「我記得他們在搬走之前，好像幾乎都沒有住在員工宿舍。」

「啊？是這樣嗎？」

「對啊，我記得他當時一個人被外派到哪裡。」

梶本張著嘴，微微點了點頭。

「沒錯，沒錯，妳說得沒錯，川畑先生一個人被外派，我記得好像是名古屋。」

「他在離職之前是在名古屋分公司。」

「果然是這樣。刑警先生，你既然知道，就應該早說啊，我們就可以更早想起來了。」

「不好意思，我忘了說。」草薙當然不可能說，其實是因為不想亮出自己的底牌。「所以，應該只有他太太和女兒住在員工宿舍，川畑先生只有週六、週日回來嗎？」

「應該是這樣。」梶本用輕鬆的口吻回答，但他太太在一旁說：「不是。老公，你說錯了，不是這樣。」

「怎麼說錯了？」草薙問。這位太太的記憶似乎比較可靠。

「不光是先生，他的太太和女兒也都沒有住在員工宿舍，最後一、兩年一直都是那樣。」

草薙在晚上八點多離開了梶本家，他一邊想事情，一邊沿著錯綜複雜、彎彎曲曲的小路走向江古田車站。雖然他問了梶本夫婦很多問題，最大的收穫就是得知不光是川畑，他的太太和女兒也沒有住在員工宿舍。

「並不是完全看不到人，有時候會看到他太太回來為房子透氣，或是回家拿東西。有一次忘了是為了什麼原因聊了幾句，她說目前住在朋友家。那對朋友夫妻因為工作關係去了海外，在他們出國期間，為他們照顧房子。我記得川畑先生家有一個女兒，據說那個女兒讀的私立中學離那個朋友家很近，所以在女兒畢業之前，都會住在那裡——也許她原話不是這麼說，但大致就是這個意思。」

雖然草薙很想知道那個朋友和川畑家是什麼關係，那棟房子又在哪裡，但梶本太太不記得了，她回答說，也許當時就沒問，但她記得川畑的獨生女兒讀的私立中學名字。那是一所有名的女子中學，草薙也知道。

他決定明天上午去那所學校調查畢業生名冊。他從湯川口中得知川畑的女兒叫成實，只要問川畑成實的同學，也許會知道她們母女當時住在哪裡。

雖然他走路的時候一邊想事情，沒想到很順利地走到了江古田車站。內海薰還沒有打電話來，他決定先確認內海薰在哪裡，再決定下一步行動。當他拿出手機時，剛好響起了來電鈴聲，但液晶螢幕上顯示的並不是內海薰的名字。他急忙按下通話鍵放在耳邊。

「喂，我是草薙。」他的聲音有點緊張。

「我是多多良，現在方便說話嗎？」耳朵深處傳來低沉的聲音。

「沒問題，請問有什麼事嗎？」

「我剛才和地域部的朋友見了面，我相信你應該知道，那是塚原先生退休前工作的部門。」

「是。」

「縣警的刑警今天去找了他，我想你應該可以猜到他們此行的目的。」

「他們來瞭解塚原先生的情況嗎？詢問是否曾經和別人結怨。」

「還問是否曾經聽他提過玻璃浦的地名，他們正在徹底調查被害人的交友關係，試圖從中尋找線索。」

「有什麼問題嗎？」

「這件事沒有問題，但有一件奇怪的事，他們似乎並沒有問仙波英俊的事。縣警不認為仙波的事件很重要嗎？你不是已經把我的話轉達給他們了嗎？」

草薙一時語塞。他沒有想到多多良這麼早就發現了這件事，他絞盡腦汁想藉口，但完全想不到任何藉口。

「怎麼了？沒有告訴他們嗎？」

瞞不過去了。草薙放棄狡辯，深呼吸後開了口。

「對，我還沒告訴他們。」

「為什麼？」

「因為我有自己的想法。」

「想法？」

「對。」

他作好了挨罵的準備，握緊手機的手冒著汗，雙腳用力踩在地上，好像在準備挨揍。

但是，電話中傳來用力的嘆息聲。

「你的想法是建立在當地提供的線索基礎上嗎？」

多多良的直覺太敏銳了，他說的「當地」應該是指湯川。

「沒錯。」他回答，「是非常有意義的線索。」

「哪一種程度的線索？可以鎖定嫌犯嗎？」

「可以這麼認為，只是要確實鎖定嫌犯的話，還有許多工作要做，由我們這裡來做。」

「我們這裡……所以不想受到縣警的干擾嗎？」

「因為我認為自己做比較好。」

多多良陷入了沉默，草薙的腋下滲著汗，緊張地擔心這次應該會聽到咆哮聲。多多良在刑警時代有一個綽號叫「火藥罐」。

「內海在幹什麼？」管理官用平靜的語氣問：「和你在一起嗎？」

「不，她正在追查仙波的下落。」

「有什麼線索嗎？」

「曾經有人看過他。」

草薙向他報告了新宿某個公益團體的人認識仙波的事。

「好，既然這件事交給你處理，我就尊重你的想法，但是，你要向我保證，當蒐集到可以鎖定嫌犯的所有材料之後，一定要讓我知道，不得有延誤，瞭解嗎？」

「是，我可以保證。」

「那就繼續拜託你了。」多多良說完，掛上了電話。

草薙用力嘆了一口氣，感覺到襯衫都被冷汗濕透了。他操作著手機。

「辛苦了，我正打算撥電話給你。」電話中傳來內海薰的聲音。

「妳在哪裡？還在新宿嗎？」

「不，我在藏前。」

「藏前？妳去那裡幹嘛？妳有問了新宿那個公益團體的女人了嗎？」

「問了，她姓山本。那個團體每週六在新宿中央公園煮食，仙波在去年年底之前，幾乎每週供餐時都會出現。因為他和其他街友相比，看起來很有氣質，所以山本對他留下了印象。」

「她說去年年底之前都看到他，所以今年之後就沒看過他嗎？」

「好像是這樣，山本小姐說，他可能死了。」

「死了？為什麼？」

「因為最後一次看到他時他瘦得不成人形，而且看起來很痛苦的樣子。山本小姐認識一個醫生朋友，願意免費為街友看診，山本小姐曾經建議他去看那個醫生……」

「他沒去嗎？」

「我請山本小姐向那家診所確認，發現並沒有為姓仙波的人看病的紀錄。因為仙波可能用假名字，所以我打算明天拿照片去請醫生確認。」

「原來是這樣，但妳為什麼去藏前？」

「聽山本小姐說，還有另一個人也認識仙波，那個人去年之前都和山本小姐在一起，但今年之後，去了另一個公益團體為街友煮食，那個團體的事務所在藏前，他們每逢週六在上野公園為街友煮食。」

「也就是說，仙波雖然不再去新宿中央公園，但可能去了上野公園嗎？」

「我也是這麼想，所以請山本小姐為我聯絡了那個人，但很可惜，那個人在上野公園也沒有見到仙波。」

「原來是這樣，那妳為什麼去藏前？」

「雖然那個人沒有見到仙波，但曾經見過正在找仙波的人。」

「什麼？那是什麼時候的事？」草薙忍不住握緊了手機。

「今年三月左右，他出示了仙波的照片問，有沒有見過這個人。」

草薙從內側口袋中拿出了便條紙和筆記本，當場蹲了下來，用肩膀夾住手機，把便條紙放在膝蓋上。

「妳把事務所的地點告訴我，我也馬上過去。」

掛上電話後，他走到馬路上攔了計程車，大約三十分鐘後抵達了藏前。從江戶大道往隅田川方向的第一條路上有一棟不大的棕色大樓，事務所就在那棟大樓的二樓。

按了門鈴後，門內傳來了動靜，門打開了，一個年約四十左右的矮小男人探出頭問：「你們是警視廳的人？」

「對。」草薙在回答的同時看向屋內，發現內海薰坐在雜亂地堆放著印表機和檔案的桌子前，看到草薙後，輕輕點了點頭。

男人自我介紹說姓田中，「請進，不必客氣。」

「打擾了。」草薙走進室內，地上也堆放著紙箱。草薙問內海薰：「已經打聽清楚了嗎？」

「基本上都問清楚了。我剛才出示了塚原先生的照片，田中先生說，應該就是在找仙波的那個人。」

「他有沒有說為什麼在找仙波？」草薙問田中。

「他應該沒說，因為有時候討債的人會在一旁監視，所以我當時以為他也是來討債的。因為有許多遊民欠債不還逃走了。」

「聽田中先生說，」內海薰說，「塚原先生是在三月底的時候來問他，之後又出現了兩、三次，每次都是站在不遠處，仔細打量來領餐的人，但是在五月之後就沒有再出現──是不是這樣？」內海薰向田中確認。

「對。」田中點了點頭，「大家當時都說，心裡覺得毛毛的。他沒有再出現之後，我們也鬆了一口氣……請問到底發生了什麼事？這是在調查什麼案子？」

草薙苦笑著搖了搖手。

「不是什麼大事，請你不要想得太嚴重。」他眼角掃到內海薰站了起來，繼續說道：「之後可能還有需要請教你的事，到時候再麻煩了。今天很謝謝你，那我們就先告辭了。」

他一口氣說完後，走向門口。

走出大樓後，沿著江戶大道走了一段路，看到一家自助式咖啡店。和江古田車站旁的咖啡店屬於同一家連鎖店。因為找不到其他店，於是只好走了進去。

他們相互交流了彼此掌握的情報。草薙也把多多良打電話來的內容告訴了內海薰。

「你沒有把湯川老師說的話告訴管理官嗎？就是他說如果這起事件處理有誤，很可能會對某個人的人生造成極大的扭曲這句話。」

「我沒有說，只有妳和我才能理解他話中微妙的含義。即使我不說，管理官在某種程度上也能夠瞭解。既然湯川願意幫忙，他覺得稍微不按規矩辦事也無妨。先不說這些，接下來該怎麼辦？我原本打算去找川畑成實他們實際住的地方……」他喝了一口已經喝膩的咖啡。

「我聽了田中先生說的話，想到了一件事。」

「喔，什麼事？」

「從已經掌握的狀況分析，塚原先生的確在找仙波。雖然時間和地點不同，但曾經有兩個人看到他在煮食供餐的現場找人。塚原先生以前是很厲害的刑警，他一定去了更多地方找人。」內海薰一雙細長的眼睛看向草薙，「我認為塚原先生可能已經找到了仙波。田中先生說，在五月之後，就沒有再看到塚原先生，難道不能認為他已經找到人了嗎？」

草薙放下了咖啡杯，看著後輩女刑警的臉問：

「如果是這樣，妳有什麼對策嗎？」

「我剛才也說過，仙波在新宿中央公園被人看到時已經極度衰弱，一看就知道生了什麼病。假設塚原先生在四月左右找到了仙波，仙波那時候不可能是身體健康的狀態。」

「病情可能更加惡化，搞不好已經死了嗎？」

「我昨天在資料庫中查了一下今年以來，在東京都內發現的無名屍體，並沒有發現像是仙波的人，我會再確認一下。問題在於如果沒死的話，重病的街友——如果塚原先生好不容易找到的對象是這種狀態的話，他會怎麼做？」

草薙靠在椅子上，看著斜上方。如果是自己，會怎麼做？

「首先會帶他去醫院看病，如果有必要的話，就安排他住院，應該會這麼處理吧，我記得有些特殊的醫院也為街友看病。」

「就是那些採用了免費．低額診療制度的醫院。」

「沒錯，就是這個，我聽說東京有四十家左右這樣的醫院。」

「我也知道，但是，即使他去了這種醫院，也不見得適用免費．低額診療制度。因為需要有住民票才能使用這種制度。我確認了仙波的戶籍遷出入的紀錄，他出獄之後，一直居無定所，所以我想應該是塚原先生為他代墊了診療費用。」

「有可能，但是不可能去一、兩次醫院就看好了他的病，聽起來他的病情已經很嚴重了。」

「我也有同感，可能需要住院。」

「居無定所的街友住院的話，事情又變得很麻煩。」

「通常這種病人住院時，醫院方面會為病人申領生活保護費，這種情況下，病人實際居住的地方，也就是醫院成為居住地，然後為病人製作住民票。但是我在調查戶籍紀錄時，並沒有發現辦理了相關的手續。」

「如果是這樣……到底是怎麼回事？」

「應該有某家醫院基於某種理由，因為塚原先生的關係願意通融，讓仙波即使在沒有申領生活保護費的情況下，也願意為他看病。」內海薰面不改色，但說話的語氣中充滿了自信。

38

隨著偵查員一個接一個報告，會議室內的氣氛越來越凝重。因為這些報告中沒有任何成果。縣警總部搜查一課的穗積課長面色凝重地看著手上的資料，但這些資料中也沒有什麼重點，只是用具體而客觀的方式記錄了雖然展開大規模的查訪，但目前並沒有發現任何有用的線索，其中也包括了昨天西口他們在東玻璃查到的塚原正次在哪家店吃了「海藻烏龍麵」的內容，這些都對破案沒有任何幫助。

西口坐在後排的座位上看著會議的進行，回想著和湯川之間的對話。那位學者為什麼會去那裡？他說成實經營的網站上寫著從東玻璃看玻璃浦的大海最美，西口昨天深夜調查了那個網站，成實的確經營了名為「My Crystal Sea」這個網站，但從頭看到尾，都沒有看到湯川說的那句話，甚至根本沒有提到東玻璃的地名。

那位學者說謊嗎？為什麼要說謊？

會議繼續進行。目前正在報告殺人方法和現場的相關情況。

由於幾乎沒有任何目擊證人，所以目前仍然無法確定被害人一氧化碳中毒身亡的地點。如果兇手將被害人騙到車上，讓他服用安眠藥入睡後燒炭，讓他中毒身亡，將屍體棄置在那片岩石區後開車逃逸，只要選對停車地點，幾乎不會被任何人看到。因為在這個海邊的鄉下城鎮，入夜之後幾乎沒有人會走在路上。

考慮到除了車子之外，行兇現場也可能是無人使用的倉庫、小屋或是空屋，於是清查了現場附近的這些建築物，目前並沒有發現任何可能和這起案件有關的地方。幾年前倒閉的旅館變成了廢墟，其中的一個房間留下了燒東西的痕跡，但根據積灰塵的狀況研判，至少在這一個月內，並沒有人進入。燒東西的痕跡應該是去廢墟練膽子的人所留下的。

「人際關係呢？有沒有查到什麼？」穗積聽了一大堆毫無收穫的報告後不耐煩地問道。

「由我來報告東京小組回報的情況。」磯部拿著資料站了起來。東京小組是指派去東京調查塚原正次周遭情報的刑警。

磯部清了一下嗓子後開了口。

「被害人塚原正次先生去年從警視廳退休，在退休之前隸屬地域指導課。目前向三位同事瞭解了塚原先生的情況，首先是第一位——」

磯部聲音響亮地報告，但報告內容無法讓穗積高興。塚原正次生前工作很熱心，比任何人更認真思考預防犯罪的問題，任何瑣碎的工作都不偷懶。雖然不太擅長交際，但只要成為朋友，就會為對方盡心盡力，是一個充滿熱情的人——也就是說，他並不是會招人怨恨的人。

在工作方面也沒有什麼明顯的糾紛，退休前的工作交接也很順利。以前的同事都認為他四平八穩，平靜地迎接了退休生活。

穗積聽了磯部的報告後，皺著眉頭伸了一個懶腰，然後把雙手抱在腦後。

「這方面好像沒有任何斬獲，那方面呢？那個人是不是姓仙波？也沒有目擊證詞嗎？」

「目前沒有，今天打算從東玻璃繼續往東，擴大查訪的範圍……」磯部越說越小聲，似乎在暗示並沒有抱太大的期待。

「目前也不知道仙波到底是死是活，不是嗎？」

「是……」磯部模稜兩可地回答，「警視廳在追蹤他的下落，如果有什麼消息，會立刻通知我方。」

目前沒有接到警視廳任何聯絡，也就意味著並沒有任何線索。

「被害人和玻璃浦有什麼交集？除了仙波以外，還有沒有其他的交集？」穗積不耐煩地問。

「根據來自東京的報告，到目前為止從相關人士口中，並沒有發現被害人和玻璃浦有任何交集，被害人來到這裡的原因，應該就是參加海底資源開發的說明會。關於這件事，有可以報告的內容——喂，野野垣。」磯部叫著下屬的名字。

坐在前方座位的男人站了起來。他就是昨天下午，和西口一起去查訪的縣警偵查員。雖然他昨天說要回搜查總部，但其實是接到了新的任務。

「那場說明會必須有參加證才能入場，正式的名稱是關於海底熱水礦床開發計畫說明會暨討論會參加證，被害人手上的是正式的參加證，並非偽造的。必須用郵寄的方式向海底金屬礦物資源機構申請參加證，除了申請書以外，還必須附上回郵信封，而且並不是只要申請就可以參加，如果報名人數太多，就必須用抽籤的方式。這次也有將近兩倍的倍率，向海底金屬礦物資源機構瞭解狀況後，的確在中籤者的名單中發現了被害人的名字。」

「所以呢？」穗積雙眼發亮，似乎在威嚇如果只是去確認而已，絕對饒不了他。

「六月決定舉辦說明會和討論會，七月之後開始正式報名，當時在《讀賣》、《朝日》和《每日》三大報，和海底金屬礦物資源機構的網站公布了報名方式。被害人是在七月十五日報名，該機構的事務所仍然保留了中籤者的報名信封，所以查到了信封上的郵戳。問題在於投寄的地點，是在調布車站前郵局的轄區內。」

「調布？」穗積驚訝地皺起了眉頭，「調布是在東京吧？位置是在……」

「趕快拿東京的地圖過來！」磯部大吼道。

一名年輕刑警動作俐落地在穗積面前打開了導航地圖，西口也用手機確認了調布的位置，發現位在新宿向西將近十五公里的地方。

「被害人住在埼玉縣鳩谷，」野野垣繼續說道：「信封背面也留下了地址，而且該機構製作的中籤者名單上的地址，也是相同的地址。但是，報名參加的信封卻是在調布車站前投遞，目前還無法瞭解其中的理由。報告完畢。」

穗積看了導航地圖後，眉頭深鎖地偏著頭說：

「可能並沒有什麼重要的理由，只是剛好有事去調布，然後就順便投進了郵筒，應該只是這樣而已吧？」

「雖然也有這種可能，」磯部難得反駁了課長的意見，「我用電話詢問了被害人的太太，他太太說，完全不知道被害人去調布的理由，沒有親戚或是朋友住在那裡，而且埼玉縣鳩谷離調布市很遠，被害人沒有車子，所以應該是搭電車前往。在搭電車期間，應該有不少寄信的機會，但為什麼留下了調布車站前的郵戳……當然也可能只是因為遲遲找不到郵筒。」

穗積沒有吭氣。他似乎認為磯部的意見有某種程度的合理性。穗積思考片刻後，掃視了所有人問：「關於這個問題，其他人有沒有什麼意見？」

幾秒的沉默後，聽到一個低沉的聲音說：「有！」元山輕輕舉起手來。

「請說。」穗積請他發言。

「雖然不知道被害人為什麼去調布，但可能是當時得知了德斯梅克要舉行說明會這件事，也可能是有人告訴他。被害人很想參加，於是就趁記得的時候當場寫信報名，從調布車站搭電車回家的途中，就投進了車站前的郵局信箱。我認為這樣的過程很自然。」

西口聽了之後，也覺得很有道理。的確有這種可能。

穗積似乎也有同感，他點了點頭說：

「的確很有可能，如果是這樣，就很想瞭解被害人去調布的理由了。」

「要不要聯絡東京小組？」磯部探出身體問。

「就這麼辦。查明被害人在哪裡得知了說明會的事，以及為什麼這麼想參加這場說明會，或許有助於偵破這起案子。指示他們直接去找被害人的太太，再次向她瞭解情況。」

「瞭解。」磯部可能察覺到上司的心情變好了，所以他回答的聲音也很有精神。

39

草薙看著一塵不染的深藍色車子，忍不住想要吹口哨。這輛油電混合車是兩輪驅動，燃料費是每公升十五點八公里，總排氣量為三點五公升。一看價格，他忍不住苦笑起來。如果有六百萬可以買車子，他會先考慮搬家。

他握著駕駛座旁的門，輕輕打開，感受到適度的沉重感覺後，又關上了車門。關車門的聲音聽起來也很有分量。

「請試坐看看。」後方傳來一個聲音，一個身穿淺灰色套裝，一頭短髮的女人對他展露親切的微笑。

「不、不，我不是來看車子的。」草薙搖了搖手，同時看了她胸前的名牌，上面寫著「小關」兩個字。「妳就是小關小姐吧？」

「是。」她仍然面帶笑容回答，「你是警視廳的……」

「我姓草薙。」他立刻出示了警察徽章，又立刻收了起來。

她──小關玲子瞪大眼睛後說：「請跟我來。」帶他來到接待桌旁。

「請問你要喝什麼飲料？」小關玲子問。

「不，不用了，請不必費心。恕我重申，我並不是客人。」

「不必客氣。要喝咖啡嗎？還是冰烏龍茶？」

「那就烏龍茶。」

「好。」小關玲子點了一下頭後離去。

她似乎並不覺得困擾。草薙嘆了一口氣，看著桌子上，發現桌上放著新車型錄。

現在是下午一點多，草薙來到江東區的一家汽車經銷商。此行的目的當然是來找小關玲子。

今天一大早，草薙就去了川畑成實以前就讀的私立中學，看了校方提供的畢業紀念冊和名冊。她在中學時代看起來很不和善，但不難預料她現在是一個美女。

川畑成實之前參加了軟式網球社，除了她以外，還有另外三名和她同學年的女生。草薙決定根據名冊上的地址去這三個同學的家。第一個同學家沒有人，第二個同學結婚後搬去仙台了，只有她的父母在家。小關玲子家是他去拜訪的第三戶，小關玲子的母親在家，說女兒在江東區的汽車經銷商上班。草薙說很想馬上見到小關玲子，她母親立刻打了電話，然後告訴他，女兒說，下午一點過後應該沒問題——親切的母親說完後，露出一絲不安的表情問他在偵辦什麼案子。

妳不必擔心，和妳女兒完全沒有關係——草薙面帶笑容說完後，離開了小關家。

小關玲子用托盤端著杯子走了回來，把杯子放在草薙面前說：「請喝吧。」然後才終於在對面坐了下來。

「不好意思，在妳工作的時候前來打擾。」草薙再度道歉。

「你離開之後，我媽又打電話來，說希望我向你打聽一下，到底在偵辦什麼案子。

我媽媽很喜歡看兩個小時的推理劇。」

「這樣啊，原來她喜歡看推理劇。」

「她很興奮地說，這是她第一次見到真正的刑警。其實我也有點期待。」小關玲子喝了一口烏龍茶後問：「請問是什麼案子？」

「恕我無法談論，請見諒。」

「果然不行嗎？太遺憾了。」雖然她嘴上這麼說，但看起來興致勃勃。

「我想請教有關妳中學時代的事。妳之前參加了軟式網球社吧？」

「喔，是這麼久以前的事。對，我的確參加了那個社團。」

「妳記得有一位姓川畑的同學嗎？她叫川畑成實。」

小關玲子立刻露出了欣喜的表情，雙眼也發亮。

「成實？我當然記得她，但是我很久沒有和她聯絡了。」

「妳們在中學畢業之後，也繼續保持聯絡嗎？」

「有啊。我直接進了高中部，但她因為家庭因素搬去很遠的地方，但我們有時候會打電話聊天，但這十年左右都沒有再聯絡。」小關玲子微微偏著頭之後，一臉吃驚地注視著草薙問：「是不是成實涉及什麼事件？」

「不不不，」草薙慌忙搖著手，也沒有忘記露出笑容。「和川畑小姐本人沒有關係，我想知道的是，她那時候住的地方。」

「她住的地方？」

「她當時的住址是北區王子本町，但她讀那所學校時應該住在其他地方，妳知道她住在哪裡嗎？」

小關玲子皺起眉頭思考起來。畢竟是十幾年前的事，即使她忘記也很正常。更何況即使參加了同一個社團，也未必知道對方住在哪裡。

可能沒有希望了。草薙正打算放棄時，她猛然抬起了頭。

「對了！」

「妳想起什麼了嗎？」

「我去過她家幾次，並不是在王子之類的地方。」

「那是哪裡呢？」

「我不記得正確的地點，但記得車站的名字。」

「哪一個車站？」草薙問。

小關玲子明確地回答說：「荻窪車站。」

草薙的心臟在胸膛內用力一跳，但他努力克制，沒有讓表情露出任何變化。

「荻窪車站……能不能再回想得更詳細一點，走出車站之後往哪個方向？」

「嗯。」小關玲子低吟一聲，「我記得走出車站之後還走了一小段路，我記得成實說，她都騎腳踏車去車站。」她說話的語氣沒什麼自信。

「是獨棟的房子嗎？」

「對，但房子並沒有很大。」

「這裡有地圖嗎？像是導航地圖之類的。」

「應該有，請稍等。」小關玲子站了起來。

草薙目送她走去裡面後，喝了一口烏龍茶，然後鬆了鬆領帶。因為他感到全身發熱。

小關玲子很快走了回來，手上拿著筆電。

「用這個可以很快查到。」她把筆電連上網路，登入後顯示了荻窪車站附近的地圖。

「怎麼樣？有沒有想到什麼？」草薙問。

小關玲子盯著螢幕看了片刻，最後無力地搖了搖頭。

「對不起，我想不起來。只記得那裡的路很複雜，但我只是跟著成實走，所以應該完全沒注意周圍的樣子。」

「這樣啊。」

這也很正常，她能夠想到這些事已經是很大的收穫了。

「請問，」小關玲子說，「要不要問一下成實本人？我有她的電話，如果她沒有搬家，應該可以聯絡到她。」

「啊，不，先不要。」草薙搖了搖頭，「我們之後也會去請教川畑小姐，但目前盡可能想多方打聽。我也知道她的電話，她目前……住在玻璃浦吧？」

「沒錯，她爸爸是那裡的人，我記得她爸爸好像繼承了旅館。」小關玲子在這件事上的記憶完全正確。

「她當時搬家很突然嗎？還是之前就已經決定了？」

「我不太瞭解詳細的情況，所以覺得很突然，因為原本以為成實也會和我一起升上高中部，她自己也這麼說。雖然她說她爸爸遲早要回老家繼承旅館，但她很不想去，想要留在東京。高中畢業後，即使一個人住，也想要讀東京的大學，所以當她很乾脆地去玻璃浦時，我還很驚訝。」

「妳們在中學畢業後也經常聯絡，有沒有談起這件事？」

「沒有詳細聊過，她什麼也沒提，所以我猜想應該有很多難言之隱。」小關玲子語氣沉重地說完後，露出訝異的眼神看著草薙問：「你剛才說成實本人和案情無關，那和她家搬家的事有關係嗎？」

「不，也不是這樣。」

「我太好奇了，這些都是十五、六年前的事，可不可以至少告訴我，是哪一類型的案件？這樣我會太好奇，晚上也睡不著覺了。」

「不好意思，因為這是規定。」草薙鞠了一躬，站了起來。「不好意思，打擾妳的工作了，感謝妳的協助。」

「對你的偵查有幫助嗎？」

「大有幫助。」草薙走向出門，但走到一半時轉過身，「我剛才也說了，之後會向川畑小姐本人瞭解情況，不希望她有一些先入為主的想法，是否可以麻煩妳不要把今天的事告訴她？即使妳不直接告訴她，也可能輾轉傳入她的耳中，所以請妳也不要告訴別人。」

小關玲子露出失望的表情後，調皮地笑了笑說：

「我媽媽應該沒問題吧？她知道我今天和你見了面。」

「如果可以，可以請妳不要說嗎？」

「啊？我一回家，我媽一定會窮追猛打地問我。」

「務必請妳配合。」草薙鞠了一躬。

「好吧，那我來想想辦法。」小關玲子說話的語氣聽起來很沒把握。

她像接待普通的客人一樣，送草薙到門口。草薙走出自動門，來到了街上。永代橋就在附近。

正當他思考著下一步的行動，準備邁開步伐時，身後傳來了小關玲子的叫聲。

「刑警先生。」她追了上來，「我想起一件事，有一次我們在四月初的時候去她家玩，她家附近有一個公園，櫻花很漂亮，大家都說要去賞花。」

「公園、櫻花……妳確定嗎？」

「應該沒有錯，因為那次是中學時代唯一一次賞花。」

草薙想了一下後，點了點頭，對她露出了笑容說：

「謝謝妳提供了參考。」

「但是，這件事也要保密，對嗎？」她把食指放在嘴唇上。

「拜託了。」草薙說。

「我知道了，工作加油囉。」說完，她走回了展示中心。

草薙目送她的背影後邁開了步伐。他內心興奮不已，情不自禁邁開了大步。

荻窪、公園旁——這和三宅伸子遇害的現場關鍵字一致。川畑家一定和仙波案件有某種關係，絕對錯不了。

也許該把這件事通知湯川。他正在想這件事時，手機震動起來。他邊走邊確認來電，發現是內海薰打來的。她今天要去找塚原正次的太太，確認塚原是否知道可以讓居無定所的街友住院的醫院。

「是我，有收穫嗎？」電話一接通，他就劈頭問道。

「現在還很難說，但我聽到一個很有意思的線索。」

「是塚原太太說的嗎？」

「不是塚原太太說的，而是縣警的偵查員。」

「縣警？」

「我去塚原家時，有兩名偵查員正在向塚原太太瞭解情況，兩個人都是縣警搜查一課的人，他們同意我一起加入，所以我就在旁邊聽。」

「他們來調查什麼？」

「他們來問塚原先生和調布車站的關係。」

「調布車站？為什麼又有這種地方跑出來？」

「塚原先生在調布車站附近寄了信。」

內海薰說，塚原在調布車站附近寄了報名表，要參加在玻璃浦舉辦的海底資源說明會。

「他太太說什麼？」

「他太太想了很久，最後回答說不知道。她說，以前在警視廳工作時可能曾經去過那裡，但因為她先生在家裡從來不談工作上的事，所以她不知道。」

草薙想起了塚原早苗露出毅然表情的臉。她並不是對丈夫的工作漠不關心，而是認為自己的職責就是做好賢內助，讓丈夫能夠安心投入工作。

「縣警的人還問了什麼？」

「並沒有什麼令人耳目一新的問題，像是有沒有想到塚原先生和玻璃浦有什麼交集之類的，塚原太太當然回答沒有。」

「那妳呢？縣警的人有沒有問妳什麼？」

「他們問我為什麼來找塚原太太。」

「妳該不會實話實說，說是去問醫院的事？」

「我該實話實說嗎？」

草薙咧嘴笑了起來，「那妳是怎麼回答的？」

「我說我來借相簿，如果塚原先生以前曾經去過玻璃浦，可能會留下照片。」

「原來如此，縣警的人相信嗎？」

「不是相不相信的問題，他們似乎很失望。他們說，聽說警視廳也在幫忙，沒想到還在做這種事。上次縣警的偵查員上門時，已經把相簿帶回去了。而且他們對只有一名女刑警在查這件事也很失望。」內海薰的語氣始終平淡，但說最後一句話時，語氣中有點不滿。

「妳不必放在心上，因為妳已經精明地掌握了寶貴的線索。」

「我沒有放在心上，你也認為這條線索很寶貴嗎？」

「當然啊，他在調布車站前寄出了參加玻璃浦說明會的報名表，我猜想他應該是和誰見面後，在回程時寄的。那個人和玻璃浦有密切的關係。」

「我也有同感，所以我已經開始行動了，這通電話是事後報告。」

草薙重新握緊電話問：「妳在往調布的路上嗎？」

「我剛才回家一趟，開了車子出來，目前在便利商店的停車場。」她似乎想要表示並沒有在開車時打電話，「我打算徹底清查調布車站周圍的醫院。」

「那就交給妳了。縣警那些人遲早會開始在調布查訪，但妳已經掌握了醫院這條線索，所以妳的形勢壓倒性有利。那就拜託了。」

「沒問題，你那裡的情況怎麼樣？」

「妳問我這裡嗎？」草薙舔了舔嘴唇，「有不少收穫，等妳辦完事之後再告訴妳，因為不能讓妳分心。」

「真讓人期待啊。」

「妳就好好期待吧，那就先這樣。」草薙匆匆掛上了電話。其實他還沒有整理好頭緒，無法好好說明。

40

桌子上放了三張用剪刀剪下的三角形。因為是將三張紙疊在一起剪下來，所以全都是相同的形狀。湯川把兩個三角形放在一起，變成了平行四邊形，把另一個三角形也放上去後，就變成了梯形。

「這樣你就可以瞭解，三角形的三個內角相加可以成為一直線，也就是一百八十度，這是所有的基本。四邊形可以分成兩個三角形，所以內角是一百八十度的兩倍，也就是三百六十度。同樣地，五邊形的話——」

湯川仔細說明，但恭平滿腦子想著其他的事。

那是昨晚的事。他在自己房間睡覺之前，去姑丈他們的房間張望，在走廊上聽到他們小聲說話的聲音。他完全聽不懂他們說的內容，但清楚聽到了一句話。

那個老師一定已經發現了。

重治說了這句話。

恭平聽到這句話，立刻不敢繼續往前走。他的雙腿發抖，好不容易才沒有癱在地上，最後總算轉過身，沿著走廊走了回去。他費了好大的力氣才沒有發出聲音，但根本無法快速跑回房間。

他回到房間後，立刻鑽進被子。巨大的不安湧上心頭，心臟一直噗通噗通跳個不停。

他根本不知道發生了什麼事。大人向來不對小孩子說實話，所以他也不知道即將發生的事，只知道絕對不是好事。因為如果是好事，姑丈就不會用那麼可怕的語氣說話。

當他回過神時，發現湯川沉默不語。恭平抬起了頭，物理學家托著腮，注視著少年，露出了好像在觀察的眼神。

「我剛才問你，九邊形可以分成幾個三角形，看你的樣子應該答不出來。」

恭平抓了抓頭，看著桌上。攤開的作業簿上畫了好幾個圖形，最後畫了一個九邊形。

「啊，呃……」他慌忙拿起自動鉛筆，但不知道要怎麼寫。

「從其中一個角畫一條線，和其他所有的角相連，但無法再畫線連結相鄰的角，所以只能畫六條線，變成七個三角形。內角總計為一百八十乘以七，就是一千兩百六十度。」坐在對面的湯川沒有把作業簿朝向自己，而是倒著寫下算式。「你怎麼了？今天很不專心，這樣的話，作業會一直寫不完。你在想什麼事情嗎？」

「不是……」恭平想不到適當的藉口，忍不住吞吐起來。這時，放在旁邊的兒童手機響了起來。太好了，他這麼想著，伸出了手，但手機顯示了一個陌生的號碼。

「怎麼了？不接嗎？」湯川問。

「媽媽叫我看到陌生的電話時不要接。」

「這樣啊，那個電話該不會是〇九〇——？」湯川一口氣報了一串數字。

恭平嚇了一跳，出示了來電號碼說：「對啊，你說對了。」

「那就沒問題了，是找我的電話。」湯川從恭平手上搶過電話，若無其事地接了電話。「喂，我是湯川……喔，沒問題。後來有查到什麼嗎？」湯川在說話時站了起來，走出了房間。

怎麼回事啊？不要隨便用別人的手機——恭平嘟著嘴站了起來，站在門口旁，把門打開一條縫。

他看到了湯川的後背，他正在講電話。

「……這樣啊，是荻窪喔……我想應該是這樣，和我想的一樣。那家人果然有隱情……好，就這麼辦。」

恭平關上了門，躡手躡腳走回剛才的座位。他和昨晚一樣，身體開始發抖。

那個老師一定已經發現了——耳邊響起了重治的聲音。

41

當客人連續住六天時，就會開始煩惱晚餐的菜色。成實帶著愧疚的心情把幾乎和昨晚相同的料理放在桌上。湯川走進了宴會包廂。

「喔，謝謝。」

「你辛苦了。湯川先生，你今天也去了調查船上嗎？」

湯川點著頭，在坐墊上盤腿坐了下來。

「終於整頓好可以做實驗的環境了，但還不知道什麼時候才能回東京。」

「你還要在這裡繼續住一陣子嗎？」

「我也不太清楚，如果德斯梅克的人做事賣力點，可能不需要幾天的時間就搞定了。」

入口傳來了動靜。恭平走了進來。他像往常一樣在湯川對面坐了下來，雙手拿著的托盤上，有一盤炸豬排。

「你每天的菜也看起來很好吃。」

「我不是每次都說，我可以和你交換嗎？」

湯川哼了一聲，看著成實說：

「我想拜託妳一件事，明天開始，我可以和他吃一樣的嗎？」

「啊？但那是我們自己的晚餐……」

「就是要吃這種啊。當然，我不會因此要求調降住宿的費用。」

成實雙手放在腿上，低著頭說：

「對不起，每天的菜色都沒有什麼變化，你一定吃膩了，雖然很努力想要變點花樣。」

湯川苦笑著拿起筷子。

「我並不是在挑剔，我很希望每天都想吃這裡的海鮮，只是開始有點想念家常的味道了。」

成實看著他的臉問：「你的意思是說，想吃太太做的料理嗎？」

湯川聳了聳肩說：「可惜我還是單身，所以我說的家常味是指自己做的飯。只不過這裡的廚房做出來的菜，應該和普通的家庭料理不一樣。都是妳做的嗎？」

「我也會幫忙，但主要是我媽媽做的。以前更忙的時候，有請了廚師。」

「原來是妳媽媽……」湯川夾起一塊魚凍，「這已經不是擅長做菜而已，是不是曾經在哪裡學過？」

「她年輕的時候曾經在小料理店工作，聽說當時正式學過。」

「這樣啊，那家店是在東京嗎？」

「聽說是這樣……」

「啊，我知道這件事。」恭平興致勃勃地說，「姑姑就是在那裡遇到了姑丈。」

「遇到了你的姑丈？所以這家旅館的老闆和老闆娘就是在那裡認識的意思？」

「對啊——對不對？」恭平徵求成實的同意。

「好像是這麼一回事，我也不是很清楚。」

「那當然，那時候妳還沒出生呢。」

「聽說可以吃到這裡的料理。」

「這裡的料理？」

「我爸爸說，那家店都會買在這裡捕到的魚，然後在店裡做成料理。」

「是這樣嗎？」

成實聽了湯川的問題，無法回答不是。她回「好像是這樣」，但沒來由地感到不安。

「原來是這樣，原來是鄉土料理店。離鄉背井在都市工作的人一定很喜歡去這種店，這裡的老闆應該也被這種懷念的感覺吸引了，然後就遇到了命運中的人。」

「沒這麼誇張啦。」

「除了妳爸爸以外，應該還有很多人經常去那家店。妳有沒有聽他們提起過？」

「不太清楚……」成實決定站起來，「已經是陳年往事了，我很少聽他們提過去的事。」她努力想要擠出笑容，但臉頰很僵硬。

「請慢用。」她說完這句話，逃也似地走出了包廂。

經過大廳時，看到牆壁上的畫，忍不住停下了腳步。她想起了湯川昨天晚上說的話。那位物理學家已經發現這幅畫畫的是東玻璃看到的大海，而且又問了剛才那個問題。成實很後悔，也許不該提起節子曾經在小料理店工作的事。

湯川到底知道什麼？他知道多少？他和警視廳那個姓草薙的朋友到底都說了些什麼？

她帶著沉重的心情準備回去廚房時，櫃檯上的電話響了。她嚇了一跳，隨即產生了不祥的預感，她想起了之前草薙打電話來時的事。

有痰卡在喉嚨。她乾咳了一下，接起電話。「你好，這裡是『綠岩莊』。」

「喂？我想請教一下，那裡是川畑公館嗎？」電話中傳來一個年輕女人的聲音，說話很客氣。

「是，請問是哪一位？」

對方停頓了一下說：「我姓小關，我叫小關玲子，請問川畑成實小姐在家嗎？」

聽到自己的名字，成實急忙翻開腦內通訊錄。不出三秒，就想起了小關玲子的臉。

「玲子……怎麼會？我是成實。」

「啊！」電話中傳來這個聲音，「果然是妳，我剛才聽到妳的聲音時，就猜想會不會是妳。好久不見，妳最近好嗎？」

「嗯，還不錯。」

突然接到中學同學的電話，成實的心情有點興奮，但下一剎那，不吉利的風吹過心頭。她為什麼現在打電話來？

「我們已經有十年沒聯絡了，我一直想打電話給妳，但遲遲找不到機會，工作也很忙。我目前在汽車經銷商上班。」

「是喔，很不錯啊。」成實在回答時感到心浮氣躁。她說因為沒有機會，所以一直沒有打電話，那今天是因為什麼契機，讓她想要打電話？

「成實呢？妳在做什麼？妳還住在家裡，就代表還沒結婚？」

「對，我在家裡幫忙。」

「原來是這樣。妳知道嗎？直美已經生了兩個孩子了，而且她老公是個超級大爛人。」

玲子聊起了中學一起參加社團的另一個同學。原來是為了交流相互的近況，聽她說這些雖然很開心，但還是無法專心，很想知道她為什麼打電話來。

成實隨聲附和著，玲子突然問：「妳最近怎麼樣？感覺還好嗎？有沒有什麼變化？」

「有什麼變化？」

「任何事都可以啊，比方說，身邊有什麼小驚喜之類的。」

成實覺得她的問題很奇怪。

「沒有啊，只是正常過日子。」

「這樣啊，那和我一樣。啊，已經這麼晚了。對不起，妳是不是在忙？有沒有影響到妳的工作？」

「不，沒關係，工作剛好告一段落。」

「那真是太好了，改天再和妳聯絡。啊，忘了問妳的手機號碼。」

她們相互留了手機號碼，成實以為玲子要掛電話時，她突然吞吞吐吐地開了口。

「我問妳，是不是在荻窪？」

「啊？」成實緊張了一下，「什麼？」

「妳以前住的地方，是在荻窪車站附近吧？」

「是啊，怎麼了？」

「不，沒事，我只是突然想到，想要向妳確認一下，那就改天再聊。」

「嗯，謝謝妳打電話來。」成實聽到掛上電話的聲音，也放下了電話，但她的手在發抖。

沒錯，一定有人去問了小關玲子，川畑成實以前讀中學時住在哪裡？如果是普通人問這個問題，玲子可能不會放在心上，但正因為不是普通人問她，所以她才會特地打電話來。她以前讀中學時，就是一個好奇心很旺盛的少女。

警察展開了調查，正在調查她以前住在荻窪時的事。

她感到雙腿發軟，幾乎無法站立，於是在櫃檯旁蹲了下來。

42

草薙抵達麻布十番車站時，已經九點多了。「KONAMO」的營業時間到晚上十點，他猜想這個時間，應該沒有太多客人了。

他走向大樓時，抬頭看向戶外的階梯。一對看起來像是情侶的男女剛好走出來，草薙等他們走下樓梯後才上樓。

打開店門，草薙向店內張望。站在收銀台內的年輕店員正想說什麼，然後把話吞了下去，他似乎記得草薙。

「不好意思，一次又一次打擾。」

「不會。」年輕店員說完，看向店內。穿著紅色圍裙的室井雅夫正朝向草薙走來。

「我很快就忙完了，可以稍微等我一下嗎？」

「沒問題，你慢慢來。」草薙在旁邊的空位坐了下來。

店內還剩下三桌客人，看起來都像是上班族，桌上放滿了大杯的生啤酒和沙瓦。

草薙回想著和湯川在電話中的對話。今天和湯川通了兩次電話。第一次是草薙在傍晚時打給他。上次通話時，湯川留了一個手機號碼給他，說下次想要聯絡時，可以打那個號碼。據說那是經常和他在一起的人的手機，草薙試著打了那個電話，鈴聲響了幾次之後，湯川果然接起了電話。

草薙把川畑重治被調去名古屋工作時，節子和成實住在荻窪的獨棟房子這件事告訴了湯川。他之前已經告訴過湯川關於仙波英俊引發的命案地點。

「真是太有意思了，無論在時間上還是空間上，川畑一家人和仙波案件都在同一個座標上。」湯川用他獨特的說話方式說道。

「我無法瞭解川畑一家人的現況，你有辦法找到他們和仙波之間的交集嗎？」

「很難說，但我試看看。仙波的太太和川畑重治是同鄉，簡單地想，他們兩個人很可能在哪裡認識。但聽了你剛才的話，仙波案件發生時，川畑重治並不在東京，所以搞不好是川畑節子和仙波有什麼關係。」

「很有可能，川畑的老婆是怎樣的女人？」

「如果你以為是一個鄉下老太婆，那就完全猜錯了。雖然她沒有化妝，但很脫俗，比實際年齡看起來更年輕。聽說她很早就離家，結婚前一個人住在東京。」

湯川說的這番話的確改變了草薙原本對川畑節子的印象，也隱約猜到了他想表達的意思。

「年輕女人在東京獨立生活……你的意思是，她可能在酒店上班嗎？」

「即使不是在酒店上班，也可能是服務業。」

「ＯＫ，那就拜託你了。」草薙說完後，掛上了電話。

兩個小時前，湯川打電話來。電話一接通，他劈頭就說：

「是小料理店。」

「小料理店？」

「節子在結婚前，曾經在東京的一家小料理店上班，也是在那裡認識了川畑重治，而且那家店賣的是玻璃料理。重治可能經常去那裡吃家鄉味。」

「怎麼了？」

「家鄉味嗎？」草薙嘀咕時，腦袋中的記憶受到了刺激。他忍不住「啊！」了一聲。

草薙舔了舔嘴唇說：「我雖然沒你厲害，但也有靈光一閃的時候。」

「是喔，那我洗耳恭聽。」

「等我確認之後就告訴你。」草薙說完後，就掛上了電話，很想馬上來「KONAMO」，但猜想那時候客人很多，所以就一直等到現在。

室井雅夫解開圍裙走過來說：「不好意思，讓你久等了。」

「不好意思，關於昨天你告訴我的事，有一件事想要和你確認。」

「我昨天說了什麼？」

「你昨天說，已經去世的三宅和仙波英俊經常聊家鄉味，該不會是玻璃料理？」

「玻璃？」室井扶著額頭，露出了思考的表情後，用力拍著右側大腿說：「沒錯，他們說，銀座有一家玻璃料理的店，他們一起去那裡吃過飯，而且還送了好像乾麵給我。」

「乾麵？該不會是海藻烏龍麵？」草薙問。剛才接到湯川的電話後，他上網查了玻璃料理。

「對，沒錯沒錯，好像就是這個。」室井露出了欣喜的表情。

這就對了，仙波英俊也常去川畑節子工作的那家店。而且不只是仙波，遇害的三宅伸子很可能也認識節子。

這時，草薙的手機收到了電子郵件。他看了一眼，發現是內海薰傳來的。他看了內容，頓時瞪大了眼睛。上面寫著：「已經查到了仙波住的那家醫院，我目前在回去的路上。」

43

雖然遲疑，但雙腳仍然在移動。到底該如何開口？成實舉棋不定，向廚房內張望。

節子獨自在廚房內磨菜刀。牆上的時鐘指向十點多了。

「媽媽。」她鼓起勇氣叫了一聲。

節子可能太專心了，所以沒有察覺到成實走進了廚房。她嚇了一跳，抬起了頭。

「喔，嚇了我一跳。」

「爸爸呢？」

「啊？應該在泡澡吧。」

果然和自己想的一樣。正因為她猜想爸爸這個時間會去泡澡，所以才等到現在。

「媽媽，我有事想問妳。」

節子聽了成實的話，放下了菜刀。她並沒有不知所措，反而很冷靜，似乎已經知道女兒要說什麼。

「什麼事？」節子小聲地問。

「剛才我中學時的同學打電話給我，聽起來好像沒什麼特別的事，但最後問了我荻窪的事。」

「荻窪？」節子皺起了眉頭。

「她問我，讀中學的時候，是不是住在荻窪？她沒有說明為什麼問這件事，但我可以猜到，也知道她為什麼會打這通電話給我。」

「妳覺得是為什麼？」

節子露出心灰意冷的眼神，成實覺得心都快碎了。她確信並不是自己想太多，頓時感到絕望。

她拚命克制著聲音帶著哭腔，下定決心開了口。

「我猜想有人去找她問了這件事，問她是否知道川畑成實讀中學的時候住在哪裡？那個人應該是警察，於是她很在意，就打電話問我。」

「妳為什麼會這麼想？」節子露出生硬的笑容，「也許那個老同學只是突然想到要打電話給妳。」

成實搖了搖頭。

「我不覺得，因為時機太巧了。」

「什麼時機？」

「西口告訴我，遭到殺害的塚原先生之前在東京當刑警，而且是在負責殺人命案的搜查一課。」

節子收起了臉上不自然的笑容，「那又怎麼樣……？」

「之後，我又從湯川先生的口中聽說，有人看到塚原先生去了東玻璃的別墅區，塚原先生以前逮捕的兇手曾經住在那裡。湯川先生有一個朋友在警視廳的搜查一課，所以湯川先生應該是聽他的朋友說的。那個殺人兇手……應該就是那個人吧。」

「成實！」節子露出嚴厲的眼神，「我們說好不再提這件事！」

「現在已經不是說這種話的時候了，雖然我不知道是怎麼回事，但警視廳已經動起來了，他們正在調查我們。告訴我實話，媽媽，妳應該知道，對不對？塚原先生為什麼會來我們家？那天晚上到底發生了什麼事？爸爸當時做了什麼？」

節子臉上露出了痛苦的表情，咬著嘴唇低下了頭。成實看著她，又說了一次：「告訴我。」

節子似乎終於下定了決心，她抬起頭，但在開口之前瞪大了眼睛。她看向成實的身後。

成實戰戰兢兢地轉過頭，看到身穿背心的重治站在那裡。他的脖子上掛了一條毛巾，右手拄著拐杖。

「說話這麼大聲，外面都聽到了。」重治用悠然的語氣說完，拄著拐杖走了進來。他從冰箱裡拿出寶特瓶的烏龍茶，倒進旁邊的杯子裡，津津有味地喝了起來。成實看他的樣子，猜想他是不是沒有聽到她們母女剛才的談話？

節子低頭不語，成實也不知道該說什麼。

重治喝完了烏龍茶，重重地嘆了一口氣，然後說：

「也許沒辦法了。」

成實看著父親的臉問：「什麼沒辦法？」

「老公……」

「妳不要說話！」重治用沉重的語氣制止後，對成實露出了溫和的笑容，「我有話要對妳說，是很重要的事。」

44

走進約定的家庭餐廳，看到內海薰坐在最裡面的座位。草薙用手制止了走過來的店員，繼續往裡走。

正在滑手機的內海薰看到他，把手機收了起來，打量周圍後，突然想到什麼似地說：

「不好意思，我不小心坐到禁菸區了，要不要換座位？」

「不，坐這裡就好，今天晚上以妳為優先。妳在外面查訪了這麼長時間，一定累了吧？」

服務生走了過來，草薙沒有看菜單，就直接點了飲料吧。內海薰面前已經放著咖啡杯。

草薙去飲料吧裝了咖啡回來後，再次坐在她的對面。

「那就來聽妳報告，妳是怎麼找到的？」

「就是正面進攻，我清查了調布車站周圍的每一家醫院，但條件是必須有住院設備的醫院，所以並沒有很多。我在第五家醫院把塚原先生的照片給櫃檯人員看了之後，她說塚原先生的確曾經去過好幾次。」

「太好了，那家醫院叫什麼名字？」

內海薰拿出了醫院的簡介。那家醫院名叫「柴本綜合醫院」。

「那是一家中等規模的綜合醫院，醫院的特徵就是有安寧病房。」

「安寧病房是……？」

內海薰指著醫院簡介說：

「就是接受安寧緩和醫療的病房，至於緩和什麼，那就是病痛。基本上，住在安寧病房的都是癌症末期病患。」

草薙把舉到嘴邊的杯子放回桌子上。「仙波得了癌症嗎？」

「我今天沒見到院長，也沒見到主治醫生，所以不瞭解詳細的情況，但我從護理師口中得知仙波住在安寧病房。既然在安寧病房，就代表他罹患了末期癌症，或是接近癌症末期的狀態，但護理師並沒有告訴我他得了什麼癌。」

「妳見到仙波了嗎？」

內海薰搖了搖頭說：

「六點以後，只有家屬可以會面，但聽說塚原先生被認為等同家屬，即使在六點以後，也可以和仙波見面。櫃檯的小姐說，仙波的住院費用都是由塚原先生支付的。」

「塚原先生和那家醫院有什麼關係？」

「不知道，但護理師曾經好幾次看到院長和塚原先生像朋友一樣交談。」

草薙喝了一口很淡的咖啡，發出了低吟。

「也許就像妳說的，那裡是塚原先生個人很熟的醫院，問題在於塚原先生為什麼要這麼照顧仙波。他千辛萬苦找出居無定所的人，得知他生病之後，還幫他出治療費和住院費——如果不是有什麼特殊的理由，不可能做到這種程度。」

「我也有同感。」內海薰露出嚴肅的眼神看著草薙，點了點頭，她的表情沒有絲毫的猶豫和遲疑。

草薙抱著雙臂，靠在椅子上注視著她。

「妳似乎有什麼想法？看妳的表情，似乎隱約察覺到塚原為什麼會做到這種程度。」

「草薙先生，那你呢？」

草薙用鼻子輕哼了一聲說：

「妳想要賣關子還早著呢！如果妳有什麼想法，就趕快說出來。」

「我無意賣關子。我認為多多良管理官說得沒錯，塚原先生對仙波事件耿耿於懷，雖然逮捕仙波之後，解決了那起事件，但塚原先生可能認為仙波隱瞞了重要的真相。」

草薙把抱著的雙臂放在桌子上，抬眼看著後輩女刑警。

「重要的真相是什麼？既然已經說到這種程度了，就乾脆全都說清楚啊。」

內海薰猶豫了一下，揚起鼻子後，搖了搖頭。

「我不能輕易發表沒有根據的想像。」

草薙苦笑著摸了摸人中。

「身為警視廳的人，的確不能隨便亂說，但是，如果有這樣的線索呢？」草薙打量周圍後，壓低了聲音說：「我查到了川畑重治的老婆和女兒以前住的地方，雖然不知道詳細的地址，但知道在哪個車站附近。就是荻窪車站。」

內海薰瞪大了細長的眼睛，雙眼炯炯有神。

「川畑一家人和十六年前的案件有關——這就是重要的真相吧，問題是到底有什麼關係。」草薙的嘴角露出了笑容，「接下來的內容還是先不說為妙。」

45

恭平推倒了泥土山。他的兩隻手拚命地推，但無論怎麼推，泥土都不停地堆上來，而且速度越來越快。

泥土終於超越了恭平的身高，然後開始變形，變成了好像人的形狀。恭平拔腿就跑。因為他知道那個泥人會來追自己，他的雙腳卻無法動彈，他只好蹲了下來，沒想到泥人想要探頭看他的臉。恭平知道泥人的臉很可怕，所以用力閉著眼睛。泥人把自己的臉壓在恭平的臉上，恭平立刻感到喘不過氣，但仍然緊閉著眼睛，絕對不能睜開眼睛——

他吐出了憋著的氣，壓在自己臉上的泥土變成了其他東西，更柔軟的東西壓在自己臉上。

他戰戰兢兢地睜開眼睛，發現自己躺在被子上。頭從枕上滑了下來，被子蒙住了臉。太好了，這是夢。

他緩緩坐了起來，發現睡衣被汗水濕透了。

他昏昏沉沉地拿起了放在矮桌上的手機，看了時間後嚇了一跳。快要中午十一點了。來這裡之後，這是第一次睡到這麼晚。

恭平換好衣服，走出自己的房間。他肚子很餓，於是搭電梯來到一樓，正準備去宴會包廂，停下了腳步。這麼晚了，湯川應該早就吃完早餐了。

他穿越大廳，走向姑丈他們的房間。這時，他聽到了說話的聲音，驚訝得停下了腳步。他想起前天晚上的事。那個老師一定已經發現了。重治的聲音仍然留在耳邊。

恭平躡手躡腳走向門口，正準備把耳朵貼在紙拉門上時，聽到有人說：「為什麼會這樣？」恭平大驚失色。因為他那個聲音很像他熟悉的人，那個人現在不可能在這裡。

「真的不好意思，給你們添麻煩了。」重治的聲音說。

「不，不用向我道歉。」

沒錯。恭平拉開了紙拉門。

重治和節子坐在一起，兩個人都露出驚訝的表情。坐在他們對面的人也轉過頭。他是恭平的爸爸敬一。他穿著牛仔褲和T恤，旁邊放了一個旅行袋。

「恭平……你什麼時候站在那裡？」

「我剛走過來，爸爸，你為什麼會在這裡？」

「為什麼？當然是來接你啊。」

「這麼快？大阪的工作結束了嗎？媽媽呢？」

「工作還沒有結束，媽媽還留在那裡，所以要帶你去大阪。」

「去大阪？我也去嗎？」恭平有點搞不清楚狀況。

「對，現在已經沒有之前那麼忙了，應該不會讓你一直留在飯店裡，而且你也該開始認真寫功課了，還是在爸爸、媽媽身邊比較好。」

恭平看著爸爸的臉，覺得爸爸的態度有點奇怪。既然特地來接自己，一定有很重要的原因。到底是什麼原因？但是，他無法發問，因為他害怕聽到答案。

「現在馬上去大阪嗎？」

「不，這……」敬一看了重治和節子一眼後，將視線移回恭平身上，「不是馬上，晚上之前應該會在這裡，也許明天早上再出發。」

「明天？」

「因為還有些事必須處理，所以我已經訂了其他旅館，你也要搬去那裡。」

「為什麼？住在這裡不是就好了嗎？」

「恭平，對不起，」節子笑著對他說：「我們有點不方便。」

「對不起啊。」重治也對他說。

「喔。」恭平點了點頭，關上了紙拉門，沿著走廊來到大廳。看著牆上的時刻表，突然停下了腳步。他的腦海中浮現一個疑問。

爸爸現在到玻璃浦，那他是幾點從大阪出發的？雖然他不瞭解詳情，但猜想爸爸應該一大早就搭上了新幹線，為什麼爸爸要這麼匆忙趕來這裡？

46

內海薰的愛車是胭脂色的Pajero。雖然搜查一課規定，偵查時盡可能避免開自己的車子，但她向來不太在意。草薙自己也是如此，所以很少說她，而且今天還坐在她車子的副駕駛座上。

下了調布交流道後，車子開了十分鐘左右，來到了那家醫院。奶油色的長方形建築和灰色細長的建築排列在一起，內海薰說，灰色的建築是安寧病房。

在停車場停好車之後，他們從正門走進了醫院，開了冷氣的院內很舒服。候診室內排著長椅，有十幾個人坐在長椅上，不知道是不是所有人都是病人。

內海薰走向服務台。已經事先用電話確認，院長今天在醫院，問題在於院長願不願意見他們。

服務台的小姐不知道打電話去哪裡，說了幾句話之後，把電話交給了內海薰。內海薰回頭看著草薙，接過電話，神情嚴肅地說著什麼。

不一會兒，內海薰掛上了電話，和服務台的小姐說了兩、三句話之後，跑了回來，臉上露出了鬆了一口氣的表情。

「院長室在二樓，院長願意和我們見面。」

「你們剛才好像已經通過電話了。」

「他說今天很忙，如果不是緊急的事，希望可以改天。」

「妳怎麼說？」

「我說想請教有關塚原正次先生的事，院長似乎和塚原先生有私交，他問我塚原先生怎麼了。」

「他不知道塚原先生遇害嗎？」

「好像是這樣。我說他去世了，他說如果是這樣，想瞭解一下情況。他聽起來很驚訝。」

「如果不知道塚原先生的死訊，應該會很驚訝。那我們趕快走吧。」

他們從樓梯來到二樓，沿著走廊往裡面走，院長室就在事務局的隔壁。草薙敲了敲門，聽到一個男人的聲音說：「請進。」

門打開了，一個戴著眼鏡，稍微上了年紀的男人身穿白袍站在門內。他的個子很高，一頭花白的頭髮理得很短，眼鏡後方的雙眼有點斜視。

草薙出示了警徽之後遞上了名片，然後向他自我介紹。院長也拿出了名片，名片上寫著柴本綜合醫院院長柴本郁夫。

室內放著簡單的沙發和茶几。草薙和內海薰在他的示意下坐在沙發上。

「塚原先生去世了嗎？太驚訝了，請問是什麼時候的事？」柴本輪流看著兩名刑警。

「五天前，在名為玻璃浦的地方發現了他的遺體。」

「玻璃浦？在那種地方……」

「這裡的報紙並沒有報導這件事，他被人發現倒在岩石區，目前還不瞭解是否有他殺的可能。」草薙認為讓他產生不必要的警戒並非上策，於是這麼說道。

「這樣啊，如果是這樣，就有點傷腦筋。」他好像自言自語般說道。

「傷腦筋？請問是什麼事傷腦筋？」

「不，沒事，只是我們這裡的事。所以你們要問我什麼事？」

草薙坐直了身體，微微挺起胸膛後，直視著柴本的眼睛說：

「仙波英俊住在這家醫院吧？我們認為當初是塚原先生安排他住進這裡，請問和事實有誤嗎？」

柴本露出了不知所措的表情，但並沒有慌亂。他立刻輕輕點了點頭說：

「不，的確是這樣，你們的想法沒有錯。」

「請問是什麼時候的事？」

「我記得是四月底的時候。」

草薙點了點頭。因為這和五月之後，塚原就沒有再出現在上野公園這件事一致。

「不好意思，請問院長和塚原先生是什麼關係？」

柴本沉思片刻，似乎在整理思緒，然後緩緩地開了口。

「差不多二十年前，我們醫院發生了一起醫療過失的糾紛。醫院內部有人檢舉，因為醫生的判斷錯誤，導致病人去世，但整家醫院都隱瞞了這起事故。通常發生醫療過失時很難加以證明，只不過那一次的情況相反，對醫院不利的資料不斷出現，雖然醫院方面極力主張自己的清白，但原本可以成為證據的資料突然不見了，形勢對院方越來越不利。當時我的父親擔任院長，每天接受偵訊，一天比一天消瘦。」

塚原正次解救了這家醫院的困境。他積極查訪，終於找出了檢舉的內部人員。那個人是參與手術的資深護理師。那名護理師說，平時就對自己的待遇不滿，所以想在離職前教訓一下這家醫院。

「她的動機很幼稚，但的確讓醫院陷入了困境。如果沒有查明真相，即使醫療過失的事獲得不起訴處分，也無法避免醫院的形象一落千丈。」柴本用平靜的語氣總結道。

「塚原先生對貴院有恩，所以當他帶了居無定所的街友來醫院時，也無法斷然拒絕嗎？」

柴本露出一絲無奈的表情，但隨即放鬆了嘴角說：

「如果不是塚原先生，可能很難說服事務局的人。」

「塚原先生是怎麼說明和仙波的關係？」

「他並沒有詳細說明，只說是有多年交情的人。」

「塚原先生支付了所有的住院費用嗎？」

「對，因為那個人身無分文。」

「你剛才說傷腦筋，就是指這件事吧？」

「嗯，是啊。」

「仙波的病情如何？聽說他目前住在安寧病房。」

柴本皺著眉頭，緊抿著嘴唇。

「雖然不能輕易對外人透露病人的情況，但目前也情非得已。你說得沒錯，他住在安寧病房，他的病名是腦腫瘤。」

「腦……」草薙感到很意外。聽說他癌末時，原本以為是胰臟癌或是胃癌。

「是惡性腫瘤吧？」內海薰問道。

柴本一臉凝重地點了點頭。

「塚原先生帶他來的時候，就已經相當嚴重了。雖然勉強可以走路，但需要拐杖，營養狀態很差，身體也很衰弱。聽塚原先生說，似乎都是其他街友在照顧他，如果塚原先生再晚一個星期找到他，他可能就會有危險。」

聽了這些情況，就讓人心情沉重。

「還有救嗎？」

柴本聳了聳肩說：

「如果還有救，就不可能住在那個病房。他的情況並不是無法動手術，而是動手術也沒有意義。」

草薙嘆了一口氣，探出身體問：「他現在有辦法和人交談嗎？」

「要看他的身體狀況，你們要見他嗎？」

這就是此行的目的。草薙立刻回答說：「如果可以的話。」

「請稍等一下。」

柴本站起來，拿起後方桌子上的電話。小聲交談了幾句之後，拿著電話看向草薙和內海薰說：

「護理師說，他今天的身體狀況很不錯，現在可以會面。」

「那就拜託了。」草薙說。

柴本點了點頭，又對著電話交代了幾句之後，掛上了電話。

「安寧病房的三樓有一間談話室，請你們在那裡等一下。」

「我瞭解了。」草薙說完，和內海薰一起站了起來。

走出院長室後，先回到一樓，然後走向安寧病房。這棟大樓比較新，一走進自動門，立刻籠罩在更深沉的寂靜中。草薙打量周圍，發現並沒有候診室，也沒有服務台，只有一個外形像是樹木的金屬藝術品。根據說明書上的說明，藝術品的主題是輪迴轉世。

搭電梯來到三樓，參考了牆上的空間配置圖，沿著走廊來到掛著談話室牌子的門口時，一名身穿略帶粉紅色護士裝的護理師站在那裡。她個子嬌小，看起來很年輕，但可能已經超過三十歲了。

「兩位是從院長室過來的嗎？」護理師問。她胸前的名牌上寫著「安西」的姓氏。

「是，給妳添麻煩了。」

草薙正準備出示警徽，安西伸手制止了他，似乎表示不需要。她的嘴角帶著笑容。

「請你們在這裡等一下，我去帶他過來。」

「喔，好的。」

草薙和內海薰目送她離開後，走進了談話室。談話室內有兩張小桌子，桌子周圍放著鐵管椅，室內沒有其他人。

草薙就近坐了下來，打量著室內。室內完全沒有任何裝飾，顯得很單調，只有牆上掛了一個圓形時鐘，聽到秒針的滴答聲。

「好安靜，感覺這裡的時間流逝不太一樣。」

「應該是故意這樣安排。」內海薰說。

「故意？為什麼？」

「因為——」她遲疑了一下後繼續說道：「因為住在這裡的人所剩的時間都不多了……」

「喔……」草薙點了點頭，靠在椅子上。他想不到該怎麼回答。

兩個人都陷入了沉默，聽到外面傳來了動靜，聽起來像是什麼摩擦的聲音。過了一會兒，草薙才察覺到那是輪子在地板上滾動的聲音。

聲音停止，入口的拉門打開了，護理師安西推著輪椅走了進來。一個瘦得只剩皮包骨的老人坐在輪椅上，滿是皺紋的皮膚緊貼著骨頭，可以清楚看到他頭蓋骨的形狀。他的脖子就像被拔掉毛的雞脖子一樣細，從寬鬆的睡衣下露出的手臂像枯樹枝一樣。

草薙和內海薰站了起來，安西把輪椅推到他們面前後，鎖住了車輪。

老人面對正前方，幾乎一動也不動，凹陷眼窩深處的眼睛微微移動。草薙彎下腰，看著他的眼睛問：「請問是仙波英俊先生嗎？」

老人尖瘦的下巴動了一下，回答說：「是。」雖然他的聲音沙啞，但聲音比想像中清晰。

草薙把警察徽章出示在老人面前說：

「我們來自警視廳搜查一課，你應該認識塚原正次先生吧？」

仙波眨了幾次眼睛後回答說：「對。」草薙看著他的臉告訴他說：「塚原先生去世了。」

仙波瞪大了那雙凹陷的雙眼，黑眼珠不停地轉動。雖然他面如土色，但眼睛周圍突然紅了起來。他微微張著嘴，費力擠出聲音問：「什麼時候？在哪裡？」

「幾天前，地點在玻璃浦。」

「玻璃……」仙波瞪大眼睛後又眯了起來，每次臉上的皺紋都有微妙的變化，接著發出了分不清是呻吟還是吶喊的「喔喔喔」聲，但他的姿勢幾乎沒有變化，始終面對前方。

「雖然目前尚未確定，但塚原先生有可能是遭人殺害。關於這件事，你有沒有任何頭緒？」

仙波的雙眼看著草薙，但雙眼明顯無法聚焦。他得知塚原的死訊，內心很不平靜。

「仙波先生，你是否知道塚原先生為什麼要去玻璃浦？玻璃浦離你太太的娘家很近，和這件事有什麼關係嗎？」

仙波的嘴巴微微動著，好像在自言自語，但看起來又像是在猶豫該不該說話。

正當草薙打算再度發問時，仙波微微轉過頭，然後輕輕舉起左手。這似乎是什麼暗號，安西把耳朵湊到他的嘴邊，點了兩、三次頭之後，對草薙他們說了聲：「請稍等一下」，然後就走出了談話室。

之後，仙波始終閉著眼睛。草薙覺得他在拒絕新的問題，所以就沒有說話。

安西走了回來，手上拿著一張紙片。她和仙波說了幾句話之後，把紙片遞到草薙面前。

那是報紙的剪報。日期是七月三日，剪報上的內容是招募海底熱水礦床開發計畫說明會暨討論會的參加者。

「玻璃的、海洋，」仙波突然開了口，「對我來說、是瑰寶，所以，我想知道那片海洋、會變成什麼樣，於是、就和塚原先生、商量。」他費力地擠出一字一句繼續說道：「塚原先生、就說他會去，他說會、親自去瞭解情況，所以，塚原先生、去了玻璃浦。」

「只是這樣而已嗎？塚原先生去玻璃浦沒有其他原因嗎？」

仙波搖著頭，整張臉好像都在顫抖。

「沒有，沒有，其他，原因。」他再度微微轉過頭，舉起了右手，安西打開了車輪的鎖。

「請等一下，還有幾個問題……」

「不好意思，病人累了。」安西推著輪椅。

草薙和內海薰互看了一眼，嘆了一口氣。

走出病房，準備走向停車場時，草薙的手機響了，是公用電話打來的。接起電話後，聽到電話中傳來的聲音。

「我是湯川。」

「怎麼了？確定兇手了嗎？」草薙問。

「從某種意義上來說是這樣。」

「某種意義？」

「剛才川畑夫婦叫我搬離這家旅館，說他們要出門很長一段時間。」

「喂，該不會？」

「沒錯，他們打算向警方自首。」

47

西口就像動物園的熊一樣走來走去，然後又停下腳步，看著手錶確認時間。離上一次看手錶只過了兩分鐘。他抓了抓頭，從長褲口袋裡拿出手帕，擦拭著額頭的汗水。他已經鬆開了領帶，上衣放在「綠岩莊」的大廳內。

現在是下午一點半剛過，太陽幾乎位在正上方，而且今天是萬里無雲的大晴天，直射陽光無情地照了下來。雖然他很想逃回開了冷氣的室內，但這樣就必須面對川畑一家人。他不知道在那麼尷尬的氣氛中，自己要露出怎樣的表情坐在那裡。

不一會兒，下方傳來了引擎聲。幾輛警車沿著坡道駛了上來。其中一輛是廂型車。所有警車都亮著紅燈，但並沒有鳴警笛。應該是因為沒必要。

只有最前面那一輛駛入了「綠岩莊」內，其他警車都停在路旁。

第一輛警車停下後，磯部帶著兩名下屬下了車。西口向他們敬禮。

「嫌犯呢？」磯部問。

「在裡面。」

「他說是自己幹的嗎？」

「沒有說是自己幹的……是說自己害死了客人。」

磯部不滿地皺著眉頭問：「有沒有共犯？」

「他太太協助他處理了屍體。」

「女兒呢?」

「她……他們的女兒似乎不知情。」

磯部仍然撇著嘴角,哼了一聲,臉上的表情似乎在說,不能照單全收。

「走吧。」他對下屬說完,走向旅館的玄關。西口也跟了進去。

一個小時前,西口接到了成實的電話。當時他正在比東玻璃鎮更往東的一個小車站前獨自吃玉子丼飯。他從一大早就四處打聽是否有人看到仙波或是塚原,卻完全沒有任何成果,只是肚子越來越餓。他知道搜查總部只是基於百密不可有一疏的理由派他四處查訪,所以派轄區警局的年輕人來做這種早就知道不可能有收穫的事。

正因為這樣,所以他接到成實的電話時很雀躍。光是能夠和她說話就是一件高興的事,但成實在電話中的聲音聽起來很沮喪。成實在電話中說,有事想和他討論,希望他去旅館一趟,但聽起來無法期待是開心的事,可能發生了什麼嚴重的事。他說馬上過去後,掛上了電話。

他剛才到了「綠岩莊」,川畑夫婦和成實一起在旅館等他,三個人臉上的表情都很沉重。

發生什麼事了?西口問。川畑重治好像下定決心般開口說,他想要自首,是他害死了塚原正次先生,而且為了隱瞞這件事,把他的屍體棄置在岩石區——

意想不到的內容讓西口陷入了混亂。他慌忙拿出紙筆想要記錄,但雙手發抖,根本沒辦法寫字，費了好大的力才寫下今天的日期。

川畑重治很鎮定，所說的內容也條理分明、簡單明瞭，就連陷入混亂的西口也瞭解了狀況。西口聽完之後，立刻打電話向上司元山報告，然後在這裡待命。

正在大廳的川畑一家人看到磯部等人之後站了起來，重治最先鞠躬說：「這次給各位添麻煩了，真的很抱歉。」

「坐下來說，川畑太太和川畑小姐也請坐。」磯部脫下鞋子，走進了大廳，他的幾名下屬也跟著脫鞋走了進去。

西口遲疑了一下，最後決定站在脫鞋處。當他回過神時，發現元山和橋上也都站在他身旁。

「詳細情況等一下回分局再慢慢聽你說，可以先請你說一下大致的情形嗎？」磯部看著坐在藤製長椅上的川畑一家人說。野野垣在他身旁準備做筆記。

重治抬起頭說：

「都是我的錯，因為偷懶，結果遭到了報應。」

「偷懶是什麼意思？」磯部問。

「我知道鍋爐和房子都已經老化了，但仍然放著不管，這是一切的錯誤，所以才會造成這次意外。」

「意外？你說這是意外？」

「對，是一場意外。當時應該報警，但我竟然那樣處理……真的很抱歉。」重治深深地鞠了一躬。

磯部板著的臉上出現了一絲困惑的表情，抓了抓頭說：「可以請你說明一下嗎？到底發生了什麼事？」

川畑重治帶著沉重的語氣說了以下的內容。

「是，我之前也說了，那天晚上，我和姪子兩個人在後院放煙火。」

在他們開始放煙火之前，塚原走進廚房問重治，有沒有烈酒。重治問他原因，塚原說，他出門在外時睡不好。於是重治就給了他一顆以前認識的醫生開的安眠藥。塚原開心地回到了房間。重治就馬上打電話給恭平，問他要不要放煙火。

八點半左右，重治回到旅館，想和塚原確認隔天早餐的時間，塚原沒有接電話。重治就回到後院和姪子一起繼續玩煙火，即將九點時放完了煙火，再次打電話給塚原，塚原還是沒有接電話。於是他去大浴場察看之後，又去四樓的「彩虹間」張望。發現房門沒鎖，但塚原不在房間內。過了一會兒，澤村送節子回來，他向他們兩個人說明了情況。澤村說去附近找看看，就讓重治坐在小貨車的副駕駛座上，在附近找人，但還是沒有找到塚原——這些內容和之前的供詞相同，但還有後續的內容。

澤村離開後，節子再次在旅館內找人，發現四樓某個客房的門縫內有亮光。那是名叫「海原間」的客房，打開房門時，發現空氣中有一股淡淡的焦味，當她走進房間時大吃一驚，因為塚原就倒在房間內。節子慌忙找來重治，重治瞭解狀況後，立刻衝去地下室，發現鍋爐是停止的狀態。

地下室的鍋爐室有一根管子通往屋頂的煙囪，靠那根管子排煙，管子當然經過牆壁內，有些客房的牆壁後方就是那條管子。四樓的「海原間」就是如此，管子經過壁櫥牆壁的後方。在正常情況下並沒有問題，但「海原間」的情況不同。因為房子老舊，再加上幾年前地震的影響，導致牆壁出現了龜裂，牆壁內管子的氣密性也受到了影響，所以那個房間內經常有煤炭的味道，他們也一直避免使用那個房間。

身穿浴衣倒在那裡的塚原已經沒有呼吸了，但他的氣色看起來特別好。重治曾經在引擎廠工作，所以立刻想到他是一氧化碳中毒身亡。可能因為某種原因導致鍋爐燃燒不完全，排出的煙滲入了「海原間」，剛好在那個房間內的塚原因此中毒身亡。

塚原為什麼會在「海原間」？雖然只是推測，但他可能發現重治他們在後院玩煙火，於是就在那裡看煙火。「綠岩莊」為了方便平日打掃，空房也幾乎都不上鎖。而且不巧的是，塚原吃了重治給他的安眠藥，看了一會兒煙火之後睡著了，沒有察覺煙滲進了房間。

原本應該立刻報警，但重治無法下定決心。因為他不希望因為這個原因傷害了父親留給他的旅館。

川畑重治說自己是鬼迷了心竅，所以向節子提議，把屍體搬去其他地方。一氧化碳中毒身亡時，乍看之下不容易瞭解死因，如果有其他重傷，很可能判斷是因此造成了死亡。

「我提議把屍體丟去岩石區，我太太不願意，她說最好還是報警，但我逼迫她協助我。」

重治說話時，雙手握拳放在腿上，節子坐在他的身旁，似乎想要說什麼，磯部伸手制止了她。

「川畑太太，請妳現在不要說話，等一下會慢慢聽妳說明，現在先聽妳先生說明——請說。」磯部催促著重治。

重治乾咳一聲後，再次開了口。

「我和太太兩個人一起搬運屍體，我的身體這樣，所以費了很大的勁，最後總算把屍體搬上了廂型車，然後就去了岩石區那裡，確認四下無人之後，就從堤防把屍體丟了下去。在丟屍體之前，還為他穿上了棉袍，假裝他是出門散步，同時也是基於相同的理由，把木屐也丟了下去。之後，我們一起回到旅館，女兒和姓湯川的客人很快就回到了旅館，以上就是我們做的事。」重治說完之後，再度緩緩地鞠了一躬。

磯部點了點頭，拍了拍脖子後，看著幾名下屬問：「有沒有記下了要點？」

「有。」野野垣回答。

「刑警先生，」重治抬起了頭，「從我剛才說明的情況就知道，全都是我的錯，我太太只是聽了我的話，請你們務必瞭解這一點——」

他說到這裡，就沒有繼續說下去，因為磯部把張開的手伸到他面前。

「其他話就不必說了。」磯部用冷淡的聲音說：「我們已經瞭解了大致的情況，接下來去分局個別問話。川畑小姐似乎和這起案件無關，但可以麻煩妳也來一趟嗎？」

成實默默點頭。

「但是，從現在開始，禁止閒雜人等進入這家旅館。」磯部大聲宣布，「鑰匙請交給我們，呃，另外你們不是有一個親戚的小孩住在這裡嗎？」

「今天早上，他爸爸把他接走了。」

「他爸爸？」磯部一臉不滿地皺起眉頭，「把那個小孩帶回去了嗎？」

「不，他還在這裡。」

「太好了，請把電話告訴我們，因為也要向那個小孩瞭解情況。另外，那個姓湯川的客人呢？」

「我們也請湯川先生搬走了，說我們臨時有事要出門。」

「你知道他搬去哪家旅館嗎？也請告訴我們。」

磯部命令下屬把川畑一家人帶去警局，然後又決定了保管現場的步驟和分工，最後指示聯絡鑑識小組。

西口只能目送著川畑一家人被送上警車。雖然他很想對成實說，不必擔心，這不是什麼重罪，但她被一群偵查員包圍，根本無法靠近。

48

爸爸放在桌上的手機又響了，正在寫功課的恭平抬起頭。敬一咂嘴之後看了來電顯示，接起電話。這一個小時內，已經接了四通電話，這次應該又是由里打來的。

「……怎麼了？我不是說了嗎？我現在也不知道……我在飯店啊，辦理入住手續之後，就在這裡待命……待命啊。我剛才不是已經說了嗎？以目前的狀況判斷，警察絕對——」敬一說到這裡，掃視了周圍，壓低了聲音，「警察一定會來找恭平……妳來這裡也沒用，只會讓事情變得更複雜……不，開張的日期無法改變……」他把手機放在耳邊站了起來，離開了桌子旁。

恭平用吸管喝著柳橙汁。他們正在飯店內的咖啡廳，這裡是開放空間，旁邊是游泳池，但游泳池內只有一個套了游泳圈、五歲左右的小孩和他的媽媽。

敬一走去咖啡廳角落繼續講電話，他似乎把大阪的工作都交給了由里，自己來到這裡。恭平可以想像新店開張的準備工作很辛苦，以及媽媽焦急不已的樣子，一定很氣姑姑和姑丈竟然在他們這麼忙的時候出這種狀況。

敬一起初並沒有明說突然來接他的理由，但在離開「綠岩莊」，來這家度假飯店辦理入住手續之前，對他說了實話。那個姓塚原的客人是因為鍋爐出問題出了意外，重治和節子為了掩飾這件事，把屍體丟去了岩石區。

當初應該馬上報警，結果他們做這種不必要的事惹了麻煩，可能必須坐牢──敬一面色凝重地說。

恭平想起案件發生後，川畑夫婦的樣子。他們的態度的確很奇怪，如果發生了敬一所說的情況，就可以解釋他們當時的態度。

他正在喝果汁，發現有人站在自己身旁。抬頭一看，湯川站在那裡。

「啊，博士。」

「你們也住在這家飯店嗎？」

「我和爸爸才剛到，博士，你也住這裡嗎？」

「德斯梅克當初就是安排我住在這裡，沒想到竟然因為這個原因又住回來這裡。」

恭平抬頭看著湯川問：「博士，你是不是早就知道了？」

物理學家用指尖推了推眼鏡問：「知道什麼？」

「就是……姑丈他們造成的意外。」

「意外嗎？」湯川小聲嘀咕後，微微偏著頭說：「嗯，我的確有各種想像，先不說這些，你們會在這裡住多久？」

「不知道，爸爸說如果快的話，今天深夜就會出發。」

「是嗎？」湯川點了點頭說：「這樣比較好，你不該留在這裡。」

恭平很在意湯川這句話，於是他問：「為什麼？」

「你應該最清楚才對。」

恭平的身體忍不住後退，抬眼看著湯川。

敬一走了回來。湯川似乎發現了，轉身大步離去。

「那個人是誰？」敬一問。

恭平不知道該怎麼回答，只能目送湯川離去的背影。

49

無論怎麼改變問話的方式，成實都只能重複相同的回答。那天晚上，她和朋友一起去了居酒屋，她是在居酒屋時聽說塚原失蹤了。回家之後，她就回了自己房間，直到隔天早上都沒有離開房間，完全不知道鍋爐故障的事。

「所以妳昨天晚上才知道這些事嗎？」姓野野垣的刑警問。

「對，我說了好幾次。」

「嗯。」野野垣抱著雙臂，「這一點有點難以接受，因為你們住在同一個屋簷下，不是嗎？通常不是會察覺他們不太對勁嗎？」

「即使你這麼說……」成實低下了頭。

她目前正在玻璃分局的一個房間內面對刑警，但那不是偵訊室，而是平時當作會議室使用的房間。重治和節子此刻應該在狹小的偵訊室內，面對刑警更嚴厲的質問。成實光是想像這一幕，就難過不已。

她回想起昨天深夜，重治告訴她真相時的景象。

重治對她說「我有話要對妳說，是很重要的事」之後，又接著說：「我明天會自首。」

成實驚訝得心臟幾乎停止跳動。雖然她之前就開始懷疑父母可能和這起案件有關，但聽他們親口承認，還是很受打擊。

這是怎麼回事？——成實在感到窒息的同時，忍不住問道，重治帶著無奈的表情回答說，那是意外，塚原先生的死是意外，但那是他造成的意外。如果當時報警也就罷了，但自己想方設法隱瞞，還為了隱瞞真相棄屍，真的做了傻事。

接著，重治說的話，和剛才警察去「綠岩莊」時說的一樣。在找西口來旅館時，也重複了相同的內容。

「警察遲早會查明真相，最重要的是良心會很不安。雖然節子也會遭到逮捕，讓我感到很難過，但只要我說是逼迫她幫我的忙，法官應該也會酌情處理。」重治這麼說。

成實內心慌亂，同時也陷入了混亂。為了隱瞞客人意外身亡而棄屍這件事太可怕了，簡直就像是在做惡夢。

但是，在她陷入絕望的同時，內心深處也鬆了一口氣。只是單純的意外？塚原的死亡並沒有複雜的背景，只是設備老舊造成的嗎？如果是這樣，雖然眼前的狀況令人痛苦，但仍然有希望。

然而，她也無法阻止自己內心產生不同的想法。真的是這樣嗎？真的是意外嗎？這是不是又在隱瞞？但是，成實無法把這個疑問說出口，只能勉強接受重治所說的話，應該說，她內心很希望這就是事實。

重治在說話時，節子始終不發一語。成實認為這並不是因為重治一開始就對她說「妳不要說話」。節子有自己的想法，但可能下定決心，要聽從丈夫的決定。

在聽了重治說明情況之後，成實也沒有問太多問題。只問了一些瑣碎的問題——這家旅館該怎麼辦？恭平該怎麼辦？重治已經充分思考了這些問題，然後露出落寞的笑容說，怎麼可能繼續經營發生這種意外的旅館？

成實昨天晚上幾乎都沒有闔眼。想到明天之後，父母就會成為罪犯遭到逮捕，就很怕迎接天亮，但是，她內心也同時產生了另一種不安。一切真的就這樣結束了嗎？小關玲子的那通電話也令她擔憂。警視廳是不是仍然在調查我們全家？

「……運動？」

野野垣的聲音把成實拉回現實。「啊？你說什麼？」

「我問妳之前有沒有從事什麼運動？」

「喔……我在中學時打軟式網球。」

「網球啊。」野野垣打量著成實的身體，「妳也是潛水教練吧？妳在女生中算是很有力氣吧？」

「我不太清楚。」

野野垣的指尖緩緩敲打著桌面。

「我無論怎麼想，都不認為他們兩個人有辦法做到。妳爸爸腿不方便，妳媽媽個子嬌小，沒什麼力氣。要從四樓把屍體搬下來，然後載到那片岩石區丟下去。嗯，有辦法做到嗎？妳認為他們有辦法嗎？」

「……既然他們這麼說，應該就有辦法吧。」

「是嗎？」野野垣用力偏著頭，「任何人都會覺得他們兩個人不可能。」

即使刑警這麼說，成實也不知道該怎麼辦。

野野垣把雙肘放在桌上，探頭看著成實的臉說：

「父母當然會想要保護自己的孩子，即使自己遭到逮捕也沒關係，至少不希望女兒遭受同樣的罪。」

「什麼意思？」

「妳聽不懂嗎？不可能吧。讓上了年紀的父母去坐牢，自己卻在外面逍遙，這也太過分了。」

成實聽懂了刑警想要表達的意思，她察覺到自己的臉頰抽搐。

「你的意思是……我也有幫忙嗎？」

野野垣撇著嘴角說：

「妳不要小看警察，只要讓他們重現犯案過程，馬上就可以知道他們所說的情況不合理，就會知道他們在包庇別人。到底在包庇誰呢？這種問題不用想就知道。」

成實搖了搖頭，她感覺到自己臉頰發燙。

「我什麼都沒做，真的。如果我曾經幫忙，我就會據實以告，怎麼可能推卸到父母頭上……我絕對不會做這種事，絕對不會！」

野野垣不以為然地用指尖挖著耳朵，似乎在說，即使演技再逼真，他也不會上當受騙。

這時，響起了敲門聲，門打開了一條縫，有人在外面說：「野野垣先生，打擾一下。」

野野垣站起來時發出了很大的聲響，板著臉走出會議室，關門也很用力。

成實摸著臉頰。她知道警察會問自己很多問題，但沒想到竟然會懷疑到自己頭上，現在警察一定也在問父母，女兒是否也一起幫了忙。

她也能理解刑警說的話。光靠父母兩個人，應該很難棄屍。

門打開了，野野垣走了進來。他臉上的表情和剛才不太一樣。雖然仍然皺著眉頭，但眼神比剛才鎮定。

野野垣在椅子上坐下之後，和剛才一樣，用指尖敲打著桌子，但節奏比剛才快了許多。然後，他停止敲桌子，看著成實說：

「妳是在九點左右去居酒屋嗎？」

「啊？」成實看著刑警的臉。

「塚原先生死亡的時間，妳不是在居酒屋嗎？妳剛才說，差不多九點左右去居酒屋，沒有記錯嗎？」野野垣不耐煩地問。

「對，應該沒有記錯。」成實有點困惑地回答，她搞不懂為什麼又回頭問這個問題。

「之後，姓澤村的人送妳媽媽回家，然後幾點回到居酒屋？」

「澤村回來的時間嗎？我記得快十點的時候。如果只是送我媽回家，我覺得時間有點晚，結果他說有客人不見了，他幫忙去找人……請問這件事有什麼問題嗎？」

野野垣露出一絲猶豫的表情後，隨即嘀咕說：「算了，沒關係，反正妳很快就會知道了。」

「我爸媽怎麼了嗎？」

「不，不是妳爸媽。其他刑警去向澤村元也求證時，他說是他協助棄屍。」

「啊……」成實忍不住坐直了身體。

「接下來要開始正式偵訊，但據說他說的情況比妳父母說的內容更合理，也更有說服力，看來事情終於要告一段落了。」

野野垣說話的語氣，似乎已經不想再繼續偵訊下去。

50

磯部提出由他親自偵訊澤村。他可能認為這是偵查的重點。西口猜想他會找搜查一課的下屬和他一起偵訊，沒想到他竟然指名西口在一旁記錄。西口走去偵訊室時，很納悶磯部為什麼會找自己，但在看到澤村之後，就瞭解到磯部的用意。因為在偵訊之前，磯部說：

「這位西口是本地人，很瞭解你家的電器行和『綠岩莊』的事，而且他還是『綠岩莊』老闆女兒的高中同學，也認識老闆和老闆娘，所以大致能夠瞭解他們會做哪些事，或是不可能做哪些事。希望你在瞭解這一點的基礎上，把當天發生的事一五一十說清楚。」

原來磯部用這一招讓澤村知道，他旁邊有一個瞭解本地狀況的人，所以不要輕易說謊。然而，西口覺得這是多此一舉。因為澤村被帶進偵訊室時，就已經露出了作好一切心理準備的表情。

「我不會隱瞞任何事。雖然因為『綠岩莊』的老闆跑去自首，把事情變複雜了，但如果他找我一起來警局自首，我也會下定決心面對。」澤村說，從他強烈的語氣中可以感受到他的自尊心。

「這樣啊，那就說來聽聽，盡可能詳細一點。」

澤村深呼吸了一下，似乎在調整自己的心情，然後開了口。

「你們應該已經知道了，那天晚上，我和川畑成實，還有其他人一起去了居酒屋，在居酒屋前遇到了成實的媽媽，於是我就用停在車站前的小貨車送她回家。」

「當時你還不知道『綠岩莊』出了事吧？」

「當然啊，因為在那之前，我都和環保運動的夥伴在一起。」

「瞭解了，你繼續說。」

「當我走進『綠岩莊』時，老闆一臉茫然地坐在大廳。老闆娘就問他怎麼了，老闆說，出了大事，他害死了客人。」

西口停下了正在用電腦打字的手，忍不住看著澤村的臉，但磯部瞪了他一眼，他慌忙低頭繼續打字。

「也就是說，」磯部說：「你去旅館的時候，已經知道發生了意外。」

「對，在四樓的，我記得是叫『海原間』的房間，老闆說，發現有人倒在那個房間，而且也已經知道是因為鍋爐的故障，導致客人意外喪生。」

「川畑重治說要怎麼辦？」

「他說只能報警了。」

「這樣啊，」磯部說：「但他並沒有這麼做，為什麼？」

澤村的表情一臉沉痛，嘆了一口氣說：「因為我制止了他。」

「制止了他？為什麼？」

「因為……」澤村咬了嘴唇後繼續說道：「因為如果被外界知道發生了這樣的意外，

玻璃浦的形象會一落千丈。觀光客會覺得每家旅館、飯店的設備都很老舊，就更不願意來這裡了。」

「原來是這樣，在海底資源開發這件事上，你站在反對的立場，你主張要把觀光業作為這裡的主要產業，『綠岩莊』鬧的大禍一旦公諸於世，對你很不利。」

「我只是想要守護玻璃浦。」

「這樣啊，好吧。川畑聽了你的意見之後，立刻改變了主意嗎？」

「起初他很猶豫，但我對他說，這不只是『綠岩莊』的問題，一旦這件事傳出去，會造成玻璃浦所有人的困擾，於是他就問我該怎麼辦，我就對他說，只要把屍體移去其他地方就好。」

「所以是你提出的，是你說要丟棄屍體的。」磯部再三確認，似乎表示這是重點。

「沒錯，是我說的，也是我提議丟在那片岩石區。」澤村坦然承認。

「川畑和他老婆馬上同意了嗎？」

「不，並沒有馬上，兩個人都很煩惱，但我對他們說，如果再拖拖拉拉，就無法偽裝成意外了，他們才終於下定決心。」

澤村說，幾乎都是他一個人棄屍。他把屍體搬上小貨車的車斗，和重治兩個人去了那片岩石區，但重治的腿不好，所以把屍體丟去岩石區時，他也沒幫上什麼忙。

澤村把重治送回「綠岩莊」後，回到自己家裡，把小貨車放好之後，才去居酒屋，若無其事地和成實等人一起喝酒，但幾乎不記得那天晚上聊了什麼。

「以上就是那天晚上發生的一切，我犯了棄屍罪吧？我不會否認自己犯下的罪，所以——」澤村停頓了一下後說，「請讓成實回家，她什麼都不知道，她完全沒有參與。」

西口聽著他激動地說明情況，隱約瞭解到他為什麼這麼乾脆招供。他應該聽刑警說，目前成實也遭到了懷疑。他知道事跡遲早會敗露，還不如自己招供，賣一個人情給成實。

所有男人和她在一起後，都會愛上她——西口在打字時，瞄了澤村一眼。

51

姑姑做的菜比這裡的好吃多了，恭平在咬炸干貝時這麼想。雖然這裡的食材很豪華，裝盤也很講究，但味道和住家附近的家庭餐廳沒什麼兩樣，他忍不住懷疑，有必要在海邊的度假飯店吃這種食物嗎？

恭平和父親敬一在飯店的餐廳吃飯。今晚似乎要住在這裡，原本以為明天要去大阪，沒想到敬一說：「現在還不知道，姑姑和姑丈他們發生了那種事，也許爸爸需要協助辦理各種手續，你再忍耐一下。」

恭平默默地點了點頭，但他並不認為留在這裡是忍耐，他反而不希望完全不知道接下來會發生什麼就離開。

快吃完晚餐時，敬一的手機響了。敬一看了液晶螢幕，立刻皺起了眉頭。他接起電話，用手捂著嘴，小聲說了幾句之後，滿臉不悅地掛上了電話。

「怎麼了？」恭平問。

敬一皺著鼻子，撇著嘴角說：

「警察說想要向你瞭解情況，他們在咖啡廳，叫我們吃完飯後過去。可以嗎？」

「可以啊。」恭平吃完剩下的炸干貝，把蕃茄沙拉放進嘴裡。雖然晚餐並沒有吃很多，但他覺得比平時更快就吃飽了。

野野垣和西口兩名刑警在咖啡廳內等他們，恭平覺得好像曾經看過他們，但從來沒有和他們說過話。

他們面對面坐在桌子前，敬一坐在恭平身旁。野野垣問他們要喝什麼，敬一回答不用了，恭平也搖了搖頭。

「目前的情況怎麼樣？」敬一主動發問，「偵訊還沒有結束嗎？」

野野垣盛氣凌人地挺著胸膛說：

「哪有這麼簡單結束，畢竟是鬧出人命的事件，而且川畑夫婦的供詞內容有好幾個地方與事實有出入。你身為他們的弟弟可能會覺得很痛苦，但我們必須花時間仔細偵訊。」

「和事實有出入？怎麼有出入？」

「這就無法奉告了，偵查不公開，只能告訴你，並不是只有他們夫婦參與這件事。」

「還有其他共犯？該不會是成實……」

「不，她和這件事沒有關係。」姓西口的年輕刑警突然插嘴說，但野野垣瞪了他一眼，他立刻低頭準備做筆記。

野野垣露出了討人厭的笑容說：

「現在可以問你兒子問題了嗎？我們並不是來回答你的問題。」

「喔……是。」敬一轉頭看著恭平，臉上的表情似乎在問他有沒有問題，他用眼神回答，沒問題。

「你記得和姑丈一起玩煙火時的事嗎？已經是六天前的事了。」野野垣問。正面看的時候，覺得他長得很像狐狸。

「我記得。」恭平回答。

「是你說想玩煙火嗎？」

「不是，我在房間裡看電視，姑丈打電話給我，說我們來放煙火。」

「那是幾點的時候？」

「應該是……八點左右。」

刑警的問題並沒有出乎他的意料，他們想要確認重治在那天晚上的行動。幾點時走回去旅館一趟，又是幾點時回來繼續放煙火，放完煙火時大約是幾點。恭平那天並沒有一直看時鐘，所以只能回答大致的時間。刑警問他中途有沒有什麼特別的事，他也回答只是放煙火而已，但刑警似乎很滿意。

恭平說，放完煙火後，就去了重治他們房間吃西瓜，結果在看電視時睡著了。野野垣聽到這裡，向身旁的西口使了一個眼色。他似乎已經問完了。

「謝謝兩位，打擾你們休息了。也許還會有其他問題要請教，到時候再拜託了。」野野垣站了起來，用沒有感情的聲音說道，然後輕輕鞠了一躬走向出口。西口慌忙追了上去。

敬一嘆了一口氣後說：「我們走吧。」說完後站了起來。

「爸爸，」恭平叫了一聲，「那是……意外，對嗎？」

「當然啊，不是意外是什麼？」

「那我就不知道了……」

「剛才刑警也說了，一旦出了人命，即使只是單純的意外，警方也會徹底調查，不必擔心。姑姑和姑丈雖然會受到懲罰，但應該不會太嚴重。」

恭平低下了頭，敬一可能認為他在點頭，於是說了聲「走吧」，走向出口。恭平追了上去，想起了湯川的話。

你不該留在這裡。你應該最清楚才對——

52

「幸好遇到一個說話清楚的孩子，最近有很多小鬼連正常的日文都聽不懂。」野野垣走出咖啡廳時說，「川畑除了隱瞞澤村也幫忙以外，似乎並沒有說謊。接下來還要問那個姓湯川的客人，幸好他也住在同一家飯店，只是他的手機壞了有點麻煩。」

「我去櫃檯打聽他的房號。」

「好，那就交給你了。」

西口聽著野野垣傲慢的回答，快步走向櫃檯。這幾天來，他已經習慣了被搜查一課的人使喚。

雖然立刻查到了湯川的房號，但從櫃檯撥電話去他房間，沒有人接電話。這時，一名年輕的飯店人員說：

「湯川先生有交代，如果有外線電話找他，幫他轉到十樓的酒吧。」

「喔，這樣啊。」

那幹嘛不早說。西口把這句話吞了下去，走回野野垣身旁。

「那個學者來這裡不是為了研究海底資源嗎？竟然在度假飯店泡酒吧，還真闊氣啊。」野野垣走向電梯時，撇著嘴角說。

雖然西口覺得湯川私下做什麼是他的自由，但並沒有把這句話說出口。

寬敞的酒吧內只有零零星星幾個客人，面向大海的那一側全是玻璃，可惜一片漆黑，幾乎什麼都看不到。西口猜想這家店應該只有煙火大會的時候才會生意興隆。

湯川獨自坐在窗邊的座位，他拿下眼鏡放在桌上，旁邊放了一瓶紅葡萄酒和酒杯。他雙耳戴著耳機，可能在聽音樂。

野野垣和西口站在他身旁，湯川緩緩抬起頭，看到西口後，拿下一個耳機問：「這位也是警察嗎？」他看著野野垣。

野野垣自我介紹後，沒有向湯川打招呼，就在椅子上坐了下來。

「現在可以打擾一下嗎？」

「如果我說不行呢？」

湯川看到野野垣露出生氣的表情，嘴角露出笑容說：

「我在開玩笑——你要站著嗎？」

聽到湯川這麼問，西口也在野野垣身旁坐了下來。

「你們要不要也點飲料？否則我一個人喝好像有點不好意思。」湯川拿下了另一個耳機對野野垣說。

「我們不用了，請不必介意。」

「這樣啊，那我就不客氣了。」湯川拿起葡萄酒杯，悠然地喝了一口。

野野垣清了清嗓子說：「我們已經逮捕了川畑夫婦。」

湯川放下杯子說：「這樣啊。」

「你不驚訝嗎？」

「今天早上，『綠岩莊』的老闆對我說，他不收我之前的住宿費，要我搬去其他地方時，我就猜想一定有什麼很嚴重的事。之後又聽說很多警車開往旅館，我猜想可能是這麼一回事。原來是這樣，請問是什麼嫌疑？」

「目前是業務過失致死罪和棄屍罪。」

湯川拿起放在桌上的眼鏡，用餐巾紙擦拭著鏡片。

「你說『目前』是什麼意思？有可能會改變嗎？」

「這就不知道了，所以我們正在積極調查，也來找你瞭解情況。」

「原來是這樣，所以要我說什麼？」湯川戴起了眼鏡。

「你只要把實情告訴我們就行了。或許已經問過你很多次，讓你感到有點不耐煩，請你從在『綠岩莊』的第一天，去居酒屋時的時候開始說起。」

「是喔，」這位學者冷笑一聲，「的確很煩，但這也無可奈何。」

然後，他就說了起來，他說的內容和之前完全一樣。川畑節子帶他去了居酒屋，他們就在那裡喝了一會兒。之後又遇到了成實他們，最後澤村也來了，他從澤村口中得知了有客人失蹤的事，當他回到「綠岩莊」時，客人還沒有回來——

這和澤村關於棄屍的供詞內容也沒有矛盾之處，西口內心鬆了一口氣。既然湯川沒有說謊，成實是無辜的事實就不會改變。

「澤村先生走進居酒屋時的樣子如何？」野野垣問。

「什麼意思？」

「就是……」野野垣應該期待湯川回答，澤村看起來有沒有心神不寧？但如果野野垣這麼問，就會變成誘導審問。「就是你當時的感覺，什麼都沒關係。」

湯川聳了聳肩說：

「既然這樣，那我就回答沒有任何感覺，因為那是我第一次見到他。」

「你回到旅館的時候，以及隔天之後，你有沒有從川畑夫婦的態度中發現什麼。」

「並沒有特別發現什麼，」湯川的回答很冷淡，「我和那對夫婦並沒有太多接觸，因為幾乎都是成實小姐為我準備餐點，她和事件沒有關係吧？」

那當然。西口很想這麼回答，但忍住了。

野野垣沒有回答，準備站起來。

「謝謝你，打擾你休息了。」

「這樣就行了嗎？」

「對，可以了。」

野野垣走向出口，西口也站了起來，湯川問：「你們做了實驗嗎？」

野野垣停下腳步，轉過頭問：「實驗？」

「你剛才說是業務過失致死罪，我想應該是在『綠岩莊』發生了什麼意外，八成是一氧化碳中毒，你們應該認為發生了這樣的意外。既然這樣，通常鑑識小組不是會重建現場嗎？」

「一氧化碳中毒?你在說什麼?」野野垣裝糊塗。

「不是嗎?那為什麼是業務過失致死呢?」湯川故意偏著頭。

野野垣瞪大眼睛，撐大了鼻孔，胸口用力起伏，重重地吐了一口氣，只說了聲「謝謝你的協助。」說完後，就大步走向出口。

西口向湯川鞠了一躬，正準備去追野野垣，聽到湯川說：「應該很難重建。」

西口停下腳步問：「為什麼?」

湯川沒有立刻回答，裝模作樣地在杯子中倒了酒，然後用指尖拿著杯腳的部分，搖晃著酒杯。西口著急地想要再度開口時，他才開口說：「就好像你們有刑警的直覺，我們也有物理學家的直覺。」說完，他把酒杯舉到嘴邊。

西口不知道他想表達的意思，有點不知所措，但湯川看起來不像在調侃自己。西口想不到該回答什麼，於是默默地邁開步伐。

走出酒吧時，發現野野垣正在用手機講電話。他一臉不悅地掛上電話，按了電梯的按鈕。

「真是個討厭的傢伙，學者都那副德行嗎?」

「他好像特別奇怪。」

「算了，反正以後也不會再見到他了，這件事總算搞定了。」

「有收到什麼新的消息了嗎?」

野野垣點了點頭說：

「警視廳的人似乎找到了仙波，他正在調布的醫院療養，被害人經常去看他，所以他不可能是兇手。」

電梯門打開了，他們一起走了進去。

川畑夫婦的供詞有許多疑點，但澤村的供詞幾乎消除了所有的矛盾之處。接下來只要調查塚原為什麼會來這種地方，聽野野垣剛才說的，似乎應該可以解決，這起案子可能真的可以說搞定了。

但是，西口還是很在意湯川剛才說的話。

在偵訊川畑重治的同時，今天中午之後，鑑識人員就在「綠岩莊」重建現場。鑑識人員中途向搜查總部報告，「海原間」的牆壁的確有龜裂，鍋爐有一部分排煙會滲入房間內。接下來只要確認當鍋爐不完全燃燒時，房間內一氧化碳的濃度。

但是，實驗已經進行了好幾個小時，仍然沒有收到已經順利完成現場重建的報告。負責人針對這個問題回答說原因不明。

53

打開窗戶，帶著潮水香氣的熱風吹了進來。路燈照亮了堤防和道路，堤防後方的大海一片漆黑，完全看不到。

成實拿出手機確認了時間。快晚上九點了。

樓梯上傳來輕快的腳步聲，接著門用力打開了。永山若菜雙手拎著便利商店的塑膠袋和攜帶式冰桶走了進來。

「讓妳久等了，但沒什麼像樣的東西，我買了三明治和飯糰，還有即食的味噌湯，也買了一些下酒菜。」若菜把塑膠袋裡的東西放在榻榻米上。

「對不起，給妳添麻煩了。」成實向她道歉。

「沒事，沒事。」若菜在曬黑的臉前搖著手，她的手臂也很黑，「朋友有難，就要互相幫忙啊，而且妳來找我，我超高興的。雖然這裡很小，但妳在這裡住幾天都沒關係。給妳。」

「謝謝。」

「妳要喝味噌湯嗎？如果妳要喝的話，我去樓下裝熱水。」若菜拿起了即食味噌湯的杯子。

「不用了，現在還不想，有沒有什麼飲料？」

「當然有啊。」若菜打開了攜帶式冰桶，「有啤酒、氣泡燒酒，妳想喝什麼？」

「有茶嗎？」

「要喝茶，沒問題。」若菜拿出了寶特瓶裝的綠茶。

成實看著窗外，喝著冰涼的茶潤喉。回想今天一天發生的事，難以相信這一切是現實，覺得好像是一場惡夢。

她在晚上八點多時離開了玻璃分局。雖然澤村的供詞消除了警方對成實的懷疑，但她被迫說了好幾次同樣的話，而且又毫無意義地等了很久，時間就這樣過去了。當她走出分局時，累得很想蹲下來休息。

但是，她無法回到家裡躺下來休息。因為警方禁止她進入「綠岩莊」，而且刑警盛氣凌人地要求她，等找到落腳的地方，要立刻聯絡他們，當然也沒有告訴她父母的情況。一番煩惱後，成實聯絡了在海上運動用品店打工的永山若菜。她在東京讀大學，夏天的時候住在這裡打工。她也是潛水教練，兩年前，成實指導她考取了教練執照。

成實在電話中把包括父母遭到逮捕的所有事都告訴了若菜，她在電話中說：「我馬上去接妳。」三十分鐘後，就開著店裡的廂型車到分局門口去接她。她在車上時也沒有問東問西，只是關心成實的身體狀況。成實覺得自己找她是正確的決定。

成實發現若菜手上也拿著寶特瓶裝的綠茶。

「若菜，妳不喝酒嗎？」

她很愛喝酒。

「不，這……」

「如果妳是在意我，那就完全不必要，因為這會讓我不敢繼續留在這裡。」

「是嗎？那我就不客氣了。」若菜把寶特瓶裝的綠茶放回攜帶式冰桶，拿出一罐啤酒，說了聲「開動了」，就打開拉環喝了起來，避免噴出來的氣泡流下來。「好喝。」她輕聲嘀咕。

成實看著若菜喝酒的樣子，想起了湯川之前說的話。湯川說，她看起來不像喜歡大海更勝於繁華都市的人，湯川如果看到若菜，應該不會說這種話。

今後到底該怎麼辦？雖然重治說，可以賣掉「綠岩莊」，但應該不會有人願意買發生了人員傷亡意外的旅館。如果想要拆除，也需要一筆費用，而且成實自己必須先找住的地方。雖然若菜說，在這裡住多久都沒有關係，但若菜不久之後也要回東京。

「若菜，車子可以借我一下嗎？」

「車子嗎？當然沒問題，如果妳要去哪裡，我可以開車帶妳去。」

「不行，妳已經喝了啤酒。別擔心，我只是回家一趟。」

「啊，要去『綠岩莊』……」

「我要回去拿換洗衣服和化妝品，還要拿錢。刑警說，只要和站崗的員警打一聲招呼就行了。」

「是嗎？這裡的確沒有東西可以借妳。」若菜放下啤酒罐站了起來。

若菜就住在運動用品店的二樓。她們走下樓梯，穿越已經熄了燈的店內，來到店門口。車子就停在那裡。成實從若菜手上接過鑰匙，坐上了車子。雖然和「綠岩莊」的車款不同，但她很習慣開廂型車。

「路上小心。」若菜對她說。

沿著沒有人的海岸行駛，從車站前駛入上坡道，很快就看到了「綠岩莊」。玄關前放了好幾個像工地現場的紅色照明燈，身穿制服的年輕員警坐在鐵管椅子上，看到成實的車子站了起來。

成實停下車子，向他說明了情況。員警打開了門，和裡面的人交談了幾句，就讓她進去。

一個中年胖員警在大廳看電視，搞笑藝人正在大聲說話。

「我可以陪在一旁嗎？因為如果他們知道妳自己去拿東西，事後我會挨罵。」員警用粗魯的語氣說道。

成實點了點頭，走了進去。員警關了電視，跟了上來。

走進自己房間內，從壁櫥內拿出了大旅行袋，隨手拿起換洗衣服塞了進去。拿內衣褲時，用身體擋住了，不想讓員警看到。

「沒想到出了這麼大的紕漏，妳接下來有什麼打算？」員警大剌剌地問，成實沒有說話，只是微微偏著頭，員警又說：「也對啦，問妳這種事，妳也很傷腦筋。很久以前，我在車站前的派出所上班，差不多二十年前，那時候玻璃浦很熱鬧，這家旅館生意也很好，但是經濟不景氣，沒錢的人都不出門旅行了，有錢的人都出國，或是去更熱門的地方，這裡的生意真的很難做，即使房子舊了，也無法輕易修繕。我內心很同情你們，你們真的很倒楣，只不過棄屍這件事很不妙，如果沒有那麼做就好了。」

這名員警很愛說話，成實中途不理會他，專心做自己的事。即使她沒有回答，員警仍然說個不停。

收拾完東西後，成實走出了房間。胖員警一走回大廳，就立刻打開了電視，然後在藤椅上坐了下來，似乎無意送她離開。

打開玄關的門時，聽到外面傳來說話聲。

「這是規定，無關的人禁止進入。」

「我說了好幾次，我是有關的人，今天早上還住在這裡。」

「這……這種程度的關係不行。」

「那要哪種程度的關係才行？你倒是說明清楚。」

成實走出去後嚇了一跳，因為竟然是湯川在和年輕的員警爭執。

「湯川先生。」成實叫了一聲。

「妳來得剛好，可不可以請妳幫我拜託他，我說想去看一下裡面的情況，這個員警一直說一些莫名其妙的話，跟他說不清楚。」

「你才一直說一些莫名其妙的話，反正就是不行，請你趕快離開。」員警說完，走進了旅館。

湯川雙手扠在腰上嘆著氣說：「怎麼會這樣？」

「你為什麼想看裡面？」

「因為鑑識小組應該重建了現場，我想要確認一下現場重建的痕跡，因為根據我的推理，應該無法成功重建現場。」

成實注視著學者的臉，眨了眨眼睛問：「無法成功？為什麼？」

但是，湯川只是用指尖推了推眼鏡，沒有回答。「真傷腦筋，早知道就不要走這一趟了。」說完，他轉身離開了。

「請等一下，我開車子過來，我可以送你。」成實跑向廂型車。

她請湯川坐在副駕駛座上後，把車子開了出去。距離他住宿的度假飯店只有幾分鐘的距離。

兩個人在車上都沒有說話。成實仍然對剛才的疑問耿耿於懷，但她猜想即使問了，湯川也不會回答她。

不一會兒，就看到了飯店，但在進入飯店之前，湯川就說：「到這裡就好。」

「為什麼？我送你到門口。」

「不，恭平他們也住在這家飯店，萬一撞見了，你們不是會很尷尬嗎？」

「啊……」成實踩了煞車，把車子停在路旁說：「不好意思，讓你費心了。」

「而且，我想請教妳幾個問題，」湯川說：「如果妳不想回答，不回答也沒有關係。」

成實看著他的臉，覺得內心很不安。「什麼問題？」

「妳認為這次的事件只是單純的意外嗎？」

成實吃了一驚，臉上的表情很僵硬。

「如果不是單純的意外，那又是什麼呢？」

「是我在向妳發問，那我這麼問妳，妳父母也對妳說，這是一場意外嗎？」

「不是我父母對我說，而是我爸爸告訴我，他向我說明了意外的過程。」

「妳相信了他的說明。」

「不行嗎？你到底想說什麼？」

「我只是覺得很不可思議，難道妳沒有產生絲毫的疑問嗎？我相信妳應該對很多地方感到難以接受，但妳最後還是相信了，我相信是基於兩個理由。一是因為妳對妳父親深信不疑，第二是因為妳希望可以相信，也可能是兩者都是。」

湯川的每一句話，都微妙地刺激了成實內心深處的某些東西，但並不是直接擊中要害，她並不知道是不是湯川刻意這麼做。

「我爸爸對我說的話的確有些地方不自然，但這可能是他自己記不太清楚了，而且我覺得有一些矛盾並不是太大的問題。因為我父母打算去自首，這件事本身很重大，所以根本無暇在意一些枝微末節的事。」成實回答時有點生氣，她告訴自己，自己並沒有說謊。

「原來如此，也許是這樣。對了，妳對不幸去世的被害人——塚原先生有多瞭解？」

「幾乎完全不瞭解……只知道他以前在東京當刑警。」

「是嗎？我之前也曾經告訴妳，我的朋友在警視廳搜查一課，只要透過他，有辦法聯絡到塚原先生的家屬，如果妳想代替妳的父母向家屬道歉，我可以為妳安排。妳有這個打算嗎？」

成實感到一陣寒意貫穿背脊。沒錯，自己必須向家屬道歉。

「目前才剛開始偵訊，等到真相大白之後，再來考慮這個問題。」她勉強擠出了回答。

「好，那我就這麼告訴我朋友。謝謝妳特地送我回來。」湯川打開了副駕駛座旁的門，但他沒有立刻下車，轉過頭問：「妳今後有什麼打算？以後還要繼續留在這裡嗎？」

成實感到困惑不已，搞不懂湯川為什麼問這種問題，無法瞭解他的真意。

「我還沒有想這些事，現在連明天會怎麼樣都不知道……」

「但妳不是想繼續守護大海嗎？」

「我當然希望這麼做。」

「那要持續到什麼時候？」

「啊？」成實看著湯川的臉，「持續到什麼時候？」

「妳打算這輩子都住在這裡，一輩子都守護這片海洋嗎？妳不結婚嗎？如果交了男朋友，男朋友要去遠方，那妳會怎麼辦？」

「……你為什麼要問這些問題？」

湯川眼鏡後方的雙眼目不轉睛地注視著成實的眼睛。

「因為我覺得妳好像在等一個人，在這個人回來之前，想要持續守護玻璃浦這片海洋。」

成實感覺到自己臉色發白。她知道自己該說些什麼，卻什麼都說不出來。

湯川從口袋裡拿出像是便條紙的東西。

「歡迎來到水晶海，海洋是玻璃浦的瑰寶，我自稱是這片瑰寶的守護人。歡迎你親自來看看這片大海的顏色，我會一直等在這裡——這是妳的網站首頁寫的內容，我覺得好像在呼喚誰，難道是我想太多了嗎？」

成實搖了搖頭說：「你想太多了，這段話並沒有深奧的意思。」她說話的聲音在發抖。

「是嗎？那也沒關係，我還有一事拜託。」

「還有什麼事？」

「不是什麼大事。」湯川從口袋裡拿出數位相機，「我差不多要離開這裡了，想在離開之前拍一張紀念照。」

「拍我嗎？不要。」

「別擔心，我不會放在網路上。」湯川說完，按下了快門。閃光燈瞬間照亮了車內，他確認了液晶螢幕說：「嗯，拍得不錯。」他把液晶螢幕轉向成實，成實發現照片中的自己因為太驚訝，瞪大了眼睛。

「晚安。」湯川說完後下了車，頭也不回地走向飯店。成實注視他的背影後，把車子開了出去。

54

草薙回到自己房間時，已經超過深夜十二點了。房間內悶熱不已，他把上衣丟在床上，打開了冷氣。他鬆開領帶，從冰箱裡拿出罐裝啤酒，站著咕嚕咕嚕喝了起來。爽快感從喉嚨傳遞到全身，他重重地吐了一口氣，坐在矮沙發上。

他鬆開了襯衫的釦子，把丟在床上的上衣拉了過來，從內側口袋拿出了手機，找出了登記的電話。「玻璃浦度假飯店」——這是湯川目前住宿的飯店。白天接到他的電話，說川畑夫婦打算去自首時，順便問了他飯店的電話。

接到湯川的電話後不久，川畑夫婦似乎就去自首了。草薙直到傍晚接到多多良的聯絡時，才知道這件事。

「他們聲稱是意外，因為鍋爐不完全燃燒，排出的煙進入了室內，為了隱瞞這件事，所以決定棄屍，但似乎有些說不通的疑點。」多多良的聲音充滿警戒，「我請對方有進一步消息時立刻通知我，我方也要稍微提供一些消息，你那裡怎麼樣了？」

草薙向多多良報告，已經查到了仙波的下落，並且和仙波見了面，把塚原去世的事告訴了他，但仙波說他沒有任何頭緒。

「好，那你就把這件事告訴玻璃分局。」

「瞭解。」草薙雖然這麼回答，但內心有點愧疚。因為他並沒有告訴多多良，川畑一家可能和仙波事件有關。雖然不知道會對今後產生怎樣的影響，但他剛才判斷暫時不提這件事為妙。

草薙打電話去玻璃分局，告訴姓元山的股長，目前已經找到了仙波的下落，會用傳真說明詳細情況。元山雖然道了謝，但聽起來並沒有太感激。草薙發現這並不是自己想太多。因為元山又用爽朗的語氣接著說：

「給你們添麻煩了，但這起案子應該差不多搞定了。因為找到了川畑夫婦的共犯，是他們女兒的朋友，這個共犯協助他們一起棄屍。供詞的內容沒有矛盾，案子應該可以偵結了。」

草薙有點想不通。回顧自己和內海薰調查的內容，他認為那根本不可能是單純的意外。

草薙告訴內海薰後，她也表示同意。接下來該怎麼辦？

「我認為需要回溯到起點。」內海薰表達了自己的意見。

「我也有同感。」草薙說。然後，他們一起去了銀座。他們要去找大約三十年前，川畑重治和節子結緣的那家玻璃料理店。

他們順利找到了那家店。因為走了很多路，腳底疼痛，內衣都被汗水濕透了，渾身都很不舒服。也許所有的謎底都可以揭曉了，然而，草薙完全沒有成就感，不僅身體疲憊不堪，心情也很沉重。

他嘆了一口氣，操作著手機，撥打了「玻璃浦度假飯店」的電話，鈴聲響了很久才終於接通，當飯店人員接起電話後，他要求轉接到湯川的客房後，又等了將近一分鐘，才終於聽到電話中傳來「我是湯川」的聲音。

「我是草薙，你睡了嗎？」

「沒有，我在等你的電話，因為我猜你一定會和我聯絡。」

「你那裡的情況怎麼樣？根據我所聽到的消息，隨著共犯出現，好像已經準備落幕了。」

「沒錯，照目前的情況，這裡的警方應該不會踏出下一步，不，應該說是沒能力踏出下一步，因為他們什麼都沒看到。」

「你看到了嗎？」

「我只是推理，得由你們確定是否正確，你打電話來，不就是為了這件事嗎？」

草薙撇著嘴角，翻開了記事本。

「我們找到了川畑節子之前工作的小料理店，雖然那家店已經搬家了，但還在繼續營業，老闆也健在。」

「你們問到了當時的情況吧？」

「那當然。」草薙回答。

那家店位在銀座八丁目的小路上，白木格子門旁邊掛了一塊寫著「春日」的小招牌，好像覺得沒有看到的人錯過也沒關係。可能這家店都做老主顧的生意。

「是啊，七、八成的客人都是老主顧，這些老主顧帶來的朋友也會繼續上門，所以有辦法一直做到今天，真是太感謝了。」老闆鵜飼繼男這麼對他們說。他一頭白髮理得很短，因為已經七十歲，臉上有不少皺紋，但身上完全沒有贅肉。他並不是瘦，而是身材很緊實。他說至今仍然是親自採買食材。

小料理店在晚上十一點打烊，十一點多時，草薙和內海薰一起坐在角落的座位喝著烏龍茶等老闆。最後離開的客人似乎也是老主顧，和站在吧檯內的鵜飼熟絡地聊著天。

店內除了吧檯外，還有三張餐桌，最多只能接待三十名客人。除了鵜飼以外，還有兩名廚師和女服務生。

鵜飼也來自玻璃，為了成為廚師，十幾歲時就來到東京。在幾家知名的餐廳學藝之後，在三十四歲時開了「春日」這家玻璃料理店。起初並沒有僱人，和太太兩人一起經營。

「以前的店在七丁目，你知道索尼大道嗎？當時的店很小，最多只能坐十個客人，託大家的福，客人漸漸多了，所以就下定決心搬來這裡。」

那大約是二十年前的事。

「所以柄崎節子在你這裡工作時，還是在以前的地方嗎？」

鵜飼聽了草薙的問題，點頭說：「沒錯，沒錯。」草薙一開始就告訴他，想向他打聽節子的事。鵜飼想知道他們在偵辦什麼事件，草薙回答說，正在調查某個人的人際關係，但鵜飼並沒有追問是誰。

「小節來店裡的時候，我才開了兩、三年左右。因為人手不夠，所以打算僱人幫忙，那時候正在找有沒有理想的人，結果一位熟客說，他認識一個在酒店上班的小姐，很喜歡做菜，想辭去酒店的工作，問我可不可以帶來看看。我就說好，結果他就帶了小節來。我對小節很滿意，我老婆比我更滿意，說無論如何都希望她來幫忙。小節也不想繼續在酒店上班，所以二話不說就答應了，真是太好了。她學東西很快，也很靈巧，一些簡單的菜都可以放心交給她處理。」

但是，柄崎節子在店裡只做了三年左右。因為後來她結婚了，諷刺的是，她的結婚對象也是店裡的老主顧。

鵜飼也清楚記得川畑重治。

「聽說他老家在玻璃浦開了一家旅館，他本人是能幹的上班族，但還是很愛家鄉味，所以經常來店裡。我記得他們在結婚之後也來了好幾次，他們很快就生了孩子，看起來很幸福。不知道他們現在好不好，她辭職之後，也連續寄了十年的賀年卡。」

「除了川畑先生以外，應該還有好幾個客人都和柄崎節子很熟吧？」草薙用不經意的口吻說。

「當然有啊，她很年輕，以前又曾經在酒店上班，人長得漂亮，也很會招呼客人，應該有不少客人是為了她來店裡。」鵜飼瞇起了眼睛。

「有沒有這個客人？」草薙出示了仙波遭到逮捕時的照片，「當時應該更年輕。」

「喔，你說他啊，」鵜飼瞪大了眼睛，「當然記得啊，他是仙波先生，就是我剛才提到的人。」

「剛才提到的人？」

「就是介紹小節來店裡的熟客。他太太是玻璃的人，所以他才會來我們店裡。」

草薙和內海薰互看了一眼。

「節子來這家店之前，和仙波先生是店裡的小姐和客人的關係嗎？」

「是啊。仙波先生起初是上班族，但他很能幹，所以就自己成立了公司。他以前在上班族的時候就很愛花天酒地，在介紹小節來店裡之後，也曾經帶了好幾個小姐來店裡，因為那時候這家店到半夜一點才打烊。」

草薙拿出了三宅伸子的照片。鵜飼露出沉思的表情看了一會兒，隨即驚訝地問：

「這該不會是理惠？」

「沒錯。」草薙說。因為他想起「KONAMO」的室井曾經說，三宅伸子在店裡的花名叫理惠子。

「這樣啊，原來是理惠啊。那時候她很漂亮，現在畢竟老了。」鵜飼說到這裡，偏著頭說，「不對，那已經是三十年前的事了，她現在應該更老才對。」

「這是十五年前的照片。」

「喔，原來是這樣，難怪。理惠和小節之前在同一家店上班，啊，真是懷念啊。」

這是重大的收穫。既然節子和三宅伸子以前在同一家店上班，在節子結婚後，她們也可能繼續保持聯絡。

「但是仙波先生和理惠在某個時期之後就完全沒來過店裡，不知道他們現在好不好？刑警先生，你知道嗎？」

「不，正因為不知道，所以現在才會查得這麼辛苦。」

「仙波先生做了什麼嗎？」

「不，並不是這樣。」草薙含糊其辭。鵜飼似乎並不知道三宅伸子遭到殺害，草薙認為沒必要告訴他，所以就沒有提起。

但是，仙波和三宅伸子之間沒有男女關係嗎？

「不，應該沒有。」鵜飼的回答很乾脆，「仙波先生應該喜歡小節。我剛才也說了，他是因為他太太是玻璃人，所以才會來我們店裡，但他從頭到尾都沒有帶他太太來過店裡，可能不想讓小節看到。這可能是我胡亂猜想。」

鵜飼說，有當時的照片，於是草薙說想看一下。那張照片放在整理得很整齊的相冊前幾頁，一個男人站在兩個女人中間，三個人都站在小吧檯前。一眼就可以看出那個男人就是三十多年前的鵜飼，因為他的體型和髮型都和現在差不多。

「右側的就是小節。」鵜飼說。

照片上是一個有一雙細長眼睛的年輕女人，鼻子很挺，不說話時可能會覺得有點兇，但圓臉和笑容消除了這種感覺。她穿著紅葉圖案的和服，繫了圍裙。

「真漂亮啊。」草薙忍不住說，鵜飼立刻眉開眼笑。

「對不對？所以你應該能夠理解有些客人是為了小節來店裡。那件紅葉圖案的和服是我老婆送給小節的，後來簡直變成了她的註冊商標。」

站在鵜飼左側的女人也是小臉美女，但年紀比節子大很多。

「她是我老婆。」鵜飼向他說明，「她比我大三歲，很勤快，如果沒有她，就沒有今天的『春日』，不，搞不好我根本不會開店。」

這個做事勤快的太太去年年底得了胰臟癌去世了。

湯川聽完草薙說的話後，仍然沉默不語。

「湯川，」草薙叫了一聲，「你覺得怎麼樣？」

電話中傳來了吐氣的聲音，湯川小聲嘀咕說：「果然是這樣。」

「果然是怎樣？」

「你應該也察覺到，塚原先生對仙波案件的某部分耿耿於懷，川畑一家和仙波案件又有什麼關係。聽了你剛才說的話，不可能猜不到，不是嗎？」

「嗯，是可以隱約想像。」

兩人陷入了微妙的沉默，草薙不難想像湯川的臉上露出了淡淡的苦笑。

「你身為警視廳的人，也許只能說得很模糊，那我就代替你說出來。仙波案件是冤案，仙波並不是真兇，他為了袒護別人而坐了牢。這就是你想像的情況吧？」

草薙皺著眉頭。什麼事都瞞不過湯川，他比任何人都知道，有人會毫不猶豫地為了自己所愛的人頂罪——他知道這個世界上有這種「獻身」。

「雖然證據很薄弱。」

「也未必啊，塚原先生在仙波供稱犯案之後，仍然無法接受他所說的真相，獨自繼續追查。因為是他親手逮捕兇手，通常不願意繼續追查不必要的事實，但是，塚原先生無法視而不見。為什麼？正因為是他親手逮捕，所以才更無法釋懷。雖然在沒有瞭解真相的情況下，讓仙波被判處有罪，但塚原先生並沒有放棄，所以才會在仙波服刑期滿之後繼續找出來，還把他送進醫院，就是為了瞭解真相。我認為應該是為了贖罪，即使是仙波自願，他仍然想要對自己製造的冤案負責。」

草薙握著電話陷入了沉默。他想不到任何否認的話，因為湯川所說的內容正是他的想法。

「草薙，」湯川叫了一聲，「我想要拜託你一件事。」

55

恭平醒來時，聽到敬一的聲音。他正在講電話。恭平揉了揉眼睛，看到了爸爸寬闊的後背，爸爸正站在窗前。窗簾稍微拉開，強烈的陽光照了進來。今天似乎也是一個好天氣。

「……不需要對客戶說清楚……對，沒錯，這樣就好……嗯，這我知道，之後可能還要來這裡好幾次……不，因為最好考慮到以後開庭審理時的狀況……那律師的事就這麼辦……嗯，那就晚一點再聯絡。」敬一說完之後，收起了手機。

「早安。」恭平對著爸爸的背影說。

敬一轉過頭，他面帶笑容說：「嗯？你醒了嗎？」

「是媽媽？」

「對，因為我們中午過後就要離開這裡，晚餐應該可以和媽媽一起吃。」

「不繼續留在這裡沒關係嗎？警察不是還要問很多事嗎？」

敬一露出淡淡的笑容搖了搖頭說：

「沒問題了，我剛才已經打電話給警察確認過了，應該不會再找你問話了，即使有事要問，也可以在電話中說，只要留下電話就沒問題了。」

恭平下了床。

「姑姑和姑丈真的要坐牢嗎？不能想想辦法嗎？」

敬一立刻收起了臉上的笑容，低吟了一聲，抓著頭說：

「爸爸會做力所能及的事，也打算請優秀的律師，但可能還是無法避免坐牢，尤其是姑丈。」

「是這麼重的罪嗎？」

「爸爸昨天不是說了嗎？如果發生意外時馬上報警，就不會那麼嚴重，自作聰明地想要隱瞞，才會導致罪責加重。任何事都一樣，誰都會犯錯，關鍵在於犯錯之後，他們真的做了無聊的事，想到以後的事就很頭痛。」

恭平聽敬一說的話，發現他並不是基於道德責備姊姊和姊夫的輕率行為，而是想到自己可能會被捲入麻煩而感到煩躁。這件事讓恭平陷入沮喪。

「但是，如果是故意造成意外，罪不是就更重了嗎？」

站在那裡的敬一聽了兒子的問題，身體向後仰。

「當然啊，如果是故意，就不是意外，而是殺人了，不要說坐牢，搞不好會被判死刑，和這麼重的罪比較沒有意義。」敬一說完，低頭看著手錶，「已經這麼晚了，雖然沒什麼食慾，但還是去吃早餐吧。」

恭平看著鬧鐘，發現快上午九點了。

吃早餐的地方就是之前和刑警談話的咖啡廳，大桌子上放了各式各樣的料理，爸爸說，想吃什麼都可以自己拿。

「但是你要吃多少拿多少，吃不夠的話，可以再去拿。」

雖然敬一這麼說，但恭平覺得自己又不是小孩子，不可能拿一大堆自己根本吃不完的食物，而且仔細一看，發現並沒什麼好吃的食物。

他咬著培根，喝著果汁打量四周。店內沒什麼人，也沒有看到湯川的身影。

吃完早餐，他們決定回房間。走出咖啡廳時，恭平問走在前面的敬一：

「爸爸，我可以去看海嗎？」

「可以，但不要走太遠了。」

「我知道。」

恭平回到咖啡廳，經過游泳池畔，可以從那裡去海邊，也就是所謂的私人海灘，這也是這家飯店的賣點，但這裡也沒什麼人。

確認湯川不在後，他回到了飯店，走去櫃檯，問身穿制服的女性工作人員，湯川住在哪個房間。

「你找他有事嗎？」

「我有話要跟他說……」

「那你等一下。」

那個女性工作人員不知道打電話去哪裡，但電話似乎沒有接通，她默默掛上電話說：

「他不在房間內。」

說完，她又操作著手邊的電腦，然後露出恍然大悟的表情說：「湯川先生出門了，他晚上會回來。」

「晚上……」恭平很失望。因為晚上他就不在這裡了。

「如果你有什麼話要告訴他，可以寫信？櫃檯可以為你保管，等湯川先生回來之後會交給他。」

恭平無力地搖了搖頭說：「不用了，那就太晚了。」然後離開了櫃檯。

56

「……情況就是這樣，澤村的供詞並沒有矛盾，犯案後回到居酒屋的時間也和其他人的證詞相符。我們驗證了從『綠岩莊』到棄屍現場，以及從那裡回『綠岩莊』的路徑，沒有任何不自然的地方。至於完全沒有目擊證人這個問題，從當時的時間和現場周圍的狀況來看，反而是很正常的事。報告完畢。」野野垣用裝模作樣的口吻作了總結後坐了下來。

目前正在玻璃分局的會議室舉行偵查會議，參加偵查會議的長官和之前相同，但臉上的表情和前幾天大不相同。最明顯的就是富田分局長和刑事課的岡本課長，隨著事件可望在近日內偵破，他們應該暗自鬆了一口氣，覺得和縣警總部的人朝夕相處的緊張日子終於要結束了。

縣警總部搜查一課的人和轄區分局的人相比，臉上的表情有點複雜。雖然順利破案值得高興，但追查棄屍事件後，發現不是殺人命案，而是過失致死，讓他們覺得不太過癮。

但是，每個人都為能夠在發現屍體後不到一個星期就順利破案感到高興，今天會議的氣氛也可以說很和諧。

川畑夫婦最初的供詞明顯有多處疑點，但在澤村招供之後，可說消除了所有的疑問。

如今，川畑重治和節子也都承認澤村的供詞是事實。因為他們之前都不想給女兒的朋友添麻煩，所以才會說謊，既然澤村自己已經承認，他們也沒有理由再隱瞞真相。

目前正在蒐集能夠證實他們供詞是事實的科學物證。調查澤村放在家中的小貨車後，在車斗上發現了幾根頭髮，目前正在進行ＤＮＡ鑑定，但從外形和特徵認為，應該就是塚原正次的頭髮。

至於重治交給塚原的睡眠導入劑，也在他家中客廳發現了相同的藥劑，成分和從塚原血液中檢驗出的成分相同。同時也得到了開了該藥物給重治的醫生的證詞。五年前，重治因為輕微的睡眠障礙就醫時，醫生開了處方給他。

當然還有目前無法解決的問題，最大的問題就是事故的原因。

鑑識小組的現場負責人站起來向大家說明。鑑識小組今天也從一大早就去「綠岩莊」重建現場。

「……目前認為地下的鍋爐本身並沒有太大的異狀，但如果因為某種原因導致進氣口阻塞時，就會造成不完全燃燒。因為嫌犯的記憶模糊，所以還無法確定原因，但目前研判可能是放在周圍的紙箱造成的。可能因為原本豎在牆上的東西可能倒下，塞住了進氣口。至於發生不完全燃燒時，『海原間』的一氧化碳濃度到底有多少，昨天進行重建現場的實驗中，最大值也只有一百ppm，平均只大五十到六十ppm。鍋爐有燃燒狀態監視功能，當不完全燃燒狀態持續三十分鐘以上時就會自動停止。如果在這種條件下，就和屍體的一氧化碳血紅素的濃度不一致。」

「那到底是怎麼回事？這不是兜不攏了嗎？」搜查一課的穗積課長不滿地皺起眉頭。

「可能受到其他因素的影響。」

「其他什麼因素？」

「比方說，當天的天氣。如果吹著強風，導致煙囪內的氣流倒灌。就可能導致一氧化碳濃度飛躍性上升，室內的一氧化碳濃度可能超過一千 ppm。」

「原來如此。」雖然不知道穗積聽懂了多少，但他點了點頭，「也就是說，根本的原因是當事人的過失，但因為各種偶然的要素重疊在一起，才會造成死亡意外。」

「沒錯，但我們打算繼續做實驗。」

「瞭解了，就這麼辦。」穗積輕輕舉起手，看他的表情，似乎已經恢復了好心情。

這起事件應該即將落幕了。看在一旁的西口心想。如果發生意外的條件很困難，連鑑識小組也難以重現，川畑重治刻意所為的可能性就極低，所以應該就是業務過失致死和遺棄屍體這兩條罪名。

但是，西口的內心仍然有點疙瘩，當然是因為昨天和湯川之間的對話。那位物理學家料到鑑識小組無法順利重建現場，該不會是因為他知道重建現場的方法？

元山站起來報告警視廳送來的有關仙波英俊近況的報告。穗積和身旁的磯部開始談笑，其他長官也沒有在聽。不光是他們，所有偵查員都對仙波完全失去興趣。

等這個案子結束，再過一段時間──

西口決定要去安慰成實。應該有一些是身為警察的自己，才能夠幫上忙的事。在審判期間，自己也可以一直陪在她身旁。

想像這些事時，漸漸淡化了內心的疙瘩。

57

JR品川站的高輪出口——

在湯川搭乘的電車抵達約五分鐘後，看到他朝自動驗票口走來。他在襯衫外穿了一件淺色上衣，腋下夾著公事包。草薙向他輕輕揮手，湯川神態自若地向他點了點頭。

草薙在驗票口外等他走出來。

「你曬黑了。」草薙看著老友黝黑的皮膚說。

「因為戶外作業比想像中更多。」

「聽起來很辛苦啊。」草薙沒有多談這件事。他只知道湯川去玻璃浦是為了研究海底資源，除此以外，並不瞭解任何情況，也認為沒有必要瞭解。

走出車站時，湯川停下腳步，看著計程車大排長龍的廣場。

「怎麼了？」草薙問。

「我離開東京只有一個星期，就大大改變了對車站的印象。東京果然很大，車站也很大。」

「你愛上了鄉村生活嗎？」

「完全沒有，我深刻體會到自己無法適應那種生活。看到很多人來來往往，內心才感到平靜，而且都市有很多計程車——對了，車子在哪裡？」

湯川的話音剛落，一輛胭脂色的 Pajero 就出現在右側，停在馬路旁。他們立刻跑過去，坐上了車。草薙坐在副駕駛座，湯川坐在後車座。

「好久不見。」內海薰把車子開出去時說，她當然是向坐在後車座的湯川打招呼。

「我聽草薙說了，妳這次表現也很出色。這次不是正規偵查，一定焦頭爛額吧。」

「老師，你被捲入這麼奇怪的事件，應該也焦頭爛額了。」

「被捲入……嗎？不，這次可能有點不一樣，如果我討厭麻煩的事，完全可以避開，即使你們要求我協助辦案，我也可以拒絕。」

「對啊，我們也很好奇，為什麼你這次這麼配合？」

「我認為已經向你們說明了其中的理由。」

「是因為可能會扭曲某個人的人生嗎？可不可以告訴我們，這個人到底是誰？」

湯川嘆了一口氣。

「也許以後會告訴你們，但可能沒有太大的意義。川畑夫婦自首之後，導致事態往越來越棘手的方向發展。也許我想得太天真了。」

「你不要故弄玄虛。」

「也對，對不起。」湯川難得坦誠道歉，「我之前也說了，遲早會把一切都告訴你們，但不是現在馬上。」

「那接下來要去的地方呢？」內海薰問，「是不是可以在那裡聽你說明所有的推理？」

湯川默默思考片刻後說：

「我接下來要做的事並不是解謎，只是確認而已，也許可以因此瞭解很多事，但希望你們不要認為可以解決所有的事，相反地，我認為極有可能變成離解決更遠的結果。」

「也無法預防某個人的人生遭到扭曲嗎？」草薙問。

「不知道。」湯川回答說。

他們三個人都陷入了沉默。內海薰駕駛的 Pajero 在高速公路上奔馳，在調布交流道下了高速公路。

不一會兒，柴本綜合醫院的建築物就出現在前方。

走進安寧病房，湯川停下了腳步，打量著空蕩的大廳，小聲說：「好安靜。」

「內海認為，」草薙說，「這很可能是刻意讓病人忘記時間的流逝。」

「我只是隨口說說而已。」

「不，妳的觀察很敏銳。」湯川低頭看著她，點了點頭。

他們搭電梯來到三樓。身穿淡粉紅色制服的護理師安西和昨天一樣，站在談話室前等他們。

「不好意思，連續兩天來打擾。」

草薙向她道歉，她微笑著鞠了一躬，默默沿著走廊遠去。

今天早上，草薙已經打電話到醫院，說想要讓仙波見一個人。院長柴本有點猶豫，但最後終於點頭同意。

湯川在昨晚的電話中提出想要和仙波見面時，草薙沒有問他原因。一方面是因為他知道湯川不會輕易把自己的想法告訴別人，但更正確地說，他覺得不如乾脆交給湯川處理。這起事件的關鍵應該在玻璃浦，但草薙和內海薰對玻璃浦一無所知。

不一會兒，聽到了輪子滾動的聲音。草薙全身緊張起來。

像木乃伊一樣的仙波坐在輪椅上出現了，他穿著米色睡衣，臉看著正前方，凹陷眼窩深處的雙眼露出強烈的警戒眼神。他可能擔心草薙他們又要問關於塚原的事。

草薙看著湯川的側臉，他很好奇這位物理學家面對即將走到人生終點的人，會露出怎樣的表情。

但是，湯川那雙觀察者的眼睛只是注視著眼前的老人，從他端正的側臉中無法感受到任何感情。癌症末期病人的肉體受到這種程度的侵蝕，完全在想像的範圍內——他可能是這樣覺得的。

「是否該自我介紹一下？」湯川說。

草薙發現湯川是在問自己，立刻對仙波說：

「昨天謝謝你，因為還有另一個人想見你，所以我今天帶他來這裡。他姓湯川，是我的朋友，他不是警察，而是學者，是物理學家。」

湯川在他介紹結束後，遞上了名片，但仙波的手沒有動。護理師安西代替他接過名片，放在他面前。

仙波的眼睛動了一下，乾澀的嘴唇發出了沙啞的聲音。他應該很困惑，為什麼物理學家會來找他。

「不瞞你說，我今天早上還在玻璃浦。」湯川口齒清晰地說。雖然他的聲音低沉，但響徹安靜的室內。

仙波的臉上出現了變化，他的眼皮動了一下，顯然很感興趣。

湯川打開公事包，拿出一份檔案，把檔案的封面出示在仙波面前。

「我在玻璃浦進行勘探海底熱水礦床的相關研究，也參加了之前的說明會和討論會。你應該知道海底熱水礦床的事吧？聽說塚原先生代替你去參加了說明會。」

仙波動作生硬地點了一下頭。

「玻璃浦的海真的很美，」湯川說，「美得讓人無法呼吸。我也看了海底的玻璃，那真是奇蹟，那是奇蹟的造型。仙波先生，我相信完全不比你以前看到的大海遜色，你的大海至今仍然有人守護。」

仙波的身體微微搖晃起來。他的臉頰抽搐，嘴唇顫抖。草薙以為他在害怕什麼，但隨即發現並非如此。他想要笑。他聽了湯川的話感到高興。

「目前還不知道海底熱水礦床的開發會如何發展，但是，即使真的要開發，應該也會在數十年之後，那時候，環境保護的技術應該比目前更加先進，最重要的是，科學家也不想破壞美麗的大海，所以請你安心，我們也會盡最大的努力，這一點可以向你保證。」

仙波的頭前後移動，他似乎在點頭。柴本院長說，他意識經常模糊，但他現在的頭腦很正常。他聽到了湯川的話，感到很滿意。

「仙波先生，我想讓你看一樣東西。」湯川從公事包裡拿出Ａ４大小的紙。草薙在一旁探頭一看，發現上面是一幅畫，看起來像是將數位相機拍的照片列印出來。那是一幅大海的畫，天很藍，遠方的雲在海面形成了倒影。海岸線勾勒出和緩的弧度，白色的浪花打在岸邊的岩石上。

湯川把那幅畫對著仙波，仙波的身體立刻有了明顯的變化。他身體深處的某些東西似乎突然湧現，刺激了全身的精力。他的皮膚微微泛紅，混濁的雙眼開始充血。喔喔喔。他發出了聲音，似乎在克制什麼。

「這幅畫掛在名為『綠岩莊』的旅館，仙波先生，你有看過這幅畫嗎？上面畫的是從東玻璃看到的大海。你和已經去世的妻子就曾經住在東玻璃吧？從那棟房子看玻璃浦，是不是就是這個畫面？不，不僅如此，」湯川把畫更湊近仙波面前，「這幅畫是不是你，或是你太太畫的？然後你太太去世了，你離開東玻璃的家之後，仍然很珍惜這幅畫。這幅畫是你的寶物，正因為這樣，所以才會把它託付給最重要的人，是不是這樣？」

仙波瞪大了眼睛，全身僵硬。他的呼吸急促，所以身體微微顫抖。

他身旁的護理師安西擔心地探頭看著他，想要說什麼時，仙波微微舉起左手制止了她，然後費力地深呼吸，似乎想要說什麼。可以感受到他的決心，他覺得自己必須好好回答。

「不……不是。」他用壓抑的聲音說：「我從來沒看過這幅畫，也不……不知道。」

「真的嗎？請你仔細看清楚。」湯川把畫更湊近他面前。

「我不知道。」仙波用右手撥開了。畫離開了湯川的手，飄落在地上。

凝重的沉默籠罩著談話室，湯川把畫撿了起來。

「我知道了，那請你看另一張照片。」他又從公事包裡拿出另一張紙。

草薙再次探頭張望，發現這次是一個年輕女人的照片，看起來坐在車子的駕駛座上。她可能沒有預料到有人拍照，臉上露出有點驚訝的表情。她鼻子很挺，很漂亮，曬得很健康的膚色讓她看起來比較溫和。

「我剛才不是說，有人在守護你的大海嗎？就是這名女子在守護。我今天會回去玻璃浦，你有什麼話要對她說嗎？」湯川把照片出示在仙波面前。

仙波的臉扭曲著，好像悲喜交錯。無數皺紋勾勒出的曲線僵在那裡，他的嘴唇不停地顫抖。

「怎麼樣？」湯川問：「請你對她說些什麼，請你對守護著你的大海的她說些什麼。」

仙波的身體抽搐了兩下，但他動了動喉嚨，好像吞下了什麼，身體的搖晃突然停止了。他坐直了身體，挺起胸膛，凹陷的雙眼一動也不動地注視著湯川。這是仙波第一次表現出精神抖擻的樣子。

「我雖然不認識她，但請你對她說……謝謝。」仙波有力地回答。

湯川眨了眨眼睛後，嘴角露出了笑容。他垂下眼睛後，再度看著仙波說：

「我一定會轉告，這兩張照片就留給你。」

湯川把剛才那幅大海的畫的照片，和女人的照片交給安西後，對草薙說了聲：「我們走吧。」就站了起來。

「這樣就可以了嗎？」

「對。」湯川點了點頭。

草薙向內海薰使了一個眼色後站了起來，然後向仙波和安西鞠躬道謝。

走出談話室後，他們走向電梯。三個人都默然不語，腳步聲聽起來格外大聲。

他們在等電梯時，聽到談話室的門打開的聲音。護理師安西推著坐在輪椅上的仙波走了出來，護理師看到他們三個人，微微鞠了一躬，但仙波深深垂著頭，雙手緊緊抓著什麼東西。即使站在遠處，也可以清楚看到是剛才那兩張照片。

「三宅伸子在遇害前一天，曾經和仙波見面，對不對？」走出安寧病房，回到停車場時，湯川終於開了口。

「對，在一家名叫『卡爾文』的店，他們以前常去那家店。」

「當時不知道他們聊了什麼。」

草薙聳了聳肩說：

「不知道，可能在聊彼此輝煌時代的事。聽當時的店長說，仙波哭了。」

「仙波哭了嗎？」湯川一臉完全瞭解的表情點了點頭，「原來是這樣。」

「到底是怎麼回事？你可不可以不要賣關子，說出來聽聽？」

但是，湯川看了一眼手錶後，拍了拍 Pajero 的車門說：

「要不要先上車？站在太陽底下聊這麼久會中暑，而且就像我剛才對仙波說的，我等一下還要回玻璃浦。」

草薙用眼神指示內海薰，她從皮包裡拿出了車鑰匙。

他們坐上了車，座位和來的時候相同。內海薰似乎已經記住了路，開車時完全沒有猶豫。

「你覺得三宅伸子為什麼去荻窪？」坐在後車座的湯川問。

草薙轉頭看著後方。

「這是塚原先生逮捕仙波後也一直想解開的謎團，塚原先生當時沒有查出理由，但只有一個可能，那就是三宅伸子去那裡找川畑節子。我說錯了嗎？」

「不，你應該沒有說錯，那她去找川畑節子有什麼目的？」

「應該是和仙波聊往事時想起了節子，然後覺得很懷念……」草薙說到這裡，搖了搖頭說：「不，不是這樣。」

「應該不是這樣。」湯川立刻回答，「要查出川畑節子的下落並不是一件容易的事，因為她們母女住在和原來的住址不同的地方。她可能透過以前當酒店小姐時的關係問到了，但應該也花了不少工夫。一定有相當的理由，才會花那些工夫找人。」

「應該是為了錢吧。」內海薰插嘴說：「三宅伸子當時很缺錢，我想她應該是去找川畑節子借錢。」

草薙打了一個響指，指著駕駛座上的後輩刑警說：

「沒錯！她和仙波聊天後，想到可以向節子借錢，是不是這樣？」他轉頭看著湯川。

「似乎只有這個可能，但這又產生了新的疑問，為什麼三宅伸子覺得只要去找川畑節子，就可以要到錢？如果她們關係很好，應該早就去了。」

「你說得有道理，而且據我打聽到的消息，並沒有聽說節子和三宅伸子關係特別好。」草薙抱著雙臂。

「雖然關係沒有特別好，卻可以要到錢，而且一定可以要到錢——什麼狀況下會這樣？」湯川繼續問道。

年輕女刑警再次回答了這個問題。

「可能掌握了對方的把柄。」

「把柄……有道理。」草薙點了點頭，「所以就是封口費。」

「沒錯，三宅伸子和仙波聊天之後，應該發現了有關川畑節子的秘密，那是只有節子和仙波知道的秘密，於是她就想到可以利用這件事向節子勒索錢。這樣就可以解釋她為什麼會在和仙波見面的翌日，特地跑去荻窪的原因了。」

「沒想到事情並不如三宅伸子的意，為了保守秘密，節子選擇了殺死對方的方法。這就意味著這個秘密很重大，到底是什麼秘密？湯川，你應該已經發現了吧？就趕快說出來吧。」

湯川把頭靠在座椅的頭枕上，視線看向斜上方。

「我剛才給仙波看的那張照片上的女子名叫川畑成實。」

「川畑？所以她是……」

「沒錯，她是川畑節子的女兒。」

「湯川老師，你剛才說，那個女人守護著大海。」

「沒錯，」湯川回答說，「她帶著悲壯的心情積極守護大海，我覺得有點不自然，甚至有點讓人不忍心。她並不是玻璃浦的人，為什麼要做到這種地步？以前是即使不惜一個人生活，也想要留在東京的女生，為什麼同意搬到鄉下地方？有一個假設可以解開這些謎團。她可能認為這是她的使命。」

「湯川，你該不會……」

「我起初也以為仙波是為川畑節子頂罪，但是，在那起事件發生時，他們應該已經有十多年沒見面了。即使是曾經愛過的人，也不可能為對方殺了人頂罪。只有超越男女感情的事，才有辦法讓他這麼做。想到這裡，我就想到了完全不同的可能性。仙波保護的並不是節子，而是節子生下的孩子。」

「你是說，川畑成實是仙波的女兒？」

湯川直視前方，用力吐了一口氣。

「這就是仙波和節子必須隱瞞的秘密，為了保護這個秘密，女兒變成了殺人兇手。」

58

仙波在護理師安西的協助下躺在床上，他的手上始終拿著照片。最近手指經常無力，但今天不一樣。

「如果有什麼狀況，可以隨時叫我喔。」安西說完，走出了病房。仙波暗自慶幸她什麼都沒問。

他聽到有人咳嗽的聲音。應該是吉岡。他似乎也是腦腫瘤。這裡是四人病房，上個星期還住了三個人，但從前天開始，隔壁的病床空了。那個病人八成死了。

頭漸漸痛了起來，同時視野也變得狹小。周圍被黑暗籠罩，很快地眼前什麼也看不到。剛才拿到的照片出現在狹窄的視野中。

照片上的女子似乎有點驚訝。她似乎坐在駕駛座上，小麥色的皮膚很耀眼。

而且——

仙波覺得她和節子年輕時一模一樣。最近經常分不清夢境和現實，記憶也經常產生混亂，但他細心呵護著某些回憶，避免遭到破壞。節子的事就是其中之一。只要閉上眼睛，就可以立刻回到那個時代。

那時候，仙波才三十出頭。他在一家商社工作，主要負責家電產品。他穿上西裝，拎著公事包在全國奔走。他的業績始終保持頂尖，帶客戶去銀座應酬時，即使金額再高，上司也都會核准，所以每個星期都會帶客戶去高級酒店好幾次。

他就是在高級酒店認識了節子。雖然她長相標緻，卻很不起眼。她不會積極和客人聊天，只是默默地為客人調酒。

當仙波聊到各地知名料理時，節子的態度有了變化。她平時總是意興闌珊，那一次雙眼發亮地聽他聊料理的事，簡直就像是在看紙娃娃木偶戲的小孩子。

在他們有機會單獨聊天時，仙波問她是不是喜歡料理。她的回答很明快。她說很喜歡，而且其實她不想在酒店上班，而是想去料理店打工，而且不是做服務生，想要下廚。但如果要當廚師，就要先學廚藝——

仙波聽了節子的話，想到了一家店。那家店就是玻璃料理店「春日」。因為他太太是玻璃人，所以當初基於好奇去了那家料理店，嘗到了絕讚好滋味，從此成為那家店的老主顧。那家料理店由矮小的老闆和漂亮的老闆娘兩個人張羅店內的大小事，目前正想找幫手。

仙波告訴節子這件事，節子說很想去看看，於是就在酒店打烊後，帶節子去了「春日」。

「春日」的老闆夫婦很中意節子，隔月之後，節子就站在料理店的吧檯內。三個月後，店裡的老主顧都親切地叫她小節，半年後，她已經成為料理店內不可或缺的人物。老闆娘送她的一件紅葉圖案的和服，成為她的註冊商標。仙波覺得她比之前在酒店當坐檯小姐時更有活力。

當時，「春日」每天營業到深夜，仙波每次應酬結束送完客人，都會去「春日」，看著節子的笑容，喝著燙過的燒酒配玻璃料理，成為他在銀座夜晚的句點。

「春日」的料理總是美味可口，但仙波發現自己常去的原因並不只是因為這個。無論再怎麼累，無論再忙，都忍不住想要去那裡坐一下，是因為去那裡就可以看到節子。他在不知不覺中深深被她吸引。

節子似乎也察覺了他的心意，仙波覺得和節子眼神交會時，彼此的心靈似乎產生了微妙的交集。

但是，仙波沒有勇氣和她有更進一步的發展。自己已經有了妻子，他告訴自己，只要能夠見到她，自己就該感到滿足。仙波不時帶其他熟識的酒店小姐去「春日」。這是一種障眼法，同時也是為了克制自己的感情。三宅伸子——理惠子就是他帶去「春日」的酒店小姐之一。

並不是只有仙波是為節子而去「春日」，甚至有人明目張膽地追求她，但節子總是巧妙應付。

但也有節子無法隨便敷衍的客人，那個人就是川畑重治。

仙波曾經好幾次在店裡遇到他，見面時彼此會點頭打招呼，但幾乎沒有交談過，但他似乎比仙波更頻繁造訪。

他是個好人。老闆和老闆娘都這麼稱讚他，說他體貼溫柔，為人誠懇，又是單身。只要嫁給他，一定可以得到幸福。節子似乎也不排斥。仙波總是笑著聽聽而已，但內心越來越焦躁。

有一天晚上，節子主動約仙波，在店打烊之後，要不要一起去喝酒。因為這是第一次，仙波很驚訝，當然沒有理由拒絕，於是他們一起去了一家營業到早上的葡萄酒吧。

節子特別興高采烈，說要開香檳。喝完香檳之後，又點了一瓶葡萄酒。他們喝得很快，轉眼之間就喝完了一瓶。仙波問她發生了什麼事，節子說沒事，只是今晚想喝酒。

仙波送酩酊大醉的節子回家，把她扶到床上躺下後，她雙手環住了仙波的脖子。仙波看到她眼中閃著淚光，就失去了抵抗的力氣。他情不自禁地緊緊抱住節子，親吻了她。

仙波在黎明時分離開，節子躺在床上閉著眼睛，但仙波猜想她並沒有睡著。

這是他們唯一一次發生肉體關係，之後在「春日」見面時，節子對他的態度和之前完全一樣，仙波甚至覺得那天晚上的事是一場夢。

不久之後，仙波聽說節子接受了川畑的求婚。仙波隱約察覺了那天晚上的意義，她用自己的方式下定了決心。

不久之後，節子辭去了「春日」，得知她順利結婚的消息，仙波為她的幸福舉杯祈禱。他決定忘記那一天晚上的事。

有一次，他聽說節子在結婚時已經懷孕的傳聞，頓時感到心神不寧。他一次又一次看了月曆，確認那天晚上的日期。

會不會是我的孩子——這個疑問一天比一天強烈。當他得知節子生了一個女兒時，費了很大的力氣才終於克制住想要衝去醫院的衝動。

仙波的妻子悅子因為體弱多病，所以醫生說她應該無法生孩子。仙波是在明白這件事的基礎上和她結婚，所以一直不願去想孩子的事。但想到也許這個世界上，有一個孩子繼承了自己的血脈，就感到坐立難安。

仙波猶豫再三，最後決定聯絡節子。因為他想知道真相。

很久未見的節子看起來比之前更加神采動人，臉上完全是母親的表情，就連說話的方式也很穩重。她說今天託人照顧孩子，仙波內心指望也許可以見到孩子的期待落了空。

他們稍微聊了彼此的近況後，仙波直截了當地問了自己內心的疑問。孩子的父親真的是川畑先生嗎？但節子絲毫不為所動，回答說，沒錯。她太平靜了，反而顯得很不自然。仙波看著她認真的眼神，確信她在說謊。

但是，仙波並沒有苦苦追問，只是拜託她一件事。他說想要一張孩子的照片。節子不願點頭，說要別人家小孩的照片很奇怪，但仙波仍然沒有放棄，說只要給他一張照片，之後就絕對不再提這件事。

節子這才終於鬆口。幾天之後，他們約在另一個地方見面，節子給了他一張照片。那是節子抱著嬰兒的照片。嬰兒有一雙大眼睛，皮膚像陶瓷般白嫩，仙波看著照片，眼淚就差一點流下來。

「謝謝。」仙波對節子說。他看向節子，發現節子雙眼也充血，但她似乎拚命忍住了眼淚。

我絕對不會告訴任何人，我會把這個秘密帶進棺材——仙波向她保證，然後又繼續說，希望她能夠讓這個孩子幸福。節子笑了笑回答說，不用你說，我也會讓這個孩子幸福。於是，仙波也笑了笑說，那倒是。

那張照片成為仙波的寶物，但那是秘密的寶物，不能給任何人看到。他放進盒子，藏在書房抽屜深處。

他打算從此不再和節子見面。雖然他隨時都想要見女兒，但把這種想法埋在內心深處。幸好那時候他剛創業，所以把心思都放在工作上，甩開了這些不必要的想法。

接下來的十幾年期間，他在社會的浪潮中載浮載沉。只有起初的時候，他認為自己創業成功，是人生的勝利者，當他回過神時，發現自己只剩下得了不治之症的妻子，和在東玻璃買的小別墅。

即使如此，在東玻璃和悅子共度的日子仍然很有意義。在失去一切之後，他才能夠冷靜回首走過的路。內心湧現的是對妻子的感謝，正因為她在任何時候都沒有半句怨言地默默在背後支持自己，自己才能夠有今天，他也為和節子之間的事，在內心向悅子道歉了好幾次。

悅子剩下的時間很短。仙波隨時陪伴在她身旁，盡可能滿足她所有的願望。但是，她並沒有太多要求，她說能夠看到故鄉的大海，就很幸福了。有一天，她說想要畫大海，仙波為她買來了繪畫的材料。她把畫布放在陽台上，每天慢慢畫一點。仙波看到悅子完成的畫後大吃一驚，因為他從來不知道妻子會畫畫。悅子叫他不要一直看，否則她會害羞。

悅子離開人世後，他再度回到東京，但並不是打算東山再起，只是想養活自己。他在老朋友的介紹下，在家電量販店工作。

這時，他遇到了意想不到的人。那個人就是理惠子——三宅伸子。雖然他們以前很熟，但在公司倒閉之後，就沒有再和她見過面。三宅伸子提出，這麼多年沒見面，一起去喝一杯。

仙波沒有多想就答應了，也許想要回味一下志得意滿的當年。他們吃了簡單的晚餐後，去了以前常去的「卡爾文」酒吧。三宅伸子很擅長傾聽，仙波才喝了兩、三杯，仙波就把至今為止發生的事都告訴了她。雖然三宅伸子從仙波的衣著就可以看出他已經失去了當年的威風，但聽了仙波說的狀況之後，似乎終於確信了這件事。三宅伸子聽到一半，就難掩臉上的失望。所以她原本應該打算向仙波借錢。

就在那之後，仙波犯下了再怎麼懊惱，也無法挽回的過錯。他想要買香菸，拿出皮夾時，夾在皮夾裡的照片掉了。就是那張照片——節子送他的那張嬰兒照片。三宅伸子撿起照片，問他是誰的孩子。

仙波回答說，是朋友的孩子，但連他自己也感到不自然。三宅伸子說，她好像看過抱著嬰兒的女人身上的紅葉和服。仙波心頭一驚，沒有說話。

三宅伸子明顯已經發現了。她說保證不會告訴任何人，希望他可以說實話。

仙波最擔心她胡亂猜測，然後到處亂說，於是就在無奈之下告訴了她。他覺得三宅伸子的樣子看起來很誠懇，應該可以相信她的話，相信她不會去告訴別人。

仙波說完之後，三宅伸子叫他等一下，然後站了起來。當她走回來時，把一張便條紙放在仙波面前，上面寫了地址和電話號碼。

她說她打電話去「春日」，冒用了以前和節子很熟的小姐名字，問到了節子的聯絡方式。

三宅伸子問他，要不要去和節子見面，還說看一眼應該不會有問題。仙波搖了搖頭，說沒這個必要，這件事只要藏在自己的心裡就好。仙波說著說著，忍不住流下了眼淚。他知道自己可能喝醉了。

但是，三宅伸子調查節子的聯絡方式另有目的。兩天後的早晨，他才知道這件事。他看晨間新聞時，看到了三宅伸子遭到殺害的消息。得知她遭到殺害的地點，立刻臉色發白。因為就在前幾天便條紙上所寫的節子住家附近。

他在猶豫之後，打電話給節子。在撥電話時，很擔心電話沒有人接，因為他無法擺脫節子殺了三宅伸子的可怕想像。

但是，電話接通了。聽到節子說「我是川畑」的正常聲音，他鬆了一口氣。仙波報上自己的姓名後，節子並沒有感到困擾。她說她丈夫隻身在外地工作。

仙波告訴她前天晚上的事，說明是因為擔心節子母女和這起案件有什麼關係，才打了這通電話，沒想到節子的態度立刻變得很奇怪。她昨天深夜才回家，沒有和女兒打照面，女兒雖然在自己房間，但早上到現在還沒起床。

節子說，她去察看女兒的情況，於是仙波掛上了電話。接下來的時間感覺格外漫長。

內心的不安讓他快要吐出來了，全身起了雞皮疙瘩。

終於等到了節子打來的電話，卻說了令他絕望的事實。女兒刺殺了三宅伸子，桌上有一把沾滿鮮血的菜刀——節子哭著告訴他。

他沒有時間問為什麼會發生這種事。在等待節子的電話時，仙波已經想到了最糟糕的情況，也作好了心理準備。如今只能付諸行動。

仙波對節子說，把菜刀拿給他，他會想辦法。節子有點不知所措，但仙波沒有時間向他解釋，決定時間和地點之後，就掛上了電話。

他打量家裡，幾乎沒有任何捨不得的東西，只有悅子的畫，他捨不得丟。於是就用方巾包起，走出了家門。

仙波在約定的地點從節子手上接過菜刀。節子似乎已經察覺到他的打算，有點猶豫，不知道是否該這麼做。仙波勸誡她，母親當然應該保護女兒。

仙波接過菜刀後，把那幅畫交給了節子，希望在日後重逢的那一天之前為他保管。

當他準備離開時，節子要他看向對面的咖啡館。他看到一個身材苗條的長髮女生垂著雙眼，坐在窗邊的座位。仙波看到那個女生感到驚愕不已，因為她太像仙波夭折的妹妹。

如此一來，就沒有任何遺憾了。他向節子道謝。

仙波從枕頭下拿出了袋子。袋子裡有幾張照片，他拿出其中一張，就是節子那天給他的嬰兒照片。

他把照片和那個姓湯川的學者留給他的照片比較後，發現仍然有嬰兒時的影子。不知道她成為怎樣的女生，不知道她說話時是怎樣的聲音。雖然很希望能夠在死之前見一面，但這是無法實現的夢想，也不能試圖實現。因為一旦這麼做，之前的努力就白費了。記憶再度飛回十六年前，他在江戶川區的一棟舊公寓內。

他料到警察很快就會上門。因為警方一旦查明死者是三宅伸子，就會查到前一天晚上，她曾經在「卡爾文」和仙波見過面。

刑警果然上門了，那是一個滿臉精悍的男人。仙波拒絕刑警進屋，他的目的當然是讓刑警懷疑他。

刑警雖然離開了，但不可能真的離開，他確信刑警一定躲在哪裡監視自己。仙波明知如此，還是離開了公寓，抱在胸前的皮包裡放著節子交給他的菜刀。

他來到附近的排水溝後四處張望，這是故意演戲給跟蹤的刑警看。他的演技奏效，不一會兒，剛才上門的刑警立刻跑向他。

仙波跑了起來，他不顧一切地奔跑。原本擔心自己真的會逃脫，但顯然是杞人憂天。刑警的體力很好，他立刻被抓到、制伏了。

他很快遭到正式逮捕，接著遭到起訴，在審判中被判有罪。無論在哪一個階段，仙波的供詞都沒有遭到懷疑，只有一個人——逮捕他的刑警塚原提出了疑問。

塚原問他，為什麼不把皮包丟掉？他在逃跑時，可以把皮包丟進排水溝。雖然在排水溝打撈，可能會找到皮包，但至少可以爭取時間。如今在他的皮包中發現了菜刀，所以被以現行犯逮捕。

仙波堅稱他沒有想到，因為只顧著逃跑，甚至忘了皮包裡有兇器。

塚原似乎難以接受，但仙波並沒有改變供詞。

監獄的生活並不輕鬆，但只要想到自己在這裡，女兒就可以平靜過日子，他就全身充滿力量，覺得自己活著也有了意義。

出獄之後，他去找了在獄中認識的人，那個人介紹了廢品回收的工作給他。雖然薪水低得出奇，他只能住在又小又破的房子，但他覺得只要活著就很幸福。

然而，這種微不足道的幸福也無法持續太久。為仙波介紹工作的人偷了公司的錢逃走了，公司倒閉，仙波失去了工作，也失去住的地方。

他只能開始當街友。他知道街友都在哪裡，所以就去向他們求助。他們都很親切，耐心地教他如何討生活。

但是，他的考驗並沒有結束。從某個時期開始，他的身體不聽使喚，而且頭痛欲裂，經常無法入睡，有時候甚至無法說話。之前每週都會去煮食的地方領餐，如今也無法再去了。

他知道自己得了嚴重的疾病，其他街友都很照顧他，但完全沒有好轉的跡象。因為他沒有去看醫生，病情當然不可能好轉。

就在這時，意想不到的人出現在他面前。

是塚原。原來他多年來一直尋找仙波，得知仙波的病情之後，不知道透過什麼方法，讓仙波住進了醫院。

但那並不是普通的醫院，而是癌症末期病人入住的安寧病房。院長告訴他，他得了無法治療的腦腫瘤。

他並不感到悲傷，反而鬆了一口氣。他很滿意自己能夠在設備良好的地方走完人生。這一切都多虧了塚原。

正因為這個原因，每當塚原拜託，希望他能夠說出真相時，他就因為滿滿的歉意感到心痛。原來塚原對當年的事件耿耿於懷，一直在尋找仙波的下落。雖然仙波搞不懂他為什麼要做到這種程度，但也覺得是塚原的個性使然。

「我知道你在袒護別人，而且那個人對你很重要，但是，這樣真的好嗎？你不想通知對方，你目前的狀況嗎？你不想和那個人見面嗎？你說說看。」

塚原每次來探視他，就坐在病床旁，一直重複相同的話。仙波覺得對他說謊越來越痛苦，最後在塚原保證，絕對不會告訴別人，會把一切埋在心裡之後，他漸漸動了心。

最後，他終於說出了一切。當時，他說話已經非常吃力，花了很長時間才說完，但塚原幾乎沒有插嘴，靜靜地聽他訴說。

謝謝你告訴我，我會遵守約定。塚原聽完之後，這麼告訴他。

塚原的確沒有把真相告訴別人，但發揮了刑警的查訪技術，調查到節子母女目前的下落。當仙波得知他們回到了川畑的故鄉玻璃浦時，內心深處湧起一股暖流。

而且，塚原還從網路上發現了令人好奇的消息。在以玻璃浦為中心投入環保活動的澤村元也這個人寫的文章中，發現了一個叫川畑成實的女人。他們大力反對玻璃浦的海底資源開發，八月會舉辦相關的說明會，而且塚原也掌握到目前正在招募參加者，於是就問仙波，要不要一起去？

「你並不是去見她，只是遠遠看她而已。難道你為女兒付出這麼多，不想看女兒一眼嗎？別擔心，我會陪你一起去，我會為你推輪椅。」

塚原的提議讓仙波動心，如果真的可以看到女兒，他就沒有任何遺憾了。但他最後並沒有點頭。因為一旦像自己這樣的重症病人出現在那個場合，一定會很引人注意，而且也可能因為什麼原因導致自己身分曝光，萬一會對節子和成實造成困擾就慘了。

塚原似乎在未徵求仙波同意的情況下，就去報名參加了。有一天，他走進病房時，出示了一封信。裡面是說明會的參加證。他為兩個人報了名，但只有抽中一張參加證。

「去吧，我會在會場外面等你。」塚原說。

仙波搖了搖頭。他很感謝塚原的心意，但他仍然沒有改變想法，而且他的身體已經力不從心了。他的病情迅速惡化，無法長時間移動。

「那就沒辦法了。」塚原說。這是他最後一次提這件事，也是最後一次去看仙波。

沒想到塚原並沒有放棄。他獨自去了玻璃浦，想去見節子和成實。不，他一定見到她們了。

結果發生了什麼事？他不敢想像下去，但事實應該如他的想像。

仙波的內心因為深深的懊惱起伏不已。為什麼自己沒有阻止塚原？當塚原出示參加證時，自己應該撕掉。

仙波注視著嬰兒的照片，小聲嘀咕說「對不起」。因為我的關係，害妳們又犯下了大罪。但是，我會保持沉默，會沉默到死，所以請妳們原諒愚蠢的我——

59

品川車站出現在前方。路上有很多車，有點塞車。

「停車，我在這裡下車。」湯川做好了下車的準備。

內海薰把 Pajero 停在路肩，湯川打開了車門。「謝謝，幫了我的大忙。」

「等一下，我送你去驗票口。」草薙解開了安全帶。

「不用了，這裡離車站還有一段距離。」

「別這麼說——妳先回去吧。」草薙對內海薰說完，也下了車。

他們看著被車子塞成一團的街道，走向車站。雖然已經八月底了，但陽光還是和盛夏一樣熾烈。身上立刻噴出了汗水，灰塵黏了上來。

「真相在黑暗中。」湯川突然開口，「雖然說了很多假設，但離推理還差得很遠，只能說是我的想像。認為應該是成實刺殺了三宅伸子的假設，也只是因為這麼一想，很多疑問都迎刃而解，但並沒有任何具體的證據，而且也有很多不明之處，甚至不知道成實是仙波的女兒這個前提是否成立。如果確有其事，川畑重治是否知道這件事，又是否知道成實是殺人兇手。如果他知道的話，又是什麼時候知道的。有太多未解之謎了，只有當事人說實話，才能真相大白，但我可以斷言，不可能發生這種事。」

「那塚原先生被殺的事會如何落幕？」

「不應該說被殺，應該說他是非正常死亡，但其實都一樣。既然三宅伸子遭到殺害的案件已經解決了，塚原先生被殺的理由也就不存在了。」

「但是可以將川畑一家和塚原先生連結起來。塚原先生逮捕了仙波，仙波又和節子有交集。」

「的確，但是，三十多年前在小料理店工作的店員和客人之間的關係，到底有多少意義呢？」

「但如果說是巧合，有點說不過去。」

「是這樣嗎？我倒認為這個世界上有太多這種程度的巧合。總之——」湯川用力嘆了一口氣，「如果仙波不說出真相，就無法瞭解事件真正的真相，但他絕對不會說。他已經扛下罪責，順利服完刑，保護了他所愛的人，他不會浪費自己的努力。他會帶著秘密走完人生，而且他知道已經不會等太久了。草薙，這次你們輸了。」

湯川的話聽起來有點冷淡，但草薙無法反駁。因為湯川說的完全正確。

他們走到了品川車站，湯川說：「那我走了。」然後走向驗票口。

「湯川，你覺得這樣好嗎？」草薙對著湯川的背影問，「結局沒問題嗎？不是會扭曲某個人的人生嗎？你不預防嗎？」

湯川回過頭說：「當然不好。」他的聲音很響亮，「所以我要回去玻璃浦。」

「湯川……」

「再見。」湯川說完，把手上的上衣搭在肩膀上，再度邁開了步伐。

60

姓磯部的警部坐在節子對面，坐在旁邊記錄的是一名年輕刑警，但並不是成實的同學西口。

「冷氣沒問題嗎？會不會太冷？」磯部問。雖然他板著臉，但夾在厚實的眼皮之間的小眼睛透露出關心的神色。節子猜想他是因為工作的關係，需要經常露出冷淡的表情，久而久之，就變成了習慣，最後就變成了這樣的臉。以前在「春日」工作時也經常遇到這種客人，他們並不是不高興，只是覺得做出柔和的表情很難為情。

「剛好。」

節子回答，磯部輕輕點了點頭，然後低頭看著剛才的筆錄。

偵訊室的環境並不差，空調的溫度適宜，兩名刑警都不抽菸，所以空氣也不混濁。說到偵訊室，總覺得會有人隔著單向透視玻璃，在隔壁房間監視，但這裡並沒有這種東西。

「好，那我再確認幾個細節問題。」

磯部說了這句開場白之後，問了旅館的經營狀態、是否曾經討論過鍋爐的檢查和修理問題，以及如果曾經討論過，是否知道大約要花費多少錢之類的問題。節子認為沒必要說謊，就照實回答了。

她發現一切似乎都很順利。警方打算用業務過失致死和棄屍這兩條罪名偵結這起案件。只要能夠永遠隱瞞十六年前的那件事，自己和丈夫被以這種程度的罪名逮捕根本不是問題。

「看來經營相當辛苦啊。」磯部聽了節子的話，抓著頭嘀咕道：「話說回來，每家旅館應該都差不多。」

節子默默點頭。雖然覺得早知如此，應該更早歇業，現在說這種話也太遲了。

「被害人為什麼偏偏挑中你們家的旅館呢？你有沒有聽他提起？不是都由妳負責為他送晚餐嗎？」

節子偏著頭說：「我只是向他說明菜色而已。」

「這樣啊。」磯部撇著嘴角，點了點頭。他可能認為這並不是太重要的問題。

磯部對負責記錄的刑警說了幾句話之後，他們就一起走了出去。節子看著裝了鐵窗的窗戶，發現天空有一抹淡淡的紅色，暮色正漸漸逼近。

那天的朝霞很燦爛——她想起了十六年前看到的景色。

記得那天是星期天。節子在前一天晚上和以前的朋友見面，很晚才回家。那天晚上喝了點酒，回家的路上，看到住家附近有很多警車，她以為發生了車禍。她到家時已經快深夜十二點了。

隻身在外地工作的重治當然不在家。她去當時還在讀中學的成實房間張望了一下，發現雖然關了燈，但看到了成實躺在床上的輪廓。節子放了心，靜靜地關上了門。

隔天早晨，被意想不到的人打來的電話吵醒了，是仙波英俊。她感到既驚訝，又尷尬，同時又有一絲懷念。雖然有點不知所措，但並不會感到不高興。

只不過她無暇沉浸在這種甜蜜的感情中。仙波是因為重要的事才一大清早打電話來，節子聽了他說的內容，簡直是晴天霹靂。理惠子——三宅伸子竟然遭到殺害，而且現場就在節子她們住的地方附近，而且仙波還說了讓她眼前發黑的事。三宅伸子似乎察覺了成實出生的秘密。

節子掛上電話後，走去成實的房間。她仍然躺在床上，像胎兒一樣縮著手腳，整個人蜷縮成一團。她沒有睡著，臉上有淚痕。節子立刻知道，她哭了整整一個晚上。

書桌上有一把菜刀。那是節子平時使用的菜刀，上面沾了深紅色的污漬。除了刀刃，刀柄上也沾滿了鮮血。

節子愣然地愣在那裡，然後情不自禁地看向窗外。朝霞把遠處的雲染成了可怕的紅色，彷彿預示著她們母女今後的命運。

她質問成實，到底發生了什麼事？這把菜刀是怎麼回事？她要求成實說實話。

但是，殺了人之後，思考陷入混亂的中學女生根本不可能冷靜地說明情況，但她總算瞭解到有一個陌生女人突然來家裡，對成實的出生說了很多莫名其妙的話。女人離開之後，成實就走進廚房拿了菜刀，追上去殺了她。

節子有好多疑問，但即使問情緒已經崩潰的成實，也問不出結果。到底該怎麼辦？這件事不能告訴重治，只能向仙波求助。

她打電話給仙波說明情況後，仙波立刻向她發出了指示，叫她把菜刀交給他，說他知道該怎麼做。

難道他想頂罪嗎？他是不是想為成實頂罪，然後去自首？如果他這麼想，自己必須拒絕，不能讓他這麼做。

然而，想到成實的將來和人生，就忍不住思考該如何協助她擺脫眼前的困境。如果可以，她很想自己為成實頂罪，但諷刺的是，自己有不在場證明，而且也找不到殺人動機。她絕對不能說出成實出生的秘密。

她猶豫再三，最後還是按照仙波的指示，帶著菜刀走出了家門，而且也叫成實和她一起去。

雖然覺得不能讓仙波這麼做，但內心還是期待他的好意。因為她想不到其他可以拯救成實的方法，覺得自己應該會接受他的提議。果真如此的話，至少要讓他看一眼成實長大的樣子。因為他是成實的親生父親。

仙波出現在約定地點，他看起來很憔悴，可以察覺到他經歷了許多苦難，但他們無暇談論往事。

仙波果然決定要為成實頂罪，詳細詢問了殺害當時的情況。節子把勉強從成實口中問出來的內容告訴了他，同時問他這樣真的好嗎？母親當然要保護女兒，妳不可以猶豫——仙波的這句話用力推了她一把。

兩天後，她看到仙波被逮捕的新聞。新聞中說，他準備銷毀證據時被跟蹤的刑警發現，順利逮捕了他。節子很意外仙波沒有去自首。可能他判斷這樣更容易騙過警察。他為了保護成實，不惜加重自己罪行的堅定父愛，讓節子覺得自己的心都快碎了。

他應該在遭到逮捕前做好了充分的準備，從報紙和電視新聞的報導來看，仙波的供詞並沒有被懷疑，刑警也沒有來找過節子母女。

節子把一切都告訴了成實。成實似乎很受打擊，四天沒有去學校上課。隨著事件相關報導逐漸減少，成實漸漸恢復了平靜，也許冷靜地正視了自己做了什麼，以及誰救了自己一命。

這件事必須瞞著重治，這成為她們母女之間的默契。那次之後，她們幾乎不曾談過這件事，但也不可能忘記。這件事在她們母女的內心都成為一道無法消失的傷痕，無論遇到任何事，都會喚醒這份隱隱的痛楚，影響她們的人生。節子也很清楚重治提議要搬回玻璃浦時，之前一直很消極的成實表示贊同的心境。

在玻璃浦的新生活平靜而幸福，成實好像覺醒般投身於環境保護運動的身影令人心痛，但節子覺得也許能夠稍微淡化她內心的罪惡感，於是就默默守護她。當她把仙波的太太畫的畫掛在「綠岩莊」的大廳時，節子也沒有制止她。

一家人就這樣在玻璃浦生活了十五年。雖然從來不曾忘記仙波的事，但記憶的確漸漸蒙上了一層霧靄。

塚原正次吹散了這層霧靄。節子為他送上晚餐時，他突然說：「……先生住院了。」節子沒有聽到名字的部分，於是問他：「是誰住院了？」塚原舔了舔嘴唇，露出有點僵硬的笑容。

「仙波先生。仙波先生住院了。」

節子知道自己的表情僵住了。她說不出話，嘴唇不停地顫抖。塚原見狀，壓低了聲音說，他之前是警視廳的刑警，負責偵辦荻窪的那起殺人案件。

節子的心臟用力跳了起來，耳朵都可以聽到自己噗通噗通的心跳聲。

「妳不要害怕，我並不是想要挖陳年往事，」塚原說：「只是有一事拜託，所以才會來這裡。」

「什麼事？」節子問。她好不容易才擠出這句話，但無法克制自己表情僵硬。

塚原注視著節子的眼睛說，希望成實去探視仙波。

「他來日不多了，可能撐不到一個月。我希望在他死之前，能夠讓他和自己用生命保護的人重逢，這是我……對自己在十六年前犯下大錯所能做的補償。拜託了。」

塚原深深地鞠躬拜託。

節子看著他的態度，內心的慌亂漸漸平靜下來，瞭解到眼前這個人並不是要揭露成實的罪行，只是同情仙波。

即使這樣，也不能輕易對他敞開心房。節子努力保持鎮定，然後裝糊塗說，聽不懂他在說什麼。仙波先生是誰？應該和我們沒關係。

「這樣啊，真是太遺憾了。」塚原只是露出悲傷的表情，並沒有再多說什麼。

節子把料理放在桌上後走了出去，發現重治站在走廊上。節子大吃一驚，問他在幹什麼，他說沒幹什麼，只是剛好路過，但臉上完全沒有任何表情。

節子懷疑重治偷聽到了剛才的談話，但無法向他確認，只能默默目送拄著拐杖遠去的丈夫。

之後，節子帶湯川去了居酒屋，陪他稍微喝了一會兒之後，離開了居酒屋，但又擔心回到旅館，塚原不知道又會說什麼。她在店門口打發時間，結果遇到了成實和澤村等人一起來居酒屋，澤村說要送她回家，她只好回家了。

之後的情況就如同對警方的供詞。回到「綠岩莊」，看到重治茫然地坐在大廳，說鍋爐發生意外害死了客人。他說要報警，節子也認為這樣比較好，但澤村表示反對。他說為了保護玻璃浦，最好偽裝成其他意外。雖然他們爭論了一番，但最後重治和節子都同意了澤村的意見。

節子也希望塚原死在和自己無關的地方。這是她內心的真實想法。即使是意外，她也想要避免在偵查過程中，塚原和自己一家人扯上關係。

更何況——

真的是意外嗎？她對此產生了疑問。

即使重治聽到了自己和塚原的對話，應該也不知道他們在說什麼，但是，如果重治對十六年前的案件有所察覺呢？

案件發生時，重治在名古屋，但他可能知道三宅伸子遭到殺害，和仙波遭到逮捕的事。因為重治認識他們兩個人，而且得知案件就發生在節子和成實住的地方附近，他會怎麼想？

而且，他應該已經察覺到，成實並不是自己的女兒——

雖然節子從來沒有問過重治，但心裡很清楚，重治知道這件事。他在知道這件事的基礎上，努力把成實當成自己的女兒。

重治很聰明，不可能不會認為案件和節子母女有關，但他從來沒有提過那起事件，這反而讓節子更加確信。

重治突然強烈要求搬回玻璃浦，應該也和那起案件有關。他也許想要早日帶著妻子和女兒離開可怕的地方。

這一切都是節子的想像，但如果事實如她的想像，然後重治又聽到了塚原的話，會有什麼想法？

他會不會認為塚原是不吉利的使者，將推開一道門，通往想要埋葬的過去？是否認為如果不消滅塚原，就會造成全家人的毀滅？

但是，節子不瞭解真相，她從來沒有問過重治：「真的是意外嗎？」只要重治不說，她也不打算問，可能一輩子都會這樣。

因為節子比任何人更清楚，自己和重治都只能這麼做。

61

敬一又在打電話，打電話的對象還是由里。恭平似乎可以看到母親不耐煩的表情，忍不住憂鬱起來。

「我也很無奈啊，他說還要在這裡多住一天……我也不知道，說好像暑假作業什麼的……我不知道，那妳自己跟他說……嗯，那我叫他來聽電話。」敬一把手機遞到恭平面前說：「是媽媽，她說要自己問你。」

恭平無力地接過電話，也很氣爸爸沒有向媽媽解釋清楚。

「喂？」他對著電話說。

「這是怎麼回事？」電話中傳來由里尖銳的聲音，「不是已經把所有的事都告訴警察了嗎？既然這樣，那就趕快來這裡啊，到底為什麼還要多住一天？」

由里一口氣問，而且說話很大聲，恭平忍不住把手機拿遠一點。

「因為還有作業啊。」他小聲地說。

「作業？什麼作業？你來這裡再寫就好。」

「沒辦法啊，我要他教我寫嘛。」

「誰教你寫？」由里問。恭平很不耐煩，覺得媽媽很煩。

「住在姑丈旅館的人，他是大學老師。」

「老師？他為什麼教你寫功課？」

「為什麼……因為我和他聊到功課的事，他就說要教我，現在也和我們住在同一家飯店，但他今天出去了，要到晚上才會回來。」

「是喔。」由里發出了懷疑的聲音，「非他不可嗎？反正有爸爸，媽媽也會幫你，不是每次都這樣嗎？」

「他說這樣不行，他說不是自己做的，就無法真正學會。」

由里沉默不語。因為兒子說的話完全正確，所以她想不到要怎麼反駁。

「算了，那就這樣，你叫爸爸聽電話。」

恭平把電話交還給敬一後，打開玻璃門，走去陽台。這裡可以看到下方的泳池，恭平掃視泳池周圍，沒有看到湯川的身影。現在才下午三點多。

他從櫃檯得知湯川晚上才會回來後，一度打算放棄。但是回到房間，在整理東西時左思右想，還是想要在離開之前，最後和湯川見一面。他想要見到湯川，和湯川說說話。於是就拜託敬一，希望在這裡多住一晚。

雖然他沒有說明確的理由，沒想到敬一很乾脆答應了。也許他猜想兒子一定有什麼重要的理由，才會提出這樣的要求。

敬一打完了電話，由里似乎終於同意了。

「但明天下午一定要回去。」

恭平聽了爸爸的話，點了點頭。

既然剛才對媽媽說了那些話，現在當然不能玩耍。恭平坐在房間的桌子前寫功課，而且他也沒有心情玩，現在無論做什麼都不開心。

「爸爸去警局一下，打聽看看姑姑和姑丈的情況。雖然不知道他們願不願意告訴我。」敬一說完就離開了。

晚上六點多時，敬一回來了，他說沒有任何成果。「雖然我好說歹說，但他們什麼都不肯告訴我，我只好在外面轉了一圈。」

恭平也沒有成果。他一直在想其他事，根本沒辦法專心寫功課。

他們決定去一樓的餐廳吃晚餐。恭平點了炸蝦，這是他愛吃的食物，大盤子裡有三尾炸蝦。

咻咻砰。這時，他聽到了熟悉的聲音，情不自禁看向海岸的方向。

「在放煙火嗎？」敬一說：「好像有人在海邊放高空煙火。」

才不是，那不是高空煙火，那是蜂炮——恭平正想這麼說，想起了那天晚上的事，頓時覺得喉嚨下方好像被什麼東西卡住了，那個東西像鉛塊般沉重，壓在他的心上。

恭平搖了搖頭，放下刀叉。就連最愛的炸蝦也吃不下了。

「怎麼了？不舒服嗎？」敬一問他。

恭平搖了搖頭，「不是，我只是吃飽了。」

「吃飽了……」

就在這時，恭平看到湯川從餐廳外走過去。他立刻跳下椅子，跑過去叫著：「博士。」

湯川停下腳步，轉過頭，看到恭平，露出一絲困惑後，放鬆了臉上的表情。

「原來是你，你還在這裡嗎？」

「博士，我不知道該怎麼辦？我不能告訴爸爸、媽媽，其實好像也不能告訴你——」

恭平不顧一切地說了起來，湯川把食指放在嘴唇上，好像在制止他，然後又指向恭平問：

「你是說放煙火那天晚上的事嗎？」

恭平點了點頭。他果然什麼都知道。

「這件事我們明天再說，今晚你就好好睡覺。」湯川說完，沒有聽恭平的回答，就轉身離開了。

62

成實在網路上查了各種報導，但都沒有看到案件的後續報導，只有昨天傍晚，刊登了一篇名為「玻璃浦墜落身亡的遺體其實是中毒身亡　旅館老闆等人故布疑陣？」的簡短報導。對社會大眾來說，這並不是重大事件。

但是，對成實等當事人來說，這起事件當然很重大。成實很想知道父母目前的狀況，卻無計可施。她曾經打電話給西口，西口說：「對不起，我也不瞭解詳細情況，但他們兩個人都很好。」他可能無法隨便透露消息。

西口對成實說，等案件告一段落後，再找時間慢慢聊。成實回答說，她考慮一下，因為現在根本沒有心情想這些事。

她心不在焉地看著徵人廣告，聽到有人走上樓梯的聲音，門打開了。

「成實姊，下面有客人。」若菜說。

「客人？來找我嗎？」成實摸著自己的胸口，「是警察？」

「不是，他說想要潛水，希望由川畑成實小姐帶路，還說你們之前約好了。」

成實回想著什麼時候和人約過，立刻想到了一個人。

「是不是很高的男人？」

「沒錯。」

「我知道了。」成實點了點頭，站了起來。

沿著樓梯下樓，果然看到湯川的身影，手上拿著店裡賣的貼紙。

「你好。」她向湯川打招呼。

湯川轉頭看向成實，露出笑容說：「上次謝謝妳。」

「我才要謝謝你……你怎麼知道我在這裡？」

湯川把手上的商品放回原處。

「我去了玻璃分局，說想要確認住宿費的事，希望可以和『綠岩莊』的負責人見面，他們就告訴我，妳目前在這裡。」

「你去分局……」

成實想問他目前的狀況，但最後決定作罷。因為湯川不可能知道重治和節子的情況。

「我今天要離開這裡。」湯川說。

「今天？你的研究結束了嗎？」

「接下來的事交給德斯梅克的人，因為大學要開學了，所以我想在臨走之前看一下妳引以為傲的玻璃浦的大海，妳之前說可以帶我去看。」

「雖然我說過……」

「不好意思，」後方傳來說話聲，若菜不知道什麼時候走了過來，「如果你不介意，我可以帶你去看。因為成實姊最近發生了很多事，我想她應該很疲累，突然潛水的話，萬一身體出狀況就慘了。」

湯川露出沉思的表情點了點頭，看著成實說：

「如果是這樣，那我就不勉強了，原本打算讓妳帶我去看海，順便可以和妳聊一下。」

成實看著湯川，他眼鏡後方的雙眼露出從未有過的嚴肅眼神，但也同時可以從那雙眼睛中感受到前所未有的溫柔。成實察覺到，他有話要告訴自己。

「潛水要做各種準備，所以沒那麼簡單，但如果是浮潛，我可以帶你去。」她說：「浮潛也可以充分體驗到大海的美麗。」

「浮潛嗎？當然也不錯，應該說，這樣反而更好。」湯川拿起架子上的蛙鏡，若無其事地說：「雖然我上次對妳說，我有潛水執照，但其實是騙妳的。」

大約一個小時後，成實和湯川一起在海中。那裡是她迷上浮潛的地點，離海水浴場和潛水的熱門景點都有一段距離，是所謂的秘境。只要稍微向海上游一小段距離，海水就一下子變深，呈現完全不同的景象，海底的顏色會呈現漸層的變化，可以充分感受豐富的海底生物世界。

成實覺得這片海洋拯救了自己。如果沒有這片海洋，不知道自己會變成什麼樣。光是想像這件事，她就感到害怕。

十五年前，當她來到這裡時找不到人生的目標，甚至對像自己這種人是否該活著產生了疑問。她覺得自己殺了人，卻把罪責推到別人身上，根本沒有追求幸福的權利。

當時的感覺——

把菜刀刺進女人身體的感覺，至今仍然留在她的手上，應該一輩子都無法消失。自己為什麼會做那種事？她無論怎麼想，都無法想通這件事。只能說，當她回過神時，發現自己採取了行動。

但是，她可以回想起在做這件事之前的想法。她覺得一切都會被摧毀，害怕自己和家人平靜的生活將毀於一旦。

她想起那個女人——三宅伸子說的話。當三宅伸子得知節子不在家時，露出了遺憾的表情，但仔細打量成實的臉後，擦著鮮紅色口紅的嘴唇揚起了微妙的角度。

「沒錯，果然很像。」

「妳說什麼？」成實問。事後回想起來，覺得自己不應該問她。

三宅伸子用鼻孔吐氣，露出了令人討厭的笑容。

「妳叫成實吧？別人是不是常說妳不像爸爸？」

成實驚訝地瞪大了眼睛。三宅伸子似乎對她的反應感到很滿意，呵呵地笑了起來。

「看來我說對了，別擔心，只有我一個人知道真相。」

成實覺得火冒三丈。

「什麼意思？妳不要胡說八道！」她尖聲說道。

「才不是胡說八道，是很重要的事。不過還真是太像了，嘴巴根本和那個人一模一樣。」三宅伸子肆無忌憚地打量成實的臉。

「閉嘴！我要告訴我爸爸。」

女人張大嘴巴，故意做出驚訝的表情。

「妳儘管跟妳爸爸說，我會把真相告訴妳爸爸，到時候會怎麼樣呢？妳和妳媽媽都會被趕出家門吧？不跟妳說了，妳告訴節子，我改天再來找她。妳這是什麼表情？瞪我有什麼用，妳也沒幾天可以神氣了。」

她那張紅色嘴唇的動作留在成實的眼中，當紅唇的殘影消失時，三宅伸子已經走出了玄關。

成實陷入了混亂，想不出到底該怎麼辦，但身體採取了行動。她去廚房拿了菜刀追了上去。

雖然她陷入忘我的狀態，但意識深處有一個想法。那就是——我就知道。她從很久以前，內心就有一個疑問，覺得自己也許不是爸爸的女兒。

最初的契機是某天晚上發生的事。重治去參加學生時代的同學會，難得喝得酩酊大醉回來，甚至無法好好走路，他想要喝水，結果在公司宿舍的廚房跌倒了。節子想要把他扶起來，他也不願意起來，而且突然打了節子一巴掌。因為爸爸從來不曾對家人動粗，所以成實很震驚，節子也愣住了。

「不要抱怨，妳不要對我抱怨！」爸爸的聲音很可怕，成實以前從來沒有聽過爸爸這樣說話。而且他從懷裡拿出皮夾，把放在裡面的照片丟在地上。成實知道，那是一家三口的合照。「大家都說不像，大家都笑我，怎麼可能像我嘛。」

重治醉得不省人事，然後就睡著了。節子一動也不動地注視著丈夫。

隔天，重治又變回一如往常的溫柔爸爸、心平氣和的丈夫，然後向節子和成實道歉，說他昨晚喝太多了，什麼都不記得了。

那次之後，重治從來沒有再發過脾氣，那是他第一次，也是最後一次說那種話。成實也沒有問節子任何問題，但始終無法忘記那天晚上的事。

那個叫三宅伸子的女人清晰地喚醒了那個可怕的記憶，照這樣下去，我們家的生活會全都毀在她的手上。

路燈照亮了女人的背影。成實雙手握緊菜刀衝了過去。在那個瞬間，她完全沒有想到那是犯罪，也沒有想到一旦殺了人，就要去坐牢。

之後的事都記不太清楚了。當她回過神時，發現自己蜷縮在床上，一整晚都沒闔眼，一直顫抖到天亮。

節子質問她時，她說出了事情的經過，但說得不清不楚，因為她自己的記憶也很模糊。她在節子的命令下換了衣服，走出了家門。她完全不知道要去哪裡，要做什麼，也不知道會有什麼結果。

幾天之後，她才知道發生了什麼事。令人驚訝的是，警方逮捕了殺害三宅伸子的兇手。是一個不認識的男人。

節子告訴成實，那個人是誰，以及為什麼會為成實頂罪。節子所說的一切讓她無法相信，也不願意相信，但成實沒有遭到逮捕，證明節子說的一切都是真的。

「這件事是我們兩個人的秘密，不可以告訴任何人，當然也不能告訴爸爸。」節子露出可怕的眼神說。

成實無法反抗。想到因為自己的關係，從來沒有見過面的人要去坐牢，就痛苦得心如刀割，但同時也很憎恨那個人，那個人明明有妻子，還和其他女人發生關係，才會造成這樣的結果。

那是一段整天在與自我厭惡對抗的日子。親生父親進了監獄，同時又欺騙養父。自己不應該來到這個世界——她經常這麼想。偶爾重治回家時，她內心愧疚，不敢正視他的臉。

所以當重治提出要辭去工作，回去老家繼承旅館時，她完全沒有反對，反而很想趕快離開是非之地。每次看到殺人的現場，她的雙腿就會發軟。

搬來玻璃浦一個月左右時，她在同學的邀約下，在放學時去了學校附近的瞭望台。從那裡眺望大海時，美得讓她驚嘆不已，然後她想到節子說，那個姓仙波的人寄放了一幅畫。

她覺得自己在那個瞬間，看到了自己人生的方向。

她覺得不能浪費別人付出巨大代價守護的人生，自己必須奉獻。要為什麼而奉獻呢？她已經有了明確的目標。她決定守護恩人熱愛的這片海洋，在恩人回來之前，自己要為他守護這片海洋。

湯川穿著浮潛蛙鞋行動自如，動作精準到位。雖然他剛才說，其實自己並沒有潛水的執照，但成實看他的浮潛技術，覺得或許這句話才是說謊。

成實帶他去看了幾個自己喜歡的景點之後，回到了原來的地方，來到岩石區。

湯川拿下蛙鏡說：「真是太美了！我終於能夠體會妳為什麼會以此為傲了。日本人都太傻了，明明國內就有這麼美麗的大海，卻還特地去遙遠的國家。」他看著成實說：「謝謝妳為我創造這麼出色的回憶。」

成實脫下了浮潛蛙鞋，在岩石上坐了下來。

「這是你唯一的感想嗎？你不是還有其他話要對我說嗎？」

湯川露出了意味深長的笑容，在她身旁坐了下來。視線看向遠方的地平線。

「夏天快結束了。」

「湯川先生……」

「我在警視廳的那個朋友找到了仙波英俊先生，」湯川突然開口，「而且我昨天去見了他。他目前正在住院，罹患了惡性腦腫瘤，據說已經來日不多了。」

成實內心產生了一個巨大的疙瘩，那是既無法吞下去，也吐不出來的感情。她的表情有點僵硬。

「妳是不是想問，我只是一個物理學家，為什麼要做這種事？我也覺得自己在多管閒事，明明根本不需要去管別人的事。」

成實思考著該說什麼。她覺得無論如何都必須撐過目前的場面，但同時也知道這是徒勞無益的事。眼前這個人已經知道了一切。

「十六年前，逮捕仙波先生的塚原先生支援了他的生活，塚原先生已經從警視廳退休了，但似乎對那起案件耿耿於懷。雖然不知道他們到底說了什麼，但我猜想塚原先生應該說服仙波先生說出真相，仙波先生也終於向他吐實了。因為塚原先生很照顧他，更因為他很信任塚原先生，塚原先生得知真相之後，也無意公諸於世，只是得知仙波先生死期將近，很希望在他死之前，完成他的心願。他為了保護自己的女兒，不惜犧牲了自己的人生，所以很希望能夠見女兒一面，但我相信仙波先生並沒有把這種心願說出口。」

湯川淡淡說的話，沉入了成實的內心深處。她想起了在說明會會場，和塚原四目交接時的事。她現在終於明白塚原溫柔眼神的意義。

「塚原先生想要做的事並沒有錯，只是伴隨著危險，簡直就像要打開海底的門，完全無法預料會有什麼衝出來，也不知道會發生什麼狀況。正因為如此，所以沒有人敢去碰觸，也始終沒有人去打開。當有人試圖去打開時，當然會有人想去阻止。」

成實看著湯川的臉問：「你的意思是，那並不是意外嗎？」

「妳認為呢？」湯川用冷漠的眼神看著她問：「妳真的相信那是單純的意外嗎？」

當然是。成實想要這麼回答，但她無法發出聲音，她覺得口乾舌燥。

湯川再度看向遠方。

「其實我原本並不想插嘴，在這起案件發生後，我就注意到一些問題，當時我告訴自己不必理會，但我後來發現了一個事實，就無法繼續袖手旁觀了。因為這可能會影響到某個人的人生，我無論如何都必須預防這種情況發生。」

成實注視著湯川的側臉，無法瞭解他的意圖。某個人是誰？

「那不是意外，而是謀殺。」湯川轉頭看著她，「兇手是……恭平。」

所有的聲音好像在瞬間消失，就連海面似乎也靜止了。

過了一會兒，聲音才重新在耳邊響起，一陣風吹過成實和湯川之間。

他在說什麼？——成實注視著物理學家的臉。還是自己聽錯了。

「當然，」湯川說：「他並不是基於自己的意志做了這件事，不僅如此，他在當時甚至不知道自己行為的意義。」

「……什麼意思？」成實的聲音沙啞。

湯川一臉沉痛地低下頭，然後又抬了起來。

「我上次也說了，警方費了九牛二虎之力也無法重建現場。理由很簡單，因為妳父親說了謊。想要重建當時的現場，需要一個重要條件。雖然這件事本身並不困難，但妳父親腿不好，無法做到，所以鑑識人員也沒有發現。」

成實忍不住後退問：「這到底……？」

湯川用力深呼吸說：

「很簡單，只要把煙囪的出口塞住就好。排出的煙找不到出口，就會倒流，然後鍋爐就會不完全燃燒，產生的一氧化碳就會上升，從煙囪的裂縫流向『海原間』。根據計算，只要不到十分鐘，室內的一氧化碳濃度就會達到致死量。」

「用這種……」

「我是在鑑識人員來『綠岩莊』時，才發現這個可能性。因為他們一直在調查燃燒系統，所以我猜想應該是懷疑一氧化碳中毒。但是我剛才也說了，我當時努力不關心這件事，只不過聽了恭平說的話之後，我就無法再袖手旁觀了。」

「他說了什麼？」

「他看到鑑識人員從逃生梯走下來時說，屋頂有煙囪。我聽了大吃一驚，因為站在樓下完全看不到煙囪，他是什麼時候去了屋頂？難道是他上次來『綠岩莊』的時候嗎？不，那時候他的個子比現在更小，不可能讓他做這麼危險的事，應該是這次第一次放煙火的晚上。但是，他為什麼要去那麼高的地方？因為鑑識人員在調查這件事，所以我無法不把這兩件事結合在一起思考，認為是恭平對煙囪動了手腳，導致燃燒意外發生。我當然不認為他有什麼意圖，正因為這樣，所以必須謹慎處理這件事。我沒有問他，而是用自己的方式推理、驗證。」湯川的嘴角露出了微笑，「但我請他幫了忙，請他去偷了通用鑰匙。」

「為什麼要使用通用鑰匙？」

「因為要調查『海原間』，我推測煙囪經過那個房間的牆壁後方，而且其他空房間都沒有上鎖，只有那個房間鎖住了，所以當然會懷疑是否有問題。果然不出所料，我發現壁櫥的牆壁有裂痕，而且我從恭平口中得知了重要的事，他們在放蜂炮時，為了避免煙火飛進屋內，關上了所有的窗戶，而且其他地方也都蓋上了蓋子。那時候我清楚知道他為什麼會去煙囪那裡。」

「為煙囪蓋上蓋子……」

「我猜想應該使用了紙箱，只要把紙箱弄濕，蓋在煙囪口就好。有人指示他這麼做。」

「是……我爸爸。」

湯川沒有回答，撿起了腳邊的小石頭。

「要讓塚原先生在『海原間』睡覺並不是困難的事，只要用適當的理由讓他換房間就好，只是他的行李要在犯案之後放回『彩虹間』。至於安眠藥，可能混在酒裡讓他喝了下去。」

成實聽著湯川說的情況，內心陷入絕望。湯川說的內容很有說服力，至少比單純的意外聽起來更加合理。

「雖然不清楚有多麼明確的殺機，即使把煙囪蓋起來，應該也無法確信一定能夠成功，只是很希望能夠成功——我猜想只是這種程度的想法，但是，殺機還是殺機，其中一定有某些動機，所以我請警視廳的朋友調查了你們一家人。」湯川站了起來，把手上的小石頭丟進了大海，「結果發現有必要查明十六年前的事，所以我去見了仙波先生，但他沒有承認任何事。」

成實發現自己在顫抖，並不是因為冷。今天的陽光也很熾熱，身上的潛水服早就乾了。

「你打算把這些事告訴警察嗎？」她顫抖著問道。

湯川抿緊雙唇後，搖了搖頭說：

「正因為無法這麼做，所以才會這麼煩惱。因為必須說出恭平做的事，才有辦法證明妳父親的殺機，恭平當然並不會受到處罰，但他必須作出痛苦的選擇，他一定會為到底該不該說實話陷入煩惱。他現在已經很痛苦了，因為他應該知道了自己行為的意義。」

成實倒吸了一口氣，「是這樣嗎？」

「現在質問他，會對他造成負面影響，無論說實話還是說謊，他都會自責。」湯川低頭看著成實，「所以，我想拜託妳一件事。」

成實忍不住挺直了身體問：「什麼事？」

「恭平今後將帶著重大的秘密活下去，但有朝一日，他一定會想要瞭解真相，想要知道當時姑丈為什麼要自己那麼做。如果到時候他問妳，希望妳能夠毫無隱瞞地告訴他，然後在這個基礎上，由他選擇怎麼做。因為我相信妳最瞭解帶著攸關人命的回憶過日子是多麼痛苦。」

湯川的每一句話都滲進成實的心裡，刺痛了她內心的創傷，但這也是無可奈何的事。她站了起來，注視著湯川的臉說：「好，我向你保證。」

「太好了，這樣我就放心了。」

「請問……」成實調整了呼吸，「我不需要受到制裁嗎？」

湯川的眼神用力飄忽起來，但嘴唇立刻露出了平靜的笑容。

「妳的任務就是要珍惜人生，比以前更加珍惜。」

成實不知道該說什麼，忍著眼淚，看向遠方。

63

多多良在看報告時，始終眉頭深鎖。草薙在會議桌下方搓著手，手心冒著汗。

「所以，」多多良抬起雙眼，重重地嘆了一口氣，「就是沒有任何證據。」

「很抱歉，」草薙低頭道歉，「正如報告上所寫，川畑節子和成實很可能和三宅伸子命案有關，但只要仙波不開口，就很難加以證明。」

多多良托著腮，低吟了一聲。

「連塚原先生也無法查到，所以這也是無可奈何的事，而且三宅伸子命案早就已經解決了，事到如今，警視廳無法再翻案，也不能做什麼。你們做得很好，至少我可以放下了。」

「那裡怎麼辦呢？」草薙問。他在問玻璃浦的案件。

多多良再次發出了低吟，從懷裡拿出了記事本。

「剛才接到了玻璃分局的聯絡，他們似乎打算以意外的方式偵結。相關人員的供詞內容沒有疑問，鑑識小組也認為幾乎沒有刻意引發意外的可能性，也並沒有提到塚原先生和川畑一家人的關係。因為我們這裡並沒有把相關消息透露給他們，所以這也是理所當然的事。」

「那該怎麼辦？要通知他們嗎？」

多多良聽了草薙的問題，瞪大了眼睛。他抱著雙臂，目不轉睛地看著他。

「為什麼要通知他們？我們又沒有要重新偵查三宅伸子命案。」

草薙縮著脖子問：「那該怎麼辦？」

多多良拿起了報告，緩緩撕破了。

「只要接受縣警的判斷就好，我會去向塚原太太說明。」

「這樣——」這樣好嗎？但草薙把後半句話吞了下去。

多多良把撕破的報告揉成一團，直視著草薙說：「辛苦了，你從這一刻開始回歸正規的任務。」

草薙起身鞠了一躬，走向門口。走出房間，準備關門前看了多多良一眼。一頭白髮的管理官一臉遺憾地看著窗外。

64

敬一在櫃檯結帳時，恭平也在大廳內走來走去。雖然明知道是白費力氣，但他還是去咖啡廳和泳池旁張望，只是都沒有看到湯川的身影。

他明明說明天再談——恭平內心感到氣憤。大人總是說話不算話，原本還以為博士不是這種人。

「喂，你在幹嘛，我們要走囉。」敬一叫他，「現在出發，到車站的時間剛好，快走吧。」敬一看著手錶，走向飯店大門。

恭平無法繼續任性，只能追上父親。

他們在飯店門口搭上計程車，恭平看著車窗外，今天也有很多船停在漁港，遠方海水浴場的沙灘閃著白光。

「啊！」他忍不住輕輕叫了一聲，因為他看到了之前和湯川一起玩火箭的防波堤。雖然是幾天前的事，但他覺得好像是很遙遠的過去。

計程車比想像中更快抵達了玻璃浦車站，一下車，立刻汗流浹背。

「今天也好熱，不知道候車室有沒有冷氣。」敬一說。

走上階梯，有一個小候車室，裡面開著冷氣，但還有另一件事讓恭平感到驚喜。湯川正坐在角落的座位看雜誌。

「博士。」恭平叫著湯川，跑了過去。

湯川抬起頭，點了點頭說：「我猜對了，你們要搭下一班特急列車吧？」

「對，博士，你也搭這班車吧？」恭平放下背包，在湯川身旁坐了下來。

「不，我不搭，我和德斯梅克的人搭遊覽車回東京。」

「……原來是這樣。」恭平很失望，原本還希望可以和湯川慢慢聊天。

「我來這裡，是為了等你。」湯川說完後，抬頭看著一臉困惑的敬一問：「我可以和他聊一下嗎？」

「請便，我就在外面。」敬一做出指尖夾香菸的動作後走了出去。

「首先要把這個交給你。」湯川從上衣口袋裡拿出了資料，「那是寶特瓶火箭飛行時的數據，如果沒有這些數據，你不是沒辦法做自由研究的暑假作業嗎？」

「啊，對喔。」恭平接過資料看了起來，上面有很多詳細的數字，不知道內情的人看了，一定搞不懂那是什麼數字，但恭平知道，他清楚記得寶特瓶火箭飛得很遠的時候，以及完全飛不起來的景象。

「在這個世界上，」湯川說：「有不少無法用現代科學解開的謎，但是，隨著科學的發展，這些不解之謎也將逐漸被解開。科學是否有極限？如果有極限的話，又是什麼造成了極限？」

恭平看著湯川，不知道湯川為什麼說這些，但他有預感，覺得湯川要告訴他很重要的事。

湯川指著恭平的額頭說：「那就是人類，是人類的大腦。比方說，在數學的世界，當有人發現新的理論時，就會由其他數學家驗證這個理論是否正確。但是，發現的理論難度越來越高，能夠驗證的數學家也就越來越有限。但是，如果理論太費解，其他人都無法理解的話，那該怎麼辦？必須等到其他天才出現，才能夠成為公認的理論。這就是人類的大腦會導致科學有極限的原因。你聽得懂嗎？」

恭平點了點頭，但不知道湯川到底想說什麼。

「任何問題一定都有答案，」湯川的雙眼在眼鏡後方注視著他，「但不一定能夠馬上找到答案，人生也一樣，在你的人生路上，會有不少問題無法馬上找到答案，每當你遇到這種問題時就會煩惱，每一次的煩惱都具有價值。你不必著急，很多時候，必須在你成長之後，才能夠找到答案，所以每個人都要學習、努力和磨練自己。」

恭平仔細體會了湯川說的話後，輕輕叫了一聲。因為他突然領悟了湯川想要表達的意思。

「這次的事，在你找到答案之前，我會和你抱著同樣的問題，也會持續煩惱。希望你不要忘記，你並不孤單。」

恭平看著湯川的臉，用力深呼吸。他覺得心中亮起了一盞燈。幾天前，壓在他心頭的重石好像一下子消失了。現在他終於知道想要和湯川說什麼了，他就在等湯川對他說這些話。

敬一走回來問：「差不多了嗎？電車快進站了。」

恭平站了起來，再度轉身面對湯川說：「我知道了，博士，謝謝你。」

湯川莞爾一笑，點了點頭說：「多保重。」

恭平跟著敬一走進了驗票口。這時，特急電車剛好進站。

搭電車前，他回頭看向候車室，湯川已經不見了。

他和敬一面對面坐在四人座的座位上。敬一問他和湯川聊了些什麼，恭平把數據資料遞給了他。之前就曾經告訴爸爸，和湯川一起做了寶特瓶火箭的實驗。

「這是什麼啊，看起來有點難，都看不太懂。」敬一失去了興趣，立刻把資料還給了他。

那當然啊，只有做實驗的人才知道，這就是科學。恭平在心裡嘀咕。

他看著窗外的風景，海面閃著粼粼波光，地平線上方飄著好像霜淇淋般的雲。

這件事不能告訴別人——重治的聲音在他耳邊響起。就是那天放煙火的晚上。姑丈說，擔心高空煙火會飛上煙囪，所以要把煙囪蓋起來，還說只要用濕的紙箱蓋住就好。姑丈腿不方便，所以不能去屋頂。

當時他完全沒想過把煙囪蓋起來會怎麼樣。

蓋完煙囪後，他們玩了好幾個煙火，恭平每次都抬頭看著夜空。

他轉過頭時，發現姑丈也看著上方，但他並沒有看夜空，而是抬頭看房子，而且就像在佛壇前一樣，把雙手合在胸前，臉上的表情很痛苦。

姑丈當時是不是在向誰道歉？

但是沒關係。恭平現在這麼想。現在還不需要找出答案，等自己學了很多事，再慢慢尋找答案。因為我並不孤單——

國家圖書館出版品預行編目資料

真夏方程式 / 東野圭吾著；王蘊潔譯. -- 初版. --
臺北市：皇冠，2022.08 面；公分. --（皇冠叢書；
第 5040 種)(東野圭吾作品集 ;41)
譯自：真夏の方程式
ISBN 978-957-33-3914-4(平裝)

861.57 111010089

皇冠叢書第 5040 種

東野圭吾作品集 41

眞夏方程式

真夏の方程式

作　　者—東野圭吾
譯　　者—王蘊潔
發 行 人—平雲
出版發行—皇冠文化出版有限公司
台北市敦化北路 120 巷 50 號
電話◎ 02-27168888
郵撥帳號◎ 15261516 號
皇冠出版社（香港）有限公司
香港銅鑼灣道 180 號百樂商業中心
19 字樓 1903 室
電話◎ 2529-1778 傳真◎ 2527-0904
總 編 輯—許婷婷
責任編輯—黃雅群
內頁設計—李偉涵
行銷企劃—蕭采芹
著作完成日期— 2011 年
初版一刷日期— 2022 年 8 月

法律顧問—王惠光律師

讀者服務傳真專線◎ 02-27150507
電腦編號◎ 527042
ISBN ◎ 978-957-33-3914-4
Printed in Taiwan
本書定價◎新台幣 420 元 / 港幣 140 元